OLE ALBERS

Alstervergnügen

3. Auflage

Buch

Wenn man Sven mit einem Wort beschreiben müsste, würde einem wohl als erstes "Nerd" in den Sinn kommen: Computerfreak, mehr On- als Offline und mit starken Defiziten, was die soziale Kompetenz angeht. Seine zwischenmenschlichen Kontakte beschränken sich größtenteils auf Diskussionen mit anderen Fans bei den Heimspielen des FC St. Pauli. Und wenn er den Mund aufmacht, so schafft er es zielgerichtet möglichst die Worte zu wählen, die zu einer maximalen Katastrophe führen.

Doch so schlimm wie dieses Mal war es bisher nie: Sven gerät zwischen die Fronten von Polizei und organisierter Kriminalität und jeder seiner Versuche das Problem hinzubiegen macht alles nur noch schlimmer. Und dann ist da auch noch Jule, die Sven gerade erst kennen und lieben gelernt hat, und deren Leben nur er retten kann.

Auch wenn Sven der offizielle Hauptdarsteller von Alstervergnügen ist: Der eigentliche Star der Geschichte ist die Stadt Hamburg und ihre liebenswerten Einwohner.

Autor

Der 1973 geborene Ole Albers wuchs in einem kleinen Nest namens Kroge-Ehrendorf in Niedersachsen auf. Nach dem Ende der Schulzeit in den 80ern flüchtete er vor dem Dorfleben in die große Stadt in das weit entferne München und begann dort seine schriftstellerische Karriere als Redakteur der Kult-Videospiel-Zeitschriften "Amiga Joker" und "PC Joker". Nur kurz darauf begann jedoch das große Sterben der Spielezeitschriften, weshalb er sich zähneknirschend für eine seriöse Ausbildung als Kommunikationselektroniker entschied.
Die Begeisterung hierfür hielt sich jedoch in Grenzen und so entschied sich Albers für ein Informatikstudium an der FH Osnabrück.
Seit knapp 10 Jahren ist der Autor nun in Hamburg als Software-Entwickler tätig, frönt seiner schriftstellerischen Leidenschaft jedoch weiterhin durch Blogs und dem Verfassen von Testberichten im Games-Bereich. "Alstervergnügen" ist sein erster veröffentlichter Roman.

Ole Albers
Alstervergnügen

Roman

© 2014-2015 Ole Albers, Hamburg

Autor: Ole Albers

Verlag: Createspace

ISBN:

978-1-5029-5078-9 (Taschenbuch)
978-3-8495-8940-0 (Hardcover)
978-3-8495-9738-2 (Zu Fuß – Edition, Taschenbuch)
978-3-8495-9739-9 (Zu Fuß – Edition, eBook)

Das Werk, einschließlich seiner Teile, ist urheberrechtlich geschützt. Jede Verwertung ist ohne Zustimmung des Verlages und des Autors unzulässig. Dies gilt insbesondere für die elektronische oder sonstige Vervielfältigung, Übersetzung, Verbreitung und öffentliche Zugänglichmachung.

Bibliografische Information der Deutschen Nationalbibliothek:

Die Deutsche Nationalbibliothek verzeichnet diese Publikation in der Deutschen Nationalbibliografie; detaillierte bibliografische Daten sind im Internet über http://dnb.d-nb.de abrufbar

Verwendete Grafiken des Covers:
Großes Bild: © Denzott / iStock

Kapitel 1
Suicide is painless

Suicide is painless
It brings on many changes
and I can take or leave it if I please

[Johnny Mandel]

»Ich kann mir nicht vorstellen, dass das stimmt« murmelte Sven kaum hörbar, während er sich ein Stück vom Burger abschnitt.

Er saß im "Jim Block" am Jungfernstieg, die Hamburger Variante einer Burgerkette im Hochpreissegment. Inventar und Produkte waren deutlich teurer als bei der typischen amerikanischen Konkurrenz, was jedoch nichts daran änderte, dass Touristen und Einheimische in Massen den Fresstempel bevölkerten.

Wie immer war es schwer gewesen einen freien Platz zu ergattern. Dies führte dazu, dass Sven sehr eng neben fremden Menschen zu sitzen hatte, die nicht immer nur angenehme Zeitgenossen waren. Seine Gesprächsthemen sorgten zudem meist dafür, dass er auch nicht wirklich neue Freunde hier fand, sondern der ein oder andere gar erschüttert von ihm wegrückte und dem Begriff "Fastfood" alle Ehre machte.

Nicht wenige aßen ihr Essen in Rekordzeit, um den Gesprächen von Sven so schnell wie möglich entfliehen zu können.

Sven gegenüber saß Dätlef, der sich längst daran gewöhnt hatte, dass Sven hin und wieder – oder seien wir ehrlich: Meistens – recht sinn- und zusammenhangloses

Zeug faselte. Dätlef fragte bei Svens Ausführungen generell nicht genauer nach, sondern nahm seine Aussagen einfach kommentarlos hin, so wie es echte Kerle nun mal machen.

Kein echter Kerl hingegen war Sophie, Dätlefs Verlobte. Sie sah mit ihren langen blonden, gelockten Haaren und der Körperlänge von etwas über 1,50 wie eine leicht geschrumpfte Version von Claudia Schiffer aus.

»Was stimmt nicht?« fragte sie, während sie im vegetarischen Salat herumstocherte[1].

Dätlef seufzte kaum hörbar. Es konnte nichts Gutes dabei herauskommen, wenn man das ungeschriebene Gesetz zwischen Jungs, das sich am einfachsten mit einem schlichten "Frag nicht nach!" beschreiben ließ, brach.

Insbesondere nicht bei Sven.

Dätlef hieß natürlich nicht wirklich Dätlef. Seine Eltern hatten sich vielmehr für den etwas weniger seltsamen Namen Detlef entschieden. Allerdings war Dätlef relativ homophob erzogen worden. Wobei "Homophob" vielleicht das falsche Wort ist. Denn Dätlef war ein toleranter Mensch. Im Freundeskreis von Sven und Dätlef waren auch ein paar Jungs, die mehr auf andere Jungs, denn auf

---

[1] Man könnte ja meinen, dass Salate sowieso in der Regel vegetarisch sind, doch da Vegetarier in einem Fastfood-Restaurant in etwa so häufig zu Besuch sind, wie Antilopen in einer Löwenfamilie, gab es deutlich mehr nichtvegetarische Salate, als Salate ohne Fleisch. Sven war das herzlich egal, denn so ein Grünzeug kam ihm ohnehin nicht auf den Teller. Sophie hingegen nahm die ganze Vegetarier-Geschichte reichlich ernst. Vielleicht war sie auch gar nicht Vegetarier, sondern Veganer; Sven hatte das nie so ganz herausbekommen. Es hatte ihn aber auch nie wirklich interessiert. Und selbst ihr Verlobter Dätlef war sich da nicht so ganz sicher.

Mädels standen und Dätlef hatte damit kein Problem, im Gegenteil: Das reduzierte die Konkurrenz. Die Angst, die das Wort Phobie impliziert war eine andere. Es schien ihm ein äußerst wichtiges Anliegen zu sein, dass Niemand, aber auch wirklich Niemand glauben möge, er selbst könnte irgendetwas anderes als stockhetero sein.

Ob dies an seiner dörflichen Herkunft oder anderen Gründen lag ist leider weder dokumentiert, noch anderweitig für Sven herauszufinden gewesen. Auf jeden Fall ist Detlef kein guter Name, wenn man der Welt beweisen will, auf gar keinen Fall schwul zu sein. Und so kam es, dass Dätlefs ersten Worte zu Sven, als sie sich im Studium auf einer Party kennenlernten die folgenden waren: »Hi, ich bin Detlef. Ausgesprochen "dÄtlef", nicht dEEtlef.«

Man mag das für eine relativ seltsame Begrüßung halten und hat damit wohl auch vollkommen Recht. Im Falle von Dätlef war es aber eine durchaus übliche, denn er war der Meinung, nur ein Detlef mit langem "E" wie in "Schnee" klingt furchtbar schwul, während echte Kerle hingegen eher wie "Hattrick" klingen[2].

Sven reagierte nun etwas irritiert auf Sophies Gegenfrage. Er hatte nicht wirklich damit gerechnet, dass jemand auf sein lautes Denken reagiert; Das machte ja sonst auch nie jemand.

Auch er seufzte leise wie Dätlef kurz zuvor. Wenn er alleine mit seinem Kumpel unterwegs war funktionierte das Alles irgendwie viel einfacher.

»Ich meine, dass Selbstmord schmerzlos ist«, erklärte Sven seine Aussage: »Das glaube ich einfach nicht. Welche Selbstmordmethode ist denn wirklich schmerzlos?«

---

[2] Ja. In dem Wort "Hattrick" kommt gar kein "Ä" vor. Weiß Sven und weiß sogar Dätlef. Doch dieses feine Argument hat Dätlef nie von seiner grundsätzlichen, wenn auch orthographisch falschen Argumentation abbringen können.

Dätlef hörte nur halb hin. Im Studium hatten Sven und er viele Stunden Fernseh schauend in der gemeinsamen WG-Küche zugebracht, während andere – heute beruflich erfolgreichere – Studenten in so spannende Vorlesungen wie "Materialfluss und Logistik" oder "Business English" gegangen waren. Teilweise waren diese Vorlesungen sogar am Freitagnachmittag! Das war abartig und müsste eigentlich durch die Genfer Konventionen verboten werden.

Zu dieser Zeit lief auf dem ehemaligen Hausfrauensender "9 Live" in einem kurzen überraschenden Anfall von Qualität täglich die Serie "M*A*S*H", deren Erkennungsmelodie "Suicide is Painless", übersetzt: "Selbstmord ist schmerzlos" von Johnny Mandel war. Sven, Dätlef, ihr Kumpel Benny und zwei weitere Mitbewohnerinnen hatten - wenn sie nicht versehentlich doch einmal in eine Vorlesung stolperten - kaum eine Folge verpasst und sich stets in kompletter WG-Stärke in der kleinen Küche versammelt, um auf das windschiefe IKEA-Regal "Albert" zu glotzen[3]. Der Hauptgrund, auf das Regal zu schauen lag dabei natürlich an dem alten Röhrenfernseher, der dort aufgestellt war, die Belastungsgrenzen des Regals deutlich auslotete und in kühner Verachtung der physikalischen Gesetze die amerikanische Anti-Kriegs-Serie über den Koreakrieg zeigte anstatt mitsamt des Regals zusammenzubrechen.

»Ich meine: Nimm mal an, Du erhängst Dich. Da kann doch fast alles schief gehen. Zu langer Strick und der Hals reißt ab; Zu kurz und Du röchelst zwölf Stunden an der Lavalampe im Schlafzimmer.«

---

[3] Nein, es gibt kein Regal namens "Albert" bei IKEA. Aber die WG fand, dass es eines geben sollte. Und das dieses Regal genau wie ein Albert aussah

Dätlef wollte gerade einwenden, dass Lavalampen gar nicht an der Decke hängen und somit zum selbst aufknüpfen doch eher ungeeignet waren, von der runden Form mal ganz zu schweigen, überlegte es sich jedoch anders, als er auf seine Verlobte blickte.

Sophie reagierte erst einmal gar nicht sondern lauschte nur sprachlos. Ein Bild, das Dätlef leider nur sehr selten zu Gesicht bekam. Er seufzte erneut leise, diesmal aber wie ein alter Norweger, der seit zehn Stunden mit einer Angel am Geiranger-Fjord sitzt und endlich die erhoffte Ruhe bekommt, um einen kräftigen Barsch aus dem Wasser zu ziehen, nachdem das Aida-Kreuzfahrtschiff mit den Nerv tötenden Touristen endlich abgelegt hat.

Es war der perfekte Moment. Ruhe. Stille. Harmonie.

Nur Sven musste leider die Stille füllen und den Moment zerstören: »Und was ist mit erschießen? Kopf? Herz? Ganz sicher ist keines davon und schmerzlos doch garantiert auch nicht.«

Er biss erneut in den Burger um direkt im Anschluss weiter aufzudrehen: »Was gibt's noch? Ach ja: Von der Brücke springen? Toll. Keinesfalls garantierter Tod und wenn's nicht klappt macht es richtig "Aua"! Eine Kohlenmonoxid-Vergiftung in der eigenen Garage ist sicher auch nicht sehr berauschend. Nun. Berauschend schon, aber...«

Sven fuchtelte mit den Armen: »Ihr wisst schon, was ich meine! Zudem müsste man sich schnell entscheiden. Wenn wir erstmal alle Elektroautos fahren ist es Essig mit dem Selbstmord in des deutschen liebsten Kind. Überhaupt: Als echter Öko fällt das ja schon mal komplett flach. Wieviel CO^2 darf ein Selbstmord eigentlich kosten? Der eigene Exodus auf Kosten des Waldsterbens?«

Sven redete sich richtig in Rage, während Dätlef die Durchzugstaktik – dank Sophie perfektioniert – anwendete: Es war nicht nur so, dass er so tat, als wenn er das alles nicht hören würde, die Worte gingen tatsächlich durch ihn hindurch, ohne dass sein Hirn Anstalten machte, die Worte zu verarbeiten. Sven hätte ebenso russisch oder chinesisch sprechen können, es hätte keinen Unterschied gemacht. Dätlef musste nur unter allen Umständen dem Reflex widerstehen, in regelmäßigen Abständen »Ja, Schatz« einzuwerfen.

Sophie hingegen hörte genau hin und vergaß sogar in ihrem Grünzeug herumzustochern.

»Eine Guillotine ginge vielleicht. Ja, das wäre möglicherweise was. Das könnte schmerzlos sein, wenn es schnell genug ginge. Aber wer hat denn schon so was zu Hause? Gibt's die bei eBay? Oder gibt es eine Anleitung zum selber bauen bei Hornbach? Jeden Scheiß findest Du im Internet! "Mein Kampf" von diesem komischen Ösi mit Runenfetisch harmonisch vereint auf dem gleichen Internetserver wie "Das Kapital" von dem unlustigsten der Marx-Brothers. Und nur zwei Klicks weiter tolle Bombenbau-Anleitungen im "Anarchists Cookbook" in der Cloud. Aber wenn man mal ein Guillotine braucht ist natürlich keine da.«

Sven musste seine wilden Gedankengänge kurz unterbrechen um Messer und Gabel zur Seite zu legen, das letzte noch verbliebene Drittel des Burgers mit beiden Händen zum Mund zu führen und kräftig hineinzubeißen. Da fehlte seinem Mund einfach die Fähigkeit des Multitaskings.

Hätten sich Sven und Dätlef heute einfach nur alleine in den Burgertempel gesetzt wäre die Geschichte spätestens jetzt zu Ende. Sie, liebe Leser hätten das Buch zuklappen können und sich gefragt, was zum Teufel Sie geritten hat, soviel Geld für diese paar Seiten auszugeben.

Da gibt es ja die Scientology-Schriften billiger zu erwerben – inklusive aller Stufen der Erleuchtung von Ron Hubbard persönlich signiert und mit einem Vorwort von Gene Roddenberry.

Aber etwas war diesmal anders: Sophie saß mit am Tisch. Und das macht diese Geschichte um ein vielfaches länger und komplizierter. Das mag für Sie als Leser von Vorteil sein, allerdings hätte Sven sicher gerne darauf verzichtet. Möglicherweise sind Sie oder Sophie auch gar nicht wirklich Schuld und es ist einfach nur eine Frage des Karmas. Dann hätte das Schicksal einfach einen anderen Weg gefunden Sven zu malträtieren, wenn Sophie nicht den Anstoß gegeben hätte. Machen Sie sich also keine Gedanken: Ihrem eigenen Karma geht es weiterhin gut.

»Darüber macht man keine Scherze« erwiderte Sophie leise, »Du solltest wirklich mit jemandem reden, wenn Du über so was nachdenkst«

»Na, das mache ich doch gerade« erwiderte Sven gut gelaunt den Burger mampfend.

In diesem Moment klinkte sich Dätlef wieder in das Gespräch ein: »Schlaftabletten könnten gehen. Autsch!«

Der Aufschrei gehörte eigentlich nicht zu seiner geplanten thematischen Ausführung, sondern war dem Umstand geschuldet, dass Sophie ihn kräftig vor das linke Knie getreten hatte. Keine leichte Aufgabe, wenn man bedenkt, dass die Sitzgelegenheiten an dem Tisch der drei eher an Barhocker erinnerten und mit ihrer Unbequemlichkeit das klassische Fastfood-Motto "Wir freuen uns, wenn ihr da seid, aber bitte verpfeift Euch sofort wieder, wenn Ihr aufgegessen habt" vermittelten.

Vermutlich wäre Sophie bei der Aktion nach hinten übergekippt, hätte sie nicht der Rücken eines anderen Gastes dieser Legehennengastronomie daran gehindert.

»Nun gib ihm nicht auch noch Tipps« fauchte sie ihren Verlobten verärgert an.

Sven grinste über beide Backen, während Dätlef nur leicht den Kopf schüttelte: »Das meint der doch nicht ernst!« Sein Blick sagte: »Du weißt doch selber, was für ein Spinner Sven ist«

»Na, wer weiß!« goss Sven sichtlich amüsiert Öl ins Feuer.

Sven hatte gut lachen. Er wusste genau, dass Dätlef jetzt ein paar sehr anstrengende Stunden vor sich hatte, bei denen es in erster Linie um den völlig durchgeknallten Typen namens "Sven" gehen würde. Aber so macht man das eben unter guten Freunden: Man sorgt dafür, dass man nicht zu leicht durchs Leben kommt.

Sven spülte den letzten Bissen seines Burgers mit etwas Cola herunter. Er unterdrückte einen Rülpser und stand auf. Sophie und Dätlef taten es ihm gleich (Das Aufstehen, nicht das Unterdrücken des Rülpsers) und die Drei schlurften hinaus auf den von Menschen überfüllten Jungfernstieg. Dort verabschiedete sich Sven von den Beiden.

Diese Verabschiedung bestand wie immer in einem möglichst kurzen Satz wie, »Bis Denne«, »Tschö mit Ö«, einem klassischen Hamburger »Tschüss« oder anderen mehr oder weniger kreativen Worten. Sven setzte auch dieses Mal erneut zu einem entsprechend geistreichen Kommentar an, wurde aber an der Kurzverabschiedungszeremonie gehindert, weil Sophie ihn völlig überraschend umarmte und »Machs gut« mit einer Stimme sprach, als würden sich die Beiden nie wieder sehen.

Sven war reichlich irritiert von dieser Reaktion, zuckte dann aber mit den Schultern und schlenderte zur nächstliegenden U-Bahn-Station, während Dätlef den Rest des Tages eine schlecht gelaunte Begleiterin durch völlig überteuerte Boutiquen nahe der Binnenalster begleiten musste.

Und schlechte Laune ging bei Sophie meistens richtig ins Geld.

Kapitel 2
Das Herz von St. Pauli

Das Herz von St. Pauli, das ist meine Heimat.
In Hamburg, da bin ich zu Haus.

Der Hafen, die Lichter, die Sehnsucht begleiten
das Schiff in die Ferne hinaus.

Das Herz von St. Pauli, das ruft mich zurück,
denn dort an der Elbe, da wartet mein Glück

[Hans Albers]

Sven war tatsächlich weit davon entfernt, sich etwas antun zu wollen. Das wäre ihm irgendwie auch viel zu anstrengend gewesen. Und Sven hasste übertriebene Anstrengungen.

Seine Gemütslage war allerdings wirklich nicht die Beste: Beruflich hing er fest; Damals beim Einstellungsgespräch als Internetprogrammierer und Webdesigner bei der schicken Werbeagentur in der Hamburger Innenstadt mit perfekter U-Bahn- und vor allem Burgerladenanbindung war ihm das kollegiale Klima deutlich wichtiger als das Gehalt gewesen. Mittlerweile würde etwas mehr Kohle aber auch nicht unbedingt schaden. Und so wirklich bewahrheitet hatte sich das mit dem "Bei uns ist alles total locker" auch nicht. Blöderweise schienen Internetprogrammierer auf Bäumen zu wachsen, dementsprechend bekam man auch das Gehalt von dressierten Affen. Eigentlich hatte er mit seinen 32 Jahren beruflich deutlich weiter sein wollen.

Als wäre das alles nicht schlimm genug, kam erschwerend hinzu, dass sein Gemütszustand direkt vom Erfolg des FC St. Pauli abhing. Und der hatte sich nach einem kurzen Besuch im Fußball-Oberhaus gerade wieder sang- und klanglos in die zweite Liga verabschiedet. Zu allem Überfluss hatte sich auch noch der Trainer des FC St. Pauli, Holger "Stani" Stanislawski zum seelenlosen Konkurrenten Hoffenheim verpfiffen und ausgerechnet ein Paderborner sollte nun alles richten. Na, immerhin war der ebenso glatzköpfig wie sein Vorgänger: In der aktuellen Situation war man für jedes gute Omen dankbar.

Aber all das machte zumindest momentan überhaupt nichts, denn dieses Wochenende überwog die Vorfreude: Das erste Heimspiel nach der elend langen Sommerpause stand bevor.

Sven schnappte sich sein Nerdphone und rief seinen Kumpel Benny an. Zumindest versuchte er es, denn obwohl ihn das weiße Schmuckstück mit dem angebissenen Apfel auf der Rückseite unglaublich flüssig durch die Weiten des Internets geleitete, quittierte es seinen Versuch, seinen Kumpel anzurufen mit einem Totalabsturz. Sven war darüber weder sonderlich überrascht, noch sauer.

»Kein Mensch kauft ein iPhone zum Telefonieren«, sprach er zu sich selbst.

Sven war nun einmal ein Nerd und irgendwie fast stolz darauf. Zum Telefonieren hatte er ein uraltes Klapphandy aus den Tagen, als Handies noch Handy und nicht Smartphone hießen und polyphone Klingeltöne das einzig moderne war, was Mobiltelefone außer Telefonieren und Simsen machen konnten. Dieses Telefon funktionierte eigentlich immer, was ihm in der konkreten Situation allerdings keine große Hilfe war, denn blöderweise hatte er es mal wieder zu Hause liegen gelassen.

Es blieb ihm also nichts anderes übrig, als sein Telefon aus- und einzuschalten und mehr oder weniger geduldig abzuwarten, dass es wieder zum Leben erwachte.

Wenige Minuten später, während Sven weiterhin auf dem Bahnsteig am Jungfernstieg auf die Einfahrt der U1 wartete, war das Telefon hochgefahren. Er startete die Chat-App und schickte ein »Alter, wo biste?« an "TurntableMotherfucker", was wiederum in der realen Welt dazu führte, dass sein Kumpel Benny am heimischen PC eine Mitteilung auf dem Monitor erhielt. Und zwar exakt das eingetippte »Alter, wo biste?« von Sven. Das wiederum war zwar durchaus das gewünschte Resultat, in dieser Situation allerdings dennoch relativ nutzlos, weil Benny ja gar nicht zu Hause, sondern mit der deutschen Bummelbahn auf dem Weg nach Hamburg war.

Nach 15 Minuten ohne Reaktion von Benny schrieb Sven eine weitere Mitteilung in die Chat-App: »Alter! Ich warte!«

Fast gleichzeitig rief Benny bei Sven an. Dadurch war der Klingelton "Hells Bells" zu hören, allerdings wiederum ausgerechnet nicht von Sven. Zum einen natürlich, weil er sich mittlerweile in der U1 befand, die proppenvoll war und Sven von einem entsprechenden Lautstärkepegel umgeben war. Hauptsächlich jedoch, weil es das Klapphandy in seiner Wohnung war, welches klingelte. Theoretisch hätte das Smartphone, mit dem er die Textmitteilung schrieb auch mit "Hells Bells" klingeln und damit den Anruf ankündigen können; im Gegensatz zum Polyphon-Gedudel seines Klapphandies sogar in kristallklarem Stereo. In seiner Wohnung loggte sich das Telefon sogar über jede Menge Nerdspielzeug automatisch in die Stereoanlage ein und brachte dank Dolby Digital und Subwoofer die Nachbarn bei jedem Anruf zunächst zum Erzittern und anschließend zur Weißglut.

Was jedoch in der Theorie gut funktioniert hätte scheiterte jetzt in der Praxis daran, dass Sven die Telefonfunktionen seines Smartphones abgeschaltet hatte, damit dieses nicht erneut abstürzt. Außerdem funktionierte die Chat-App so deutlich besser.

Sämtliche Kommunikationsversuche scheiterten also auf ganzer Linie. Benny und Sven waren sich sowohl in ihrer Gelassenheit, als auch in ihrer Unfähigkeit, feste Muster zu verlassen sehr ähnlich. Doch während Svens Gelassenheit auf eine "eigentlich egal, obs klappt"- Mentalität beruhte, war es bei Benny eine deutlich positivere "das klappt bestimmt" - Einstellung. Trotzdem - oder vielleicht gerade deswegen - ging bei den Beiden selten wirklich etwas schief.

So kam es also, dass Benny und Sven sich mehr oder weniger zufällig an der U-Bahn-Station Feldstraße[4] nahe dem Stadion des FC St. Pauli trafen.

Nun gut, völlig zufällig war das Aufeinandertreffen von Benny und Sven natürlich nicht, denn sie hatten als gemeinsames Ziel das Millerntor-Stadion. Hier wollten sie die neue Fußballsaison bei einer kräftigen Portion Astra einläuten.

Als sie sich nun, trotz der Tatsache, dass kein Kommunikationsweg wirklich funktioniert hatte, am Ausgang der Feldstraße trafen, war dies das Normalste von der Welt für die beiden. Typische Dialoge wie »Wenn wir uns verlieren, treffen wir uns am Riesenrad« hatten beide in ihrem ganzen Leben noch nie ausgetauscht und würden es wohl auch niemals machen. Wobei das in diesem Fall sogar geklappt hätte, denn es war mal wieder "Dom" unweit des St.-Pauli Stadions, die fast ganzjährige Kirmes im Herzen von Hamburg.

---

[4] Der aufmerksame Leser mit Ortskenntnissen wird jetzt vielleicht ein Veto einlegen, denn die U1 fährt überhaupt nicht zur Feldstraße. Seien Sie aber versichert, dass Sven an einer geeigneten Stelle in die U3 umgestiegen ist

Das soeben erlebte Kommunikationsfiasko wurde nur am Rande erwähnt. Obwohl: Indirekt gab es eine ziemlich ausführliche Diskussion darüber. In erster Linie ging es jedoch darum, dass Sven ein »völlig überteuertes Smartphone einer Firma mit Gestapo-Methoden« (Apple, Argumentation von Benny) besaß, während Benny »billigen China-Dreck ohne echte Standards« (Android, Argumentation von Sven) mit sich führte. Diese Diskussion war mehr ein Ritual, denn ein echter Disput. Beide führten gegenseitig mehr oder weniger sinnvolle Argumente für ihr eigenes bzw. gegen das Telefon des jeweils anderen auf. Wobei die weniger sinnvollen Argumente bei Weitem überwogen, genauso wie es deutlich mehr Argumente gegen das Telefon des Anderen, als für das eigene Telefon gab.

Lediglich ein Gentlemans-Agreement gab es, sofern man bei Nerds von Gentlemen reden kann: Abstürze beim Telefonieren wurden nicht erwähnt. Beide waren sich in diesem Punkt einig, dass Telefonieren ein völlig zu vernachlässigendes Feature bei einem Smartphone darstellte. Dies lag in erster Linie daran, dass beide Probleme mit ihren Geräten hatten, was Funktionen außerhalb des Internets anging und dass sie - würden sie Telefonieren als wichtiges Kriterium akzeptieren - zugeben müssten, mehrere hundert Euro für etwas ausgegeben zu haben, das weniger funktionierte als die alten Nokia-Telefone, die keine zehn Euro bei eBay kosteten.

Die Diskussion hätte sich ohnehin schnell erledigt, weil zum einen Beide wie immer nahe des Millerntor-Stadions keinen Empfang hatten und sie zum anderen nicht zum Telefonieren hier waren, sondern um sich das Eröffnungsspiel des FC St. Pauli gegen den FC Ingolstadt anzuschauen. Mit dieser Idee waren sie erwartungsgemäß nicht gerade alleine, sondern eine Heerschar von meist braun-weiß bekleideten Fans strömte wie die Lemminge aus der U-Bahn.

Benny und Sven bogen nach rechts auf das Dom-Gelände ab. Auf der linken Seite ragte der riesige Bunker am Heiligen-Geist-Feld hervor. Sven achtete kaum noch auf die vielen kleinen Karussells, Bierbuden und T-Shirt-Verkäufer während er sich der Geschwindigkeit der Menge anpasste. Er hätte den Weg über den matschigen durchweichten Boden bis zur Gegengeraden auch mit geschlossenen Augen gefunden.

Benny hielt noch kurz an einem Süßigkeitenstand um sich überteuerte Mandeln zu kaufen. Er bestellte 200 Gramm in der Papiertüte und überreichte dem Verkäufer ein paar Münzen. Der Verkäufer wünschte ihm noch ein "Gutes Spiel", während er die Mandeln über den Tresen reichte. Sven drängelte: Es war zwar noch eine Stunde Zeit bis zum Anpfiff, aber als Fan kommt man eben nicht auf den letzten Drücker. Vor allem nicht, wenn man sich einen guten Stehplatz ergattern wollte.

Sven schnappte sich ungefragt ein paar von Bennys Mandeln.

»Bäh. Nicht mal warm« protestierte er.

Benny zuckte nur mit den Schultern, was in etwa bedeuten sollte: »Hallo? Was erwartest Du? Wir sind hier auf dem Dom! Nur weil die Dinger 5 Euro gekostet haben, kann man doch nicht erwarten, dass die auch schmecken!«

Nachdem sie das Stadion erreicht hatten, reihten sich Benny und Sven in die Schlange vor dem Eingang zur Gegengerade ein. Es ging schleppend voran, während Benny sich hauptsächlich mit seinen gebrannten Mandeln beschäftigte und Sven mit den Umstehenden darüber diskutierte, ob die Heimat des neuen Trainers Paderborn überhaupt wirklich existierte oder nicht doch eher ein Hoax wie Bielefeld sei.

Als sie sich endlich nach vorne durchgekämpft hatten und das obligatorische Abklopfen durch die Ordner überstanden war, reihte sich Sven erneut in die Schlange der Vergnügungssüchtigen ein, um sich im Stadion eine Bratwurst auf Pappschachtel und zwei Astra in Plastikbechern zu ordern. Sven versuchte es dabei mit etwas Konversation, indem er erwähnte, dass er noch nie so hübsche Wurstverkäuferinnen gesehen hatte, wie hier am Millerntor. Obwohl dies in diesem Fall nicht als Anmache gedacht war, sondern eine ehrliche, von ganzen Herzen kommende Beobachtung war, ging die Verkäuferin nicht weiter darauf ein. Sie hatte das schon zu oft gehört. Und meistens war es eben doch nur ein blöder Anmachspruch.

Sven kämpfte sich weiter zum Senfspender und drückte eine kräftige Portion auf den Pappdeckel der Bratwurst. Er schlurfte dann zurück zu Benny, der schon sehnsüchtig sein Bier wartete. Das Bier in der einen Hand, die Bratwurst in der anderen Hand haltend ging Sven zusammen mit Benny zu der Treppe, die hinunter in das Stadion führte. Sie stiegen hinunter bis an den Zaun, bogen ein paar Meter nach rechts ab und nahmen ihren Stammplatz auf Höhe der 16-Meter-Linie ein. Sven lehnte sich gegen die massive Metallstange, die freundlicherweise die Zuschauer vom Umfallen abhalten sollte und mit verschiedenen Stickern beklebt war.

Durch das Anstehen vor dem Stadion und Wursttheke waren es nur noch wenige Minuten bis zum Anpfiff. Sven biss eilig in die Bratwurst. Denn spätestens bei Spielanfang hatte man als Fan gefälligst mit vollem Einsatz die verschiedenen Hymnen zu singen. Und wenn dabei dann Bratwurststücke auf den Vordermann segelten erhöhte das die Sympathie nicht im Geringsten. Von Wurst auf dem Spielplatz mal ganz zu schweigen.

Im Gegensatz zu den Mandeln, die Benny bereits vor dem Eintritt ins Stadion verdrückt hatte war Svens Bratwurst heiß wie die Hölle. Sven bekam kaum noch Luft, als er den letzten Bissen herunterschlang und dabei fast die Kehle verbrannte. Schnell trank er einen kräftigen Schluck Bier hinterher. Er zerknüllte die Pappe der Bratwurst und ließ sie auf den Boden fallen.

In dem Moment ertönte auch schon "Hells Bells". Diesmal aber aus keinem klappbaren oder telefonieunfähigen Handy, sondern aus den Stadionlautsprechern. Die Boys in Brown liefen auf und um Sven herum brach die Hölle los.

»Scheiße, habe ich das gebraucht, Alter!« brüllte Sven gegen den Lärm an, während er Benny mit dem Plastikbecher, außen geschmückt mit dem Konterfei des Trainers, innen gefüllt mit frischem Bier, zuprostete. Benny erwiderte lachend: »Scheiß Plörre, Euer Astra, aber muss man ja trinken hier!«

Das war jetzt nicht unbedingt ein Ice-Breaker bei den anderen Fans, die sie auf der Gegengerade eng gestaffelt umringten, aber außer ein paar freundlichen Worten wie »Heckenpenner« gab es keine weitere Reaktion aus dem direkten Umfeld.

Während also Benny im Stadion in etwa so viele Sympathiepunkte sammelte wie ein Hansa Rostock-Fan in HSV-Kluft ging auf dem Platz so richtig die Post ab. Der Kapitän Fabian "Boller" Boll hämmerte zwei Mordsdinger in das gegnerische Tor und Sven artikulierte etwas mühsam: »Wir steigen direkt wieder auf, Alter! Und dann werden wir Meister!«

Er war zu diesem Zeitpunkt doch etwas schwer zu verstehen, weil Benny in der Zwischenzeit noch einige Male zum Bier holen aufgebrochen war.

Benny fand das zuvor noch so verschmähte Bier offensichtlich auch nicht mehr so furchtbar, denn er hatte

Mühe, sich auf den Beinen zu halten. Freundlicherweise wurde er durch ein menschliches Wesen gestützt, welches - so war sich Benny relativ sicher - vermutlich weiblich war und mit an Sicherheit grenzender Wahrscheinlichkeit "Lene" hieß.

Nach dem Abpfiff blieb Sven noch eine ganze Weile im Block stehen, sang zusammen mit den anderen gut 20.000 Fans das obligatorische "You'll never walk alone" und feierte den hochverdienten Sieg[5] seiner Mannschaft, bis die Ordner ihn letztlich zum Verlassen des Stadions aufforderten. Benny half der Aufforderung nach, packte Sven am Kragen und schleppte ihn zusammen mit Lene hinaus aus dem Stadion. Die drei folgten den anderen tausenden Fans und trotteten zielgerichtet am Stadion vorbei immer weiter geradeaus, bis sie schließlich an der Reeperbahn ankamen. Sie unterhielten sich angeregt über das erlebte Fußballspiel, während sie am Operettenhaus am Spielbudenplatz vorbei schlenderten.

Mehrere Besucher in Abendgarderobe blickten teils interessiert, teils ziemlich verstört auf den nicht enden wollenden Strom von St.Pauli-Anhängern, die wenige Meter entfernt an ihnen vorbei gingen und lautstark ihre gute Laune präsentierten. Eine ältere Frau in einem weiten schwarzen Kleid umfasste instinktiv ihre Handtasche fester.

Verärgert bemerkte Sven die Handbewegung und schritt dicht an sie heran:

»Gute Frau! Was fällt Ihnen ein. Nur weil wir hier mit Schal und Trikot unterwegs sind, heißt das noch lange

---

[5] Es gab natürlich immer nur verdiente Siege und unglückliche Niederlagen, bei denen auch noch meist der Schiedsrichter schuld war. So ist das nun mal als Fan

nicht, dass wir Kriminell sind und ihre Handtasche entwenden wollen. Sie sollten sich was schämen! Schließlich sind Sie zu Gast in unserem Viertel und nicht umgekehrt! Denken Sie mal darüber nach!«

Gut. Das wollte Sven zwar sagen, er erkannte aber selber, dass der Alkoholpegel diese Ausführung in ein einziges Gelalle verwandelt hätte, was seiner Argumentation doch ziemlich geschadet hätte. Also besann er sich auf die Kurzfassung und streckte der Dame einfach nur die Zunge heraus.

Das Ziel seiner Geste schritt erschrocken einen Schritt zurück, während ihr Begleiter erschüttert nach seinem Smartphone griff. Bevor es endlich eingeschaltet war, hatte Benny seinen Kumpel aber längst gegriffen und weitergezerrt. Der Mann entschied sich sinniger Weise, dass es keinen Sinn machen würde, die Polizei zu rufen, nur weil jemand vor ein paar Minuten seiner Frau die Zunge herausgestreckt hatte. Er steckte das Telefon zurück in die Hosentasche und ging schnellen Schrittes zusammen mit seiner Frau zum Eingang des Operettenhauses. Es war später ziemlich ärgerlich für ihn, dass er vergessen hatte, dass er in der Pause sein Telefon eingeschaltet hatte. Das Musical "Sister Act" verträgt sich einfach nicht mit dem Crazy Frog.

»Lene? Was issn das fürn blöder Name?« nuschelte Sven zu Benny, als die drei nur wenige Meter weiter im "Hörsaal" gelandet waren und den Sieg feierten. »Und was zum Teufel machen wir in einem Cocktailschuppen?«

Die zweite Frage war nicht ganz unberechtigt. Der "Hörsaal" war eigentlich eher ein Studententreff mitten auf der Reeperbahn. Vom Stil her konnte man nicht sicher sein, ob das Interieur nun 80er oder 90er sein sollte, oder vielleicht auch doch nur komplett vom Sperrmüll geklaut war. Für die Bar sprachen eindeutig der Kicker, der direkt vor der Toilette stand und die gemütliche Sitzecke, die im

Halbrund vor ein paar meterhohen Lautsprechern aufgestellt war. In zwanzig Jahren würde Sven sich vermutlich dafür verfluchen, aber im Moment war es ziemlich geil, sich ohne Umwege sein Trommelfell vaporisieren zu lassen.

Allerdings konnte Sven prinzipiell mit Cocktails eigentlich herzlich wenig anfangen, vor allem seitdem er nach einem "The Big Lebowski"-Filmabend in ihrer WG mit "White Russian" ziemlich böse abgestürzt war. Benny war üblicherweise auch mehr der Bier-, denn der Cocktailtyp, nicht zuletzt, weil er ebenso - wie eigentlich alle Teilnehmer der White Russian/Lebowski-Situation - keine gute Erinnerungen mehr an Wodka und Milch hatte. Heute gab es jedoch plausible Gründe für ihre Anwesenheit im Hörsaal:

»Also erschttens finde isch Lene einen wirklich beschaubernden Namen, zweitens ist das doch ganz nett hier und drittens« beugte Benny sich vor und lallte direkt in Svens Ohr: »will isch die Kleine in die Kischte kriegen!«

Nun gibt es gute Timings, schlechte Timings und hundsmiserable Timings. In diesem Fall war eindeutig Letzteres der Fall, denn in dem Moment, als Benny seinem Freund seine tiefsten inneren Gefühle offenbarte stoppte die Musik und der halbe Schuppen, Lene selbstverständlich eingeschlossen, konnte seine "In-Die-Kiste-Kriegen"-Begründung hören.

Während der potentiellen "Kisten-Teilnehmerin" langsam die Gesichtszüge entglitten, versuchte Benny (erfolglos) die Situation zu retten:

»He, Lene. Hör doch mal«

»Ich habe bereits sehr gut gehört!« erwiderte die Angesprochene mit knallrotem Kopf, während Sven sich - der Situation völlig unangemessen - kaputtlachte: »He, Lene! verstehst Du? He-Lene! Helene!«

Mit einem etwas geringeren Alkoholpegel hätte Sven eventuell bemerkt, dass dies
1. nicht wirklich witzig war,
2. es ziemlich erbärmlich ist, sich über einen Namen lustig zu machen,
3. es eine reichlich blöde Idee ist, eine stinkwütende Frau auch noch zu verarschen
und
4. Lene diesen Witz exakt 1.743 Mal in ihrem Leben gehört hatte.
(Ohne Svens Einsatz. Nun also inklusive dessen Erwähnung 1.744 mal)
Lene reagierte wenig damenhaft und rammte Sven ihre Faust ins Gesicht.
Sven musste anerkennen, dass sie einen ziemlich kräftigen Schlag für ein Mädel von einem Meter siebzig hatte, die sich auf knapp 70 Kilo verteilten. Mehr noch als Anerkennung verspürte Sven jedoch den Schmerz. Dennoch konnte er nicht aufhören blöde zu lachen, so dass Lenes Reaktion und auch der Schmerz dem Spaß doch einigermaßen angemessen waren.
Ohne weitere Worte stapfte das Mädel wütend von dannen. Als sie sich der Ausgangstür näherte, hielt sie noch einmal kurz inne. Sie drehte ihren Kopf, blickte Sven und Benny wütend an und entschloss sich dann, umzukehren. Mit dem Blick einer Wahnsinnigen schaute sie nun auf den eigentlichen Verursacher der Peinlichkeit, schritt auf ihn zu und hämmerte mit aller Kraft ihre Handtasche über Bennys Schädel, so dass dieser brach.
Nun - es klang so, als ob er brach, doch auch wenn Benny sich dieser Tatsache ziemlich sicher war, war es tatsächlich doch nur eine Parfumflasche, die gebrochen war. Der Schädel war zwar durch den Alkoholmissbrauch nicht wirklich mehr zu Großtaten zu gebrauchen, aber

doch zumindest mechanisch unversehrt. Die weniger unversehrte Parfumflasche hatte hingegen unten in Lenes Handtasche gelegen und ihren Inhalt im Anschluss über ebendiese und zusätzlich Bennys Kopf ergossen.

Im wahrsten Sinne wie ein begossener Pudel schaute Benny leicht benommen Lene beim Abgang zu. Alle Anwesenden im Raum machten ihr sofort Platz, als sie wutschnaubend, aber sehr wohlriechend stolzen Schrittes die Bar verließ.

Der immer noch lachende Sven und Benny hatten kaum eine Chance, das soeben passierte reflektieren zu lassen, denn auch ihr Abend in der Bar endete ziemlich abrupt. Sie wurden von dem kräftigen und schlechtgelaunten Türsteher vor die Tür gesetzt.

Dass sie es doch gar nicht waren, die geprügelt hatten, konnten sie dem Rausschmeißer nicht glaubhaft erklären, denn die Tatsache, dass sie beide gerade von einem Mädchen verdroschen worden waren konnten sie einfach nicht so offen zugeben. Das ließ ihr - in diesem Fall nicht gerade angebrachter, unter dem Alkoholeinfluss aber verstärkter - männlicher Stolz nicht zu.

Der Alkohol verhinderte auch, dass beide ihre Schmerzen vorne, bzw. oben am Kopf zu deutlich spürten. Und so torkelten sie leicht blutend, aber weiterhin sehr gut gelaunt weiter die Reeperbahn entlang und an der Davidwache vorbei.

Sie bogen nach links auf den Hans-Albers-Platz, der wie immer von wenig bekleideten Frauen der käuflichen Art bevölkert war. Während Sven nur versuchte die Damen halbwegs freundlich abzuwimmeln, laberte Benny den Mädels mal wieder ein Kotelett ans Ohr. Es dauerte eine ganze Weile, bis die Frauen mit den Puschelschuhen erkannt hatten, dass bei beiden nichts finanzielles zu holen war. Während Sven erleichtert die Tür zum nahe gelegenen Irish Pub öffnete, blickte Benny etwas enttäuscht zurück, dass niemand mehr mit ihm reden wollte. Das Letzte, an das Sven sich erinnerte waren Bennys enttäuschte Worte:

»Die wollen doch alle nur das Eine!«.

Was er darauf geantwortet hatte wusste er am nächsten Morgen schon nicht mehr. Oder um es anders auszudrücken: das viele Geld, welches Sie im späteren Verlauf der Nacht noch ausgaben war eigentlich völlig überflüssig verplempert, da sie nicht mehr allzu viel davon mitbekamen.

Kapitel 3
Hangover

I got a little bit trashed last night,
I got a little bit wasted, yeah
I got a little bit mashed last night,
I got a little shitfaceded, yeah

[Taio Cruz]

Als Sven in seinem eigenen Bett erwachte, formten sich drei Buchstaben in seinem Kopf. Eigentlich waren es nur zwei Buchstaben, deren erster Buchstabe sich wiederholte und somit ein Palindrom ergab. Nicht, dass Sven ein allzu großes Empfinden für diese literarischen Feinheiten hatte; Im Allgemeinen war sein Gespür dafür relativ begrenzt, in seiner jetzigen besonderen Situation allemal: Sein Gedanke formte sich zu einem Wort und es ging hinaus in die Welt:

»Aua[6]«.

In seinem nun (fast) nüchternen Zustand traf Sven der Schmerz, den er im Gesicht verspürte wie ein erneuter Schlag. Lenes Faust vom Vorabend hatte es wohl mächtig in sich gehabt. Magen und Kopf stimmten in den schmerzenden Protest ein und brachten ihn dazu einen heiligen Schwur abzulegen, nie, nie wieder Alkohol zu trinken und

---

[6] Sicher. "Reliefpfeiler" wäre ein deutlich beeindruckenderes Palindrom gewesen, aber versuchen Sie mal als Autor, so ein Wort unterzubringen ohne dass es aufgesetzt wirkt. Vor allem wenn der Protagonist der Geschichte mit einem kräftigen Kater kämpft und daher momentan doch eher einsilbig daher kommt.

völlig objektiv zu erkennen, dass er in diesem Moment die ärmste Sau auf dem Planeten war.

Mühsam quälte er sich aus dem Bett, stolperte über seine Schuhe, entschied, dass es momentan viel zu anstrengend wäre sich erneut zu erheben und verließ auf allen Vieren sein Schlafzimmer. Er robbte durch das direkt angrenzende Wohnzimmer und rutschte dabei an Benny vorbei, der halb auf der Couch und halb auf dem Tisch vor sich hin schnarchte. Um die Situation exakt zu beschreiben: Der schnarchende Teil von Benny lag auf der alten Kunstleder-Zweiercouch, der nicht schnarchende größtenteils auf dem Tisch.

Im Badezimmer angekommen überlegte Sven, ob jetzt eher pinkeln oder übergeben angebracht wäre. Aus dem Wohnzimmer hörte er Bennys Telefon klingeln, was in Svens Kopf wie eine ganze Armee kleiner Kobolde klang, die lautstark *Pata-Pata-Pon* auf überdimensionalen Trommeln in seinem Kopf spielten. Benny musste wohl ähnlich empfinden, denn dessen Reaktion waren leise Flüche, das Vergraben seines nun nicht mehr schnarchenden Kopfes in dem Sofakissen und ein kräftiger Furz, der das ohnehin durch Bier- und Parfumgestank nicht gerade angenehme Raumklima der kleinen 50m²-Wohnung weiter verschlechterte.

Sven kümmerte sich nicht weiter um Bennys individuellen Probleme und schaffte es erfolgreich, seine Blase in die Toilette zu entleeren, ohne dass sein Magen diesem Beispiel folgte. Er überlegte eine Weile, ob er duschen sollte oder eine Katzenwäsche ausreichend wäre, um schlussendlich weder das eine, noch das andere zu tun sondern ungewaschen zurück ins Schlafzimmer zu schlurfen und wieder ins Bett zu fallen.

Am späten Nachmittag wurde Benny unsanft von Svens automatischem Staubsauger geweckt, der keine

Sonderregel für "Herrchen schläft seinen Rausch aus" besaß, sondern stur sein "saubermachen um 15:00 Uhr"-Programm abspulte und auch die Sonderbedingung "Bennys Socken liegen auf dem Boden verteilt" nicht kannte und somit dessen rechten Socken halb einsaugte um dann mit ihm den Rest des Zimmers zu reinigen.

Es dauerte eine halbe Stunde, bis Benny entschied, dass er dem Staubsaugerlärm durch das Vergraben seines Kopfes in die Kopfkissen nicht entfliehen konnte. Er quälte sich aus dem Sofa und folgte dem Geräusch des runden Krachmachers, der gerade unter dem Sofa hervorkam. Er schlug so lange mit der rechten Faust auf das Höllengerät ein, bis dieses endlich auf Kosten einer kräftig schmerzenden Hand ruhig wurde. Ob er dabei zufällig den Ausschalter erwischt hatte oder reine Materialermüdung dazu führte, dass die Maschine aufgab konnte er weder erkennen, noch war es für ihn in diesem Moment von Interesse.

Hauptsache das Mistding war ruhig.

Nach dem glorreichen Sieg über das Ungeheuer drehte Benny es triumphierend auf den Rücken, um seinen Socken zurück aus dem Schlund des Monsters zu ziehen. Der Kampf war hart und unerbittlich und wurde zu Bennys Missvergnügen in einem letzten Anflug von Bosheit vom eigentlich bereits geschlagenen Staubsauger gewonnen.

Mit pochendem Kopf gab Benny entnervt auf, begab sich ins Bad, pinkelte zunächst in die Toilette, deren Klobrille praktischerweise schon aufgestellt war, stieg in die Badewanne und duschte sich mit dem an der Wand befestigten Duschkopf.

Der Duschvorgang dauerte relativ lange. Während warmes Wasser über Bennys Kopf lief bewegte er sich keinen Zentimeter, hielt die Augen geschlossen und den Mund halb geöffnet. Sein Gehirn machte keine Anstalten großartige Leistungen zu vollbringen, sondern entschied sich, statt brillanter Gedanken lieber einen leichten pochenden Schmerz zu produzieren.

Irgendwann schaffte es das Gehirn dann doch, Benny mitzuteilen, dass er auch mal aus der Wanne steigen müsse. Das klappte sogar unfallfrei inklusive Abstellen des Wassers. Abtrocknen war hingegen nicht mehr in der Befehlskette angekommen, ergo verließ Benny nass das Bad und zog sich im Wohnzimmer ebenso nass seine alten, stinkenden Klamotten vom Vortag an. Dies dauerte - mit einigen dringend notwendigen Gleichgewichtspausen - eine ganze Weile, klappte letztendlich dann doch irgendwann.

Nachdem er als letztes Kleidungsstück den linken Socken angezogen hatte, machte er sich satte 20 Minuten auf die Suche nach dem rechten Gegenpart, bis ihm wieder einfiel, dass der Staubsauger diesen gefressen hatte. Weitere 10 Minuten versuchte er erneut den Kampf gegen den Staubsauger zu gewinnen, gab sich dann aber mit einem pochenden Schädel ein zweites Mal geschlagen.

Nach diesem schweren Kampf musste Benny sich erst einmal eine gute Viertelstunde auf der Couch ausruhen, bevor er sich erneut aufraffen konnte und mit blankem Fuß in die kleine gefliese Küche schlurfte, deren Größe eher der einer Kombüse entsprach. Der Fußboden war nur mittelprächtig sauber; Unter dem linken Socken und rechten Fuß sammelten sich ein paar unschöne Fussel. Kein Wunder: Der automatische Staubsauger saugte nur das Wohnzimmer und alle anderen Räume wurden demnach - wenn überhaupt - nur in sehr unregelmäßigen Abständen gesäubert.

Das störte Benny allerdings nur bedingt. Viel schlimmer war, dass die Kaffeemaschine von Sven ähnlich intuitiv zu bedienen war wie sein Staubsauger. Er ahnte, dass die Staubsaugertaktik vom wahllosen Einschlagen auf das Gerät hier nicht zum Erfolg führen würde und fluchte stattdessen lautstark über das Drecksding.

Er fluchte dermaßen laut und ausdauernd, dass Sven schließlich aufwachte, entnervt aufstand, aus dem Schlafzimmer über das Wohnzimmer in die Küche schlurfte, den Deckel der Kaffeemaschine öffnete, eine Kapsel in das Gerät drückte, den Deckel wieder schloss und einen der vier Knöpfe auf der Maschine drückte. Während er wortlos in Unterhose und T-Shirt die Küche verließ stellte Benny geistesgegenwärtig noch schnell eine Tasse unter die Düse der Maschine, so dass wenigstens etwas der schwarzen Flüssigkeit in dem Gefäß und nicht auf dem Boden oder auf Bennys Füßen landete.

Eine Weile später saßen beide angezogen auf der Couch vor dem Fernseher und zwangen sich ihre trockenen Toastbrote hinein. Das war das Maximale an fester Nahrung, was gefahrlos verspeist werden konnte ohne rückwärts verdaut zu werden.

»Sach mal, Sven« murmelte Benny den Toast mampfend: »Kannst Du nicht eine stinknormale Kaffeemaschine kaufen wie anständige Leute, anstelle von so einem Schickimicki-Apparat, bei dem jede Tasse mehr kostet als bei Star Bucks?«

»Nö. Ich will halt was Cooles. Außerdem kostet es Dich ja nix, oder?«

»Stimmt zwar, aber mal ehrlich: Kaffeemaschine mit Schnickschnack, einen Staubsauger, der automatisch rumrotiert und dich sonntags aus dem Bett schmeißt: Du weißt schon, dass Du damit Dein Nerd-Image nie los wirst, oder?«

Sven nippte vorsichtig an der Kaffeetasse, in der sich gerade eine Aspirin auflöste:

»Nö. Nix Nerd. Hat alles einen perfekten WAF[7]«

»Doch Nerd! Und wozu zum Teufel brauchst Du überhaupt einen hohen WAF? Deine Wohnung sieht so sehr nach Single aus, wie es nur geht. Sie ist kaum größer als ein Schuhkarton und Du stellst sie auch noch mit einem Flipper zu!«

Er machte eine Handbewegung zur Rechten, wo das schwarze Ungetüm vor sich hin blinkte und in regelmäßigen Abständen die Titelmelodie der "Adams Family" andeutete

»Wann hast Du denn das letzte Mal Titten in der Hand gehabt?« fuhr Benny fort. Schnell fügte er hinzu: »Und ich meine nicht Deine eigenen!«

Sven schnitt eine Grimasse und kippte den Rest des Kaffee-Aspirin-Cocktails mit einem Schluck herunter.

»Gestern Abend, Benny. Im Dollhouse«

Etwas unsicher fügte er hinzu: »Glaube ich zumindest«

Benny hob abwehrend die Hände in die Höhe: »Frag mich nicht, ab dem Pub weiß ich nix mehr. Das muss an dem Schlag auf meinen Kopf gelegen haben«

»Klar« erwiderte Sven: »Und überhaupt nicht an dem Bier und den Cocktails«

---

[7] WAF= *Womens Acceptance Factor*. Mit diesem pseudo-wissenschaftlichen Ausdruck versuchen Nerds zu ergründen, warum Frauen HD Beamer mit Kabeln quer durch die Wohnung hassen, während sie iPhones total hipp finden

In diesem Moment klingelte Bennys Handy erneut. Es rappelte vibrierend über Svens hässlichen Fliesentisch[8].

Bennys Koordinationsfähigkeiten waren noch reichlich eingeschränkt und er hatte einige Mühe, das Ding zu schnappen und den großen grünen Abheben-Knopf auf dem Touch-Display zu erwischen. Er hob das Telefon an sein rechtes Ohr, bereute es aber sofort wieder, denn noch bevor er sich am Telefon melden konnte, brüllte jemand durch das Selbige. Bennys Kopf war jedoch auf Lautstärken oberhalb 100 Dezibel momentan nur bedingt eingestellt.

Sven beobachtete, wie Benny das Telefon so weit wie möglich von seinem Ohr entfernte, nur hin und wieder »Jo« oder »Ach!« zur Konversation beitrug, sonst aber sein Gegenüber einfach nur erzählen, bzw. brüllen ließ. Das Telefonat endete mit einem »Ja, Sven richte ich auch schöne Grüße aus«. Der Gesprächspartner fluchte auch für Sven deutlich hörbar und legte dann auf.

Benny legte das Telefon vorsichtig zurück auf den Tisch, als sei es eine scharfe Bombe, die bei jeder Erschütterung explodieren könnte. Er grinste Sven an:

---

[8] Fliesentische sind ja eigentlich per Definition schon hässlich. Außer einigen extrem Geschmacksverirrten werden sie – zu Recht – eigentlich nur noch von miesen Regisseuren in schlechten Dokusoaps auf RTL2 verwendet. Svens Fliesentisch bot aber noch eine weitere Abscheulichkeit: Als der Tisch bei einem Umzug sich seiner Fliesen entledigte, weigerte Sven sich störrisch den Zaunpfahlwink zu verstehen und entsorgte keineswegs den Tisch, sondern kaufte sich neue Fliesen, mit denen er das verwurmte Exemplar neu bestückte. Seitdem hatte er nicht nur einen hässlichen Fliesentisch, sondern einen hässlichen Fliesentisch mit Fliesen, die nicht wirklich gerade aufgebracht worden waren

»Das mit dem Dollhouse ist noch nicht völlig geklärt, aber Ich weiß jetzt, was wir heute Morgen so um vier gemacht haben.«

Er erntete von Sven nur ein fragendes Gesicht und fuhr fort: »Wir haben wohl letzte Nacht fünf Mal bei Dätlef angerufen und ins Telefon gegrölt, wie geil die Party ist. Und dass er herkommen soll. In der Kurzform: Er ist stinksauer und Sophie sollten wir die nächsten Monate wohl besser auch nicht über den Weg laufen.«

»Also wie immer?« fragte Sven grinsend

»Jo.« erwiderte Benny ebenfalls breit grinsend.

Es hatte Tradition, dass Benny und Sven bei durchzechten Partynächten Dätlef anriefen um ihm mitzuteilen, dass er diesmal aber echt was verpasst. Dätlefs Problem war, dass er beruflich rund um die Uhr telefonisch erreichbar sein musste, sollte irgendwo eine Datenbank explodieren, eine Website abstürzen oder sonst irgendetwas, was Systemadministratoren nun mal so machen. Seit ihren Studientagen hatten diese Anrufe nie wirklich aufgehört. Damals mussten auch schon einmal Dätlefs Eltern darunter leiden, dass Benny die Privatnummer besaß und Dätlef zuhause wähnte. Dätlefs Eltern waren zwar mittlerweile aus dem Schneider, denn er und Sophie bewohnten jetzt eine eigene Wohnung. Dies wiederum führte aber dazu, dass Dätlef nicht nur mitten in der Nacht aus dem Bett geklingelt wurde, was schon schlimm genug war, sondern vor allem, dass auch seine Verlobte davon wach wurde. Nach solchen Anrufen waren die Gespräche am Frühstückstisch am nächsten Morgen zwischen den Beiden nicht sehr angenehm und endeten meist damit, dass eigentlich Dätlef an allem schuld war »und überhaupt!« (was Sophies allumfassende, immer gültige Argumentation zu sein schien)

Eigentlich hatte Benny recht früh den Heimweg antreten wollen, doch Sven brauchte noch eine ganze Weile, bis er wieder fähig war, sein Auto zu bewegen. Vor allem aber dauerte es eine ganze Weile, bis er wieder ein Auto bewegen durfte ohne den Führerschein zu riskieren.

Es war bereits später Abend, als Sven endlich zu seinem Auto ging um Benny zum Bahnhof zu fahren. Beide redeten kein Wort, während sie auf der breiten mehrspurigen Straße von Hamburgs Außenbezirken zunächst durch den Stadtteil Barmbek an der Hamburger Meile vorbei und dann entlang der Außenalster Richtung Innenstadt fuhren. Benny bog links ab Richtung Hauptbahnhof und fuhr durch den erfreulich leeren Wallringtunnel. Er drehte das Fahrzeug und hielt direkt vor der Wandelhalle am Hauptbahnhof.

Das alte Jahrhunderte alte, gut hundert Meter lange Gemäuer aus hellem Stein, Glas und Eisen wirkte wie ein Dinosaurier in Anbetracht der modernen seelenlosen Glaspaläste auf der anderen Seite der Straße. Die große Bahnhofsuhr zeigte 21 Uhr 35. Auf dem Vorplatz hasteten viele Touristen und Einheimische über das Pflaster. Der Eingang zur U-Bahn spuckte ununterbrochen weitere Reisende aus. Es waren wie immer viele Fahrräder an die Metallstangen angekettet. Am Taxistand warteten nur wenige Fahrzeuge mit laufendem Motor.

Auch Sven ließ den Motor laufen, während Benny ausstieg und seine Sachen aus dem Kofferraum holte. Beide sprachen kein Wort, zu sehr damit beschäftigt, sich um ihre Kopf- und Magenschmerzen zu kümmern. Benny hob kurz die Hand zur Verabschiedung, knallte den Kofferraum zu und machte sich die Socken in Richtung Wandelhalle um die Bummelbahn in seine Heimat Osnabrück noch rechtzeitig zu erwischen.

Gut. Strenggenommen, machte er sich nicht auf *die* Socken, sondern nur auf *den* Socken. Den Linken genaugenommen, denn der Rechte steckte weiterhin in Svens Staubsauger fest[9].

Kaum war Benny aus dem Auto gestiegen, machte Sven sich auch schon wieder auf den Weg nach Hause. Zum einen, weil er im absoluten Halteverbot stand, zum anderen, weil echte Kumpels sich ohnehin nicht tränenreich verabschiedeten.

Zu Hause stellte er den Wagen auf der Straße ab, wo er recht schnell einen Parkplatz gefunden hatte. Einer der Vorteile, wenn man - soweit dies innerhalb der Stadtgrenzen von Hamburg möglich war - am Arsch der Welt, weit entfernt von jeder U-Bahn-Station wohnte. Sven verschloss die Fahrertür, überquerte die Straße und schlurfte zurück in seine Wohnung.

Er war sich eigentlich nicht wirklich so sicher, dass er schon wieder hatte fahren dürfen. Sicher war hingegen auf jeden Fall, dass er mit seinem jetzigen Erscheinungsbild perfekt als Komparse bei "The Walking Dead" hätte mitspielen können.

Er ließ sich auf sein Sofa plumpsen und erlaubte es dem Fernseher, die wenigen derzeit noch funktionierenden Gehirnzellen durch das Privatfernsehen zu betäuben. Erst spät in der Nacht schleppte er sich vom Sofa hoch und fiel ins Bett. Die leeren Kaffeetassen hatten in dieser

---

[9] Einige Tage später wurde die Socke erst von Sven bemerkt und von ihm fachmännisch aus den Klauen des Staubsaugers befreit. Die nächsten Jahre sorgte sie dafür, dass Sven nach jeder Wäsche erneut minutenlang versuchte das Sockenpaar zu vervollständigen.

Zeit ihren Weg vom Wohnzimmertisch in die Küche noch nicht gefunden.

Kapitel 4
I don't like Mondays

*Tell me why
I don't like Mondays.
I want to shoot
The whole day down*

[The Boomtown Rats]

Der Montagmorgen fing viel zu früh an, weil doch tatsächlich erwartet wurde, dass Sven für sein Gehalt arbeitete. Unsanft wurde er mit einem lauten "Wake Up!" aus dem Lied "Chop Suey" aus seinem Schlaf gerissen. Ein äußerst effektives, wenn auch unangenehmes, weil sehr lautes Lied für die Wecker-App auf seinem Smartphone.

Sven kämpfte sich mühsam aus dem Bett. Leichte Reste des Katers waren noch immer zu spüren. Er öffnete die Schlafzimmertür und betrachtete missmutig die Unordnung in seinem Wohnzimmer. Er nahm sich fest vor, das Chaos noch diesen Abend zu beseitigen. Momentan fehlten aber sowohl Zeit, als auch Motivation.

Sven duschte sich in Rekordzeit. Die Spuren des Wochenendes waren in seinem Gesicht deutlich zu erkennen. Seine Nase hatte zwar die normale Form wieder angenommen, ansonsten sah sein Gesicht aber äußerst zerknittert aus. Sven rasierte den Wochenendbart ab, putzte sich die Zähne und zog sich frische Klamotten an. Jeans und Nerd-Shirt mit der Aufschrift "I see dumb people" mussten als Arbeitskleidung und Botschaft an die Vorgesetzten heute reichen.

Sven sprintete ohne zu frühstücken aus der Wohnung und zu seinem Auto. Er öffnete die Tür, schwang sich auf den Fahrersitz und startete den Motor. Nach einem kurzen Blick in die Außenspiegel bog er auf die Straße und fuhr mit erhöhter Geschwindigkeit zu der wenige Kilometer entfernten nächstgelegenen U-Bahn-Station, um wenigstens noch halbwegs pünktlich zur Arbeit zu erscheinen. Bereits wenige hundert Meter nach der Abfahrt wurde Sven jedoch wieder vom typischen Hamburger Berufsverkehr aufgehalten. Und auch der Park & Ride - Parkplatz an der U-Bahn-Station "Trabrennbahn" der U1 war selbstverständlich wieder komplett belegt. Nun ja. Fast komplett. Theoretisch wäre zwar noch Platz gewesen, da aber dieser Held mit seinem SUV unbedingt zwei Parkplätze gleichzeitig belegen musste, half Sven das auch nicht entscheidend weiter.

Sven drehte einige Runden in der Nachbarschaft um einen freien Parkplatz zu finden. Wie es schien, war der nächste freie Platz weiter entfernt als seine eigene Wohnung. Völlig entnervt parkte er seinen Wagen schließlich auf dem Edeka-Parkplatz gegenüber der U-Bahn-Station und rannte zum Bahnsteig, um gerade noch rechtzeitig zu sehen, wie sich die Türen schlossen und die U1 abfuhr.

Die nächste Bahn folgte glücklicherweise nur wenige Minuten später. Sie war wie immer recht gut gefüllt. Sven schaffte es dennoch einen Sitzplatz zu ergattern. Während er die sozialen Netzwerke mit seinem Smartphone checkte, bemerkte er, dass Techno derzeit furchtbar angesagt sein musste. Zumindest lag diese Vermutung nahe, denn irgend so ein Pubertierender beschallte das halbe Abteil damit durch seine Kopfhörer. Sven versuchte während der halbstündigen Fahrt so gut es ging, den Krach zu ignorieren und schaffte dies auch, bis er am Jungfernstieg die Bahn verließ.

Im Hinausgehen schrie Sven dem Musikexperten »Onanieren macht taub!« entgegen und klopfte dem pickeligen Techno-Jünger dabei leicht auf die Schulter. Dieser nahm seine Kopfhörer ab und fragte laut: »Was?«

Als einzige Erwiderung kam von Sven nur noch ein »Sag ich doch!«, bevor er ausstieg und sich die Türen schlossen. Befriedigt stellte Sven aus dem Augenwinkel fest, dass die Unterhaltung in der U-Bahn zu einigem Frohsinn und Häme geführt hatte. Vor allem bei den beiden Kumpels des Technofans, der keinen blassen Schimmer hatte, warum das ganze Abteil lachend auf ihn zu zeigen schien.

Im Büro angekommen wurde Sven mit dem internationalen Zeichen für zu-spät-kommen begrüßt:

»Mahlzeit!«

Als Antwort zeigte Sven nur stumm auf den Spruch auf seinem T-Shirt und startete seinen Computer. Während der PC träge hoch fuhr, holte Sven sich erst einmal einen Kaffee. Er stellte die Tasse neben die Tastatur und öffnete seine Internetanwendung. Von der Website, die er bearbeiten musste, funktionierte kaum die Hälfte, was seine Vorgesetzten aber nicht daran hinderte, ständig irgendwelche Pixel verschoben haben zu wollen. Die Sinnhaftigkeit solcher Anforderungen hinterfragte Sven nach vier Jahren in der Werbebranche schon lange nicht mehr. Am Ende würde er so oder so auf den Deckel kriegen, warum das Projekt nicht rechtzeitig umgesetzt wurde.

Als kleinen persönlichen Triumph konnte er für sich heute verbuchen, dass er erfolgreich die Formulierung "Directly Assigned User" beim Marketing als Bezeichnung für den Endkunden platzieren konnte. Und wie das beim Marketing nun mal ist, werden englische Buzzwords immer gerne aufgenommen und weiterverbreitet. Und so konnte Sven dann doch mit einem (erschreckend bösen) Lächeln Abends nach zehn Stunden Arbeit sein Büro verlassen, denn von nun an durfte er die Anwender offiziell mit "DAU" abkürzen. Es sind die kleinen Dinge im Leben, die zählen[10].

Trotz des kleinen Sieges in der Bürotretmühle war Sven am Abend heilfroh, den Montag überstanden zu haben und machte sich durch das regnerische Hamburg auf zur U-Bahn-Station am Jungfernstieg.

Sven war ein klassischer Nerd und zu den Wesenszügen eines klassischen Nerds gehört mindestens eine Grundportion Paranoia. Sven war hier keine Ausnahme. Er verabscheute öffentliche Kameras zutiefst und achtete stets penibel darauf, möglichst nicht in das Sichtfeld einer dieser Überwachungsapparate zu geraten. Dies ist jedoch relativ schwierig, wenn man sich an einem Bahnsteig des Hamburger Verkehrsverbunds aufhält. In regelmäßigen Abständen werden die Passagiere entlang des Bahnsteigs von fest installierten Kameras gefilmt. Die meisten Kameras filmen entlang des Bahnsteigs die Passagiere beim Ein- und Aussteigen aus der U-Bahn. Einige wenige Kameras sind aber auch auf die Notrufsäulen gerichtet, die sich in der Mitte des Bahnsteigs befinden. Die Kameras sind nicht schwer zu erkennen und Sven hatte sich längst einen Kameraspießrutenlauf angewöhnt, um nicht in deren Sichtfeld zu geraten.

Die "Einstiegskameras" waren relativ leicht zu vermeiden, indem man sich ausreichend weit vom Bahnsteigrand entfernt bewegte, doch die Kameras für die Notrufsäulen konnte man nur vermeiden, indem man sie eng am Bahnsteigrand entlang unterlief.

---

[10] DAU ist übrigens in Computerkreisen die quasi-offizielle Abkürzung für "Dümmster anzunehmender User", aber das wussten Sie natürlich, schließlich sind Sie selbst total Internet-Affin.

Der aufmerksame Beobachter hätte Sven dabei erkennen können, wie er den Kameras auswich und bei den Notrufvarianten genau diesen einen Schwenk Richtung Bahnsteig machte. Tatsächlich gab es einen aufmerksamen Beobachter, oder um es zu präzisieren: Eine aufmerksame Beobachterin, die Sven, als er sich gerade unterhalb der Notrufsäulenkamera befand, an der Schulter packte, ihn herumriss und mit einem »Mach kein Scheiß, Junge!« zu Boden rang.

Sven stürzte völlig überrascht über die Mitt-Zwanzigerin, deren Vorschlag generell durchaus vernünftig erschien, doch in der konkreten Situation war Sven eigentlich der Meinung, nicht er würde Seltsames tun, sondern die Brünette, die ihn - so schien es - ein wenig mitleidig ansah.

Sven drückte die Frau teils verärgert, teils irritiert zur Seite, rappelte sich auf und erwiderte mit einem der Situation angemessenen »Hä?«, während auch die Frau sich aufrichtete.

Ein nahezu endloser Wortschwall ergoss sich als Antwort über Sven, der im Wesentlichen beinhaltete, dass er noch viel zu jung sei zum Sterben, das Leben an sich ohnehin recht erträglich und man doch nur mal reden müsse. Wenn er es denn gerne wolle, so stünde sie dafür bereit.

Damit überreichte sie ihm eine Visitenkarte, auf der stand, dass sie Psychologin war, Jule Fischer hieß und offensichtlich sehr begrenzte Bürozeiten hatte.

Eigentlich war Svens Kopf längst wieder frei und keinerlei Nachwirkungen der samstäglichen Eskapaden mehr vorhanden, dennoch dauerte es eine Weile, bis er den Monolog einigermaßen eingeordnet hatte. Die umstehenden Passanten, die neugierig geglotzt hatten schienen der Argumentation auch nicht wirklich folgen zu können.

Als er sich endlich einigermaßen gesammelt hatte, erwiderte Sven aufgebracht: »Hör mal gut zu, Du Hippe! Da oben an der Anzeige steht, dass der nächste Zug erst in drei Minuten einfährt. Da die HVV meistens relativ pünktlich ist, habe ich also einige Minuten Zeit um mich auf meinen Tod vorzubereiten, sollte ich auf die Gleise springen. Wenn dann dieser Zug in ein paar Minuten eintrifft und der Schaffner es nicht schafft, sein Arbeitsgerät rechtzeitig von seinen affenartigen fünf bis sieben km/h zu stoppen würde er mir vermutlich maximal eine Beule am Kopf verpassen. Was zum Teufel also soll das? Ist das eine neue Form von Kaltaquise bei Psychologen?«

Die Junior-Psychologin schaute ihn nur mit einer Mischung aus Mitleid, Wut, Mitgefühl und Angst an, gewürzt mit einer (ganz kleinen) Portion Professionalität[11].

Wortlos drehte sie sich um und begab sich zum Ausgang. Sven blieb nichts weiter übrig, als ihr verdutzt hinterher zu starren und ihren hübsch wackelnden Hintern zu betrachten, der nach oben von einem nicht minder hübschen - wenn auch durch einen hässlichen, vermutlich selbst gestrickten Pullover bedeckten - Rücken fortgesetzt wurde.

Sven starrte noch eine Weile weiter auf die leeren Treppenstufen, über welche die seltsame Frau den Bahnsteig verlassen hatte. Erst als aus den Lautsprechern »Zurückbleiben Bitte« ertönte, schüttelte er den Kopf und wandte seinen Blick auf die U-Bahn, die von ihm unbemerkt eingefahren war und die Tür vor seiner Nase verschloss.

---

[11] Fragen Sie mich nicht, wie man all diese Ausdrücke auf einmal darstellen kann, aber zum Glück bin ich ja nur Schriftsteller und kein Schauspieler. Frauen scheinen sowas zu können, erzählt man sich.

Wenig später saß er mit rasenden Gedanken im nächsten Zug nach Hause. Was zum Teufel war das denn gewesen? War die ganze Welt bekloppt geworden?

Die ganze Welt mochte nicht bekloppt geworden sein, Sven jedoch war kurz davor seinen Verstand zu verlieren. Denn an seiner Heimatstation angekommen war zwar immer noch viel Betrieb, nur eines fehlte: Sein Auto. Sven sprintete mehrere Male über den Supermarkt-Parkplatz. Oder hatte er sein Auto doch auf dem Park & Ride-Parkplatz abgestellt? Oder an der Straße?

Es half nix: Die Karre war weg.

Wenigstens hatte Sven sein Smartphone parat und wählte die Nummer der Polizei. Nachdem er sein Anliegen und seinen Standort durchgegeben hatte, war kurz Stille am anderen Ende der Leitung.

Keine Ahnung, was Sven erwartet hatte; Ein »Wir schicken unseren besten Mann von der Spurensicherung« wäre vielleicht etwas zu dick aufgetragen. Er wollte auch ganz sicher nicht, dass irgendein Kommissar in Tatort-Manier hier mit quietschenden Reifen anhält und die Verfolgung der Täter aufnimmt.

Was er nicht erwartet hatte, war schallendes Gelächter.

Nachdem sich sein Gegenüber etwas beruhigt hatte, erfuhr Sven, dass sich sein Auto aller Wahrscheinlichkeit nach im "Autoknast" befand.

Der Autoknast! Bei diesen Worten schlottern erwachsenen Kerlen die Knie. Auch wenn der Name anderes vermuten ließ: Der Autoknast war keine staatliche Verwahrstelle, sondern die Halde eines privaten Unternehmens, dass sein Geld damit verdiente, Parkplätze von Firmen wie Supermärkten zu mieten und dann deren parkende Besucher bis auf die Knochen auszunehmen.

Man erzählte sich die schlimmsten Horrorgeschichten über diesen, ironischerweise auch noch "Aktiv Transport" genannten Abschlepper; Das Verspeisen von kleinen Kindern zum Frühstück war da noch eines der harmloseren Gerüchte.

Neben den abartig hohen Gebühren in der Dimension von aktuellen Smartphones kam noch hinzu, dass der Autoknast bewusst am Arsch der Welt war, wo er mit öffentlichen Verkehrsmitteln nicht zu erreichen war. Tappte man dadurch in die Falle und versuchte erst am darauffolgenden Tag eine Fahrgelegenheit zu organisieren, so musste man zusätzlich eine tägliche "Parkgebühr" entrichten, für die man bei Chantal am Hans-Albers-Platz fast schon das volle Programm bekommen hätte[12].

Es war bereits stockfinster, als Sven endlich bei der Verwahrstelle angekommen war. Der Taxifahrer hatte einen extrem guten Schnitt gemacht. Zum einen war da natürlich die ziemlich weite Fahrt, die sein Kunde bezahlt hatte, zum anderen war da zusätzlich noch ein sehr üppiges Trinkgeld. Dieses war in erster Linie deshalb so großzügig ausgefallen, weil der Fahrzeuglenker die komplette Fahrt über zum Ausdruck brachte, was für "Arschlöcher" und "Verbrecher" diese Abschlepper seien. Das half Sven zwar in der konkreten Situation nicht wirklich weiter, aber Solidarität unter Autofahrern ist wichtig.

Sven konnte sein Auto in der Dunkelheit gut erkennen. Der zehn Jahre alte Opel Vectra mit der verblassenden roten Farbe stand nur wenige Meter von dem Schlagbaum entfernt auf dem morastigen Untergrund. Ein stabil gemauertes Häuschen befand sich gleich in der Nähe. Hinter einem kleinen Guckloch saß ein Kassierer.

---

[12] Selbstverständlich weiß der Autor dieses Buches keineswegs, was man bei Chantal am Hans-Albers-Platz für 80 Euro so bekommt. Er verkehrt nicht in solchen Kreisen. Außerdem heißt die Dame auch gar nicht Chantal

Das Glas war mit Sicherheit Kugelsicher und wurde zusätzlich durch ein Metallgitter geschützt.

»Dass Ihr Arschlöcher seid, wisst Ihr, oder?« murmelte Sven, während er seinen Ausweis vorzeigte.

»Jupp« erwiderte der Mann hinter der Scheibe: »Und Wegelagerer«

Sven nickte. Dann war das ja wenigstens geklärt. Er schob dem Mann einen Vierteltausender unter der Scheibe hindurch. Dafür bekam er eine Quittung und konnte sich zu seinem Auto auf machen.

In der Dunkelheit war nicht zu erkennen, ob sein Auto durch das Abschleppen Kratzer oder ähnliches davon getragen hatte. Strenggenommen hätte das am Aussehen auch nicht wirklich viel geändert, denn Kratzer hatte der Wagen auch vorher schon zur Genüge gehabt. Sven öffnete die Fahrertür mit dem Schlüssel, setzte sich hinter das Lenkrad und startete den Motor. Er fuhr einige Meter vorwärts und wartete ungeduldig, dass die Schranke sich hob.

Nachdem er die Schranke hinter sich gelassen hatte, kam ein Gefühl der Freiheit in ihm auf. Sein Auto war wieder frei.

Dieser olle Blechkasten würde in Würde und Freiheit weiter altern dürfen.

Sven widerstand der Versuchung, die Reifen durchdrehen zu lassen und dadurch Kies und Schmutz gegen das Häuschen zu schleudern, in dem der Wegelagerer auf weitere Kundschaft wartete. Zunächst einmal hielten ihn konkrete technische Hindernisse davon ab, denn so richtig gut hätte ein solcher Kommentar nur mit einem Heckantrieb funktioniert. Sein Auto wurde jedoch von der Vorderachse angetrieben. Außerdem hatten das schon viele andere verärgerte Autofahrer vor ihm gemacht. Denn die ehemals weiße Hausfassade bestand mittlerweile fast ausschließlich aus getrocknetem Schmutz.

Direkt hinter der Ausfahrt vom Autoknast war ein großes Werbeschild einer Anwaltskanzlei: "Ihr Auto wurde unberechtigt abgeschleppt? Wir holen Ihr Geld zurück!"

Sven notierte sich die Telefonnummer und bewunderte für einen Augenblick das effektive Product Placement. Vielleicht würde ohne den Abschlepper die ganze Klageindustrie in Hamburg zusammenbrechen und hunderte Arbeitsplätze verloren gehen.

Ohne weitere Vorkommnisse fuhr Sven sein ausgelöstes Auto durch die Dunkelheit zurück quer durch Hamburgs nun fast leere Straßen bis zu seiner Wohnung.

In der Woche ließ Sven eigentlich die Hand vom Alkohol, aber der Tag hatte ihn geschafft. Sein wertvolles Schätzchen parkte nun draußen - hoffentlich abschleppsicher - vor der eigenen Haustür, während bereits der Fernseher lief und Sven sich ein Bier aus dem Kühlschrank angelte. Was war das nur für ein Tag gewesen? Karre abgeschleppt, viel Kohle gelassen und dann vor allem auch noch eine durchgeknallte Frau, die ihn an der U-Bahn von den Socken gerissen hatte. Nicht nur bildlich gesprochen.

Kapitel 5
Paranoid

> Finished with my woman
> 'cause she couldn't help me with my mind.
> People think I'm insane
> because I am frowning all the time
> All day long I think of things
> but nothing seems to satisfy
> Think I'll lose my mind
> if I don't find something to pacify
>
> [Black Sabbath]

So sehr Sven sich auch bemühte, die Situation am Bahnsteig wollte nicht aus seinem Kopf. Im Laufe der Woche entwickelte seine bis dahin noch mehr oder weniger gesunde Nerd-Paranoia fast schon krankhafte Ausmaße.

Wie es sich für einen leicht Paranoiden gehört, hatte er immer schon das leichte, dumpfe Gefühl gehabt, dass die ganzen Kameras auf der Welt in erster Linie dazu geeignet waren ihn - und nur genau ihn - auf Schritt und Tritt zu beobachten. Gleiches galt für sein Smartphone und sämtliche Geräte in der Umgebung mit einem Internetanschluss, wie beispielsweise Bankautomaten, Fernseher, Kaffeemaschine und Staubsauger. (Ja. Fernseher, Kaffeemaschine und Staubsauger waren mit dem Internet verbunden in Svens Wohnung. Hatten wir nicht längst geklärt, dass er ein Nerd ist?)

Seit Montag war dieser »Verfolgungswahl Light« jedoch einer ausgewachsenen Variante gewichen, zumindest war er auf dem besten Wege eine echte, krankhafte Paranoia zu entwickeln, die entweder darin mündete, dass er sich das alles gar nicht einbildete, sondern tatsächlich verfolgt wurde und in "Staatsfeind Nummer 1" - Manier gegen einen übermächtigen Gegner kämpfen müsste. Variante zwei und wahrscheinlicher war jedoch, dass Sven sich das alles nur einbildete, und nur glaubte gegen einen übermächtigen Gegner kämpfen zu müssen und schließlich in einem freundlich gepolsterten Zimmer landen würde, in dem er in einer Jacke mit Knöpfen auf dem Rücken bunte Einhörner zählen konnte.

Immerhin erkannte er noch selbst diese Gefahr, doch es änderte nichts daran, dass sein Gefühl des verfolgt Werdens eine neue Qualität erreicht und den Sprung in die Realität geschafft hatte. Er war sich sicher, dass er ständig von jemanden beobachtet wurde, sobald er sein Haus oder die Firma verlassen hatte. Er war drauf und dran, diese komische Psychologin anzurufen, entschied sich dann aber aus zwei wesentlichen Gründen dann doch anders:

Erstens und vor allem hatte ja diese Frau erst das Problem verursacht. Zweitens war sie eine recht hübsche Frau. Und auch wenn sie beruflich wohl in erster Linie mit Spinnern und Bekloppten zu tun hatte: Sven vermied es, dem anderen Geschlecht zu zeigen, dass er einen Sprung in der Schüssel hatte. Die Partnersuche war auch schon schwer genug, ohne sich als Psychopath zu outen.

Die Wochentage vergingen mit eintöniger Arbeit und dem weiterhin sicheren Gefühl, verfolgt zu werden. Die Nächte waren kurz. Sven fand kaum Schlaf und fühlte sich morgens wie gerädert. Wenigstens war sein Job derzeit ziemlich einfach zu erledigen, so dass er ihn auch im Halbschlaf verrichten konnte. Als die Arbeitswoche endlich vorbei war und Sven sich mit dem obligatorischen »Thank God It's Friday« ins Wochenende verabschiedete, fiel er zwar nach der halbstündigen Heimfahrt sofort in die Koje, fand aber auch diesmal nur kurz einen unruhigen Schlaf, um sich den Rest der Nacht hin und her wälzend bis zum Morgen zu quälen.

Auch das Wochenende war in diesem Zustand keine Freude, sondern bot Sven nur noch mehr Möglichkeiten zum Grübeln. Er war ein seelisches Wrack. Das Einzige, was ihn in diesem Zustand noch hätte aufbauen können wäre ein Sieg des FC St. Pauli gewesen. Doch zu allem Überfluss gab es keinen Fußball am Wochenende. Der Kiezclub musste erst am Montag in Frankfurt spielen.

Scheiß Sport1!

So saß Sven nun am Samstagnachmittag alleine, müde und schlecht gelaunt in seiner immer noch nicht aufgeräumten Wohnung. Er nahm sich fest vor, zumindest das Aufräumen am Sonntag zu erledigen. Für einen Kiezgang hatte sich auch niemand angemeldet und alleine wollte er auch nicht durch die Kneipen tingeln. Vielleicht konnte man ja endlich mal wieder ausschlafen, das war bei der ganzen Paranoia nämlich deutlich zu kurz gekommen. Notfalls musste es dann mit etwas medizinischer Unterstützung sein.

»Gute Idee« sprach Sven zu sich selbst, schnappte sich den Schlüsselbund vom Wohnzimmertisch und nahm seine Jacke von der Garderobe. Er öffnete die Haustür, zog sie zügig hinter sich zu und rannte durch den Regen zu seinem Auto. Jetzt mussten echte Schlaftabletten her. Und zwar kein Wischiwaschi-Ökö-Baldrian-Mist, sondern die komplette Chemiekeule. Hirn abschalten, pennen. So hatte das gefälligst zu laufen.

Die Apotheke befand sich im nahe gelegenen Kaufhaus und wäre durchaus auch zu Fuß erreichbar gewesen, doch Regen und nicht zuletzt Faulheit machten die Wahl des PKWs plausibel. Und überhaupt: Wieso hatte er denn sein Auto aus dem Knast geholt, wenn es dann nur ungenutzt vor der Haustür steht?

Ein komisches Gefühl der Euphorie überkam Sven, als er durch den Regen zum Supermarkt fuhr. Konnte es wirklich sein, dass er sich darüber freute, sein Gehirn durch eine chemische Keule zu betäuben? Er? Der bis vor wenigen Jahren nicht eine einzige Tablette im Haus liegen hatte und die ganze Pharmalobby bei jeder Gelegenheit aus vollem Herzen verfluchte?

Scheiß drauf. Besondere Situationen verlangen auch schon mal das Überdenken der eigenen Überzeugungen. Ein paar Tage vernünftig schlafen und dann sieht die Welt wieder ganz anders aus. Im Anschluss könnte er ja mit seinem Feldzug gegen die Chemie wieder weitermachen, als wäre nichts gewesen.

Der Parkplatz vor dem Supermarkt war gut gefüllt. Instinktiv schaute Sven sich nach einem Späher des Abschleppunternehmens um, doch dieser Markt hatte offensichtlich keinen Vertrag mit den Verbrechern.

Sven fand eine leere Parkbucht und ging langsam durch den Regen zum Eingang des Supermarktes. Er war einfach nicht der Typ, der anfing durch den Regen zu hetzen, damit er trocken blieb.

In dem Supermarktkomplex ging Sven an den fliegenden Händlern mit mehr oder weniger schicken Lederwaren vorbei direkt zu der kleinen Apotheke. Diese gehörte zu einer dieser Low-Budget-Ketten, die auf ihren Kassenbons in großen Zahlen notieren, was man denn gerade so gegenüber den alten, uncoolen Apotheken gerade so gespart hat. Das war Sven aber relativ Wumpe. Seine Medizinkosten waren deutlich geringer als die Fahrt hierher und für ihn war neben der örtlichen Nähe in erster Linie wichtig, dass die Apothekerinnen jung, hübsch und nett waren. Als Single ist man eben einfach gestrickt. Als Nerd sowieso.

Da Svens eigene pharmazeutische Kenntnis sich mangels Erfahrung auf Kopfschmerz- und Magentabletten beschränkte, ließ er sich von der Apothekerin über möglichst effektive Schlafmittel beraten. Diese bemühte sich nach Kräften, auch wenn die Aufforderung »Am besten ein echtes Männerprodukt, so mit Hammer gegen Schädel als Werbeaufdruck« sie etwas irritierte. Svens anschließendes Gegrunze, das eine recht gute Tim Taylor "Hör mal wer da hämmert" – Parodie abgab hätte Eingeweihte sicher zum Jubeln gebracht. Doch bei der Pharmazeutin stieß das zwar nicht auf taube, aber doch recht irritierte Ohren, weil sie die Serie nie gesehen hatte. Svens Versuche, das Ganze zu erläutern machte es irgendwie nicht besser. Es fehlte nicht viel und die gute Frau hätte noch ein Mittel gegen Schizophrenie empfohlen.

Stattdessen packte Sven sich nicht nur mit Schlaftabletten, sondern sicherheitshalber auch mit Kopfschmerz und Magentabletten ein: Der nächste Absturz nach einer Kiezparty kam bestimmt und da wollte er nicht unvorbereitet sein.

Wie immer zahlte Sven mit seiner EC-Karte. Dies widersprach zwar jeder Vorgehensweise aus dem Handbuch "Wie werde ich ein guter Paranoiker"[13], doch in diesem Punkt hatte Sven längst kapituliert. Ja, wer will würde sehen können, was er wo gekauft hatte. Er würde es nicht mehr ändern können. Und wenn er komplett auf Bargeld umsteigen würde, käme er doch erst recht ins Visier der Geheimdienste.

Sven verließ die Apotheke mit guten Wünschen, und widerstand der Versuchung, im gegenüber liegenden Supermarkt einzukaufen, denn zum einen war es dort voll

---

[13] übrigens **nicht** erhältlich bei Amazon

bis zum Anschlag und zum anderen waren heute kaum hübsche Kassiererinnen an den Kassen.

Deshalb verließ Sven das Einkaufscenter direkt wieder ohne weiteres Geld auszugeben. Der Regen hatte mittlerweile aufgehört. Der Himmel war noch immer von düsteren Wolken verhangen, aber wenigstens konnte Sven trockenen Fußes zum Auto zurückgehen. Nun. Hätte er können. Doch auf dem Weg zu seinem Auto schaute er überall hin, nur nicht auf den Weg. Stattdessen drehte er sich mehrmals um. Er war sich sicher, irgendjemand verfolgte ihn schon wieder.

Sven musste sich schwer zusammenreißen nicht in irgendwelche Hecken zu springen: Vor dem Kaufhaus liefen eine Menge Leute über den Parkplatz und er wollte nicht offiziell als der Bekloppte von Bramfeld in die Hamburger Stadtgeschichte eingehen. Auch wenn seltsame Gestalten in Hamburg - wie die Person "Hummel" bewies - irgendwann sogar Denkmäler verpasst bekamen, so war das doch zu Lebzeiten keine wirklich angenehme Situation. Überwand er also dem Drang, in Büsche zu hüpfen, so übersah er jedoch eine kräftige Pfütze, die nur für ihn da zu sein schien und die Sache mit den trockenen Füßen erst einmal torpedierte.

Verärgert schaute Sven sich das Malheur an, das seine Schuhe und die Hose verschmutzt hatte. Leise vor sich hin fluchend öffnete er seine Autotür und schrak völlig zusammen, als er plötzlich von einem fremden Mann angerempelt wurde.

»Hey!« rief er halb erschrocken, halb verärgert, doch vom Anrempler bekam er nur noch ein »Sorry« mit, bevor dieser hinter einem hässlichen Opel Agila auf dem Parkplatz verschwand.

Sven war fertig. Er setzte sich ins Auto und verschloss die Fahrertür. Jetzt nur noch nach Hause, Fernsehen und ab ins Bett. Kein Internet mehr, nichts, was irgendwie die

Paranoia füttern könnte, kein Besuch auf Seiten mit Verschwörungstheorien. Das hätte ihm jetzt den Rest gegeben. Kein Thriller, sondern harmlose Komödien aus der Filmflatrate. Nur Alkohol. Schlaftablette. Bettdecke. Schlaf.

Er startete den Motor und setzte den Plan Punkt für Punkt in die Tat um. Buchstabengetreu.

Sven wälzte sich morgens um drei immer noch in seinem Bett hin und her. Die Schlaftabletten hatten nicht wirklich etwas gebracht. Er ließ die letzten Tage in Gedanken Revue passieren: Eine Frau hatte ihn zu Boden geworfen, ein Kerl irgendwie nicht wirklich aus Versehen angerempelt und seit Tagen wurde er das Gefühl nicht los, beobachtet zu werden. Entweder war da eine Konspiration gegen ihn im Gange oder er war wirklich kurz davor völlig den Verstand zu verlieren. Nüchtern betrachtet, schien die zweite Variante deutlich realistischer zu sein als die erste und das machte ihm mächtig Angst. Sven hatte bereits mehr Tabletten eingeworfen, als er sollte, aber der Schlaf wollte einfach nicht kommen. Einfach mal den Kopf abschalten, wenn das doch nur so einfach ginge.

Nach weiteren unruhigen Stunden wurde Sven am Sonntag vom lauten Geräusch seines Staubsaugers geweckt. Er fühlte sich wie gerädert. Er blickte zufällig aus dem Schlafzimmerfenster und sah noch flüchtig, wie sich ein Mann davonschlich. Entweder führte seine Paranoia jetzt dazu, dass er auch schon Halluzinationen bekam, oder da war wirklich was im Gange. »Das Haus hat zwölf Wohnungen« redete Sven sich selbst ein, »wieso sollte der Kerl da ausgerechnet von Dir was wollen?«

Leider war Sven nicht sehr begabt darin, andere mit seinen Worten zu überzeugen, insbesondere gegen sich selbst hatte er in diesem Moment keine wirklich reelle Chance.

Während Sven sich duschte überlegte er fieberhaft, was der Grund für diese Observation, respektive Paranoia sein könnte. Hatte er etwas im Internet geschrieben, was jemanden verärgert hatte? Nein. Das war unmöglich. Zwar hatte er diese Woche garantiert einen sogenannten "Rant", also eine Wutrede über seine oder eine fremde Regierung oder über eine berühmte Person in den sozialen Netzwerken gepostet, aber das passierte bei ihm eigentlich ständig. Würde das ausreichen ihn zu verfolgen, so hätte man dies schon seit Jahren machen müssen. Genauso wie bei all den anderen tausenden von Spinnern im Internet, die genau das Gleiche machten. Sinnfreie Beiträge, mit Herzblut geschrieben, mit genau einem ernsthaften Leser: Dem Autoren selbst[14]. Eben genau wie bei Sven. Auch eine andere plausible Erklärung kam ihm nicht in den Sinn.

Sven unterbrach seine Gedankengänge, während er aus der Wanne stieg. Er putzte sich die Zähne, trocknete sich ab und zog sich an. Dann versuchte er es mit seiner Standardtaktik bei solchen Problemen: Wie immer bei kniffligen Fragen verließ er sich auf Kaffee und Frühstücksfernsehen, doch die halfen jetzt auch nicht weiter.

Während er eine uralte Wiederholung von "Zwei bei Kallwas" sah, überlegte er erneut, ob er nicht doch die Psychologin anrufen sollte. So konnte das einfach nicht weiter gehen. Vielleicht auch einfach mal einen anderen

---

[14] Nur die absoluten Vollspinner wie KenFM und Konsorten haben überraschenderweise eine größere Fangemeinde, werden aber ebenso wenig von den Geheimdiensten verfolgt, auch wenn sie es selbst natürlich glauben. Außer vielleicht von BND-Mitarbeitern mit einem extrem skurrilen Sinn von Humor

Psychiater zu Rate ziehen. Es musste ja nicht unbedingt die Durchgeknallte vom Jungfernstieg sein. Was kostete sowas überhaupt? Musste man das selbst bezahlen oder übernahm die Krankenkasse nach einem komplizierten Beklopptenschlüssel einen Teil der Kosten? Gab es vielleicht sogar eine "nicht mehr alle Tassen im Schrank"-Zusatzversicherung für solche Fälle?

Zunächst einmal könnte aber auch einfach frische Luft helfen, den Kopf wieder frei zu bekommen. Sven schmiss sich die Jacke über und machte sich auf den Weg nach draußen.

Sven hatte kein spezielles Ziel. Er ging einfach ziellos durch seinen Stadtteil Bramfeld. Er überquerte die Straße des verkehrsberuhigten Wohngebiets und konnte dabei weit und breit keinen Menschen sehen. Nicht einmal Autos schienen unterwegs zu sein, was ja nun auch nicht gerade eine Selbstverständlichkeit in Hamburg ist. Sven schlenderte weiter bis zu den in der Nähe befindlichen Schrebergärten und versuchte weiterhin seine Gedanken zu sortieren. »Macht man irgendwie nie«, dachte Sven, »einfach so losgehen. Alleine. Nicht um einen Hund auszuführen, sondern einfach nur mal so. Na, außer den Perversen und Spannern vielleicht, die sich auf die Lauer legen.«

Na toll. War es wirklich so, dass man einen allein herumwandernden Kerl schon automatisch für einen Perversen hält? Schauten die anderen Sven komisch an? Sven schaute hektisch umher. Aber außer ein paar Pferden auf der einer Koppel zu seiner Linken war weiterhin niemand zu sehen. »Das macht's nicht besser« sprach er laut zu sich selbst[15], während er darüber nachdachte, was für einen

---

[15] Laut zu sich selbst in der Öffentlichkeit zu Reden übrigens auch nicht.

Anblick er gerade für einen Außenstehenden geben musste.

Sven zwang sich ruhig zu bleiben und griff zu seinem Klapphandy. Er hatte sich jetzt endlich dazu durchgerungen, professionelle Hilfe in Anspruch zu nehmen. Mangels Alternative musste es eben die Brünette von der U-Bahn sein. Er kramte ihre Visitenkarte aus seinem Portemonnaie und tippte die Telefonnummer in sein Handy ein. Er zögerte einen Moment, bevor er wählte. So ganz war er immer noch nicht überzeugt, dass professionelle Hilfe jetzt das Richtige wäre.

Unschlüssig, was nun zu tun sei, speicherte er die Nummer stattdessen zunächst nur im Telefonbuch unter "Durchgeknallte Zippe" und steckte das Telefon wieder in die Hosentasche.

Die Holzbank vor dem geschlossenen Kiosk lud nicht wirklich zum Verweilen ein. Das alte Holzgestell war leicht angeknabbert, die Farbe abgeblättert und Feuchtigkeit war in das Holz eingedrungen, so dass es an einigen Stellen abgeplatzt war. Die meisten Wanderer kämen nicht auf die Idee sich hier setzen, aus Angst, die Bank könne zusammenbrechen. Doch Sven war in Gedanken versunken, kämpfte mit Engel und Teufel auf jeweils einer Schulter, ob er die Psychologin anrufen sollte oder nicht. Deshalb konnten Selbsterhaltungstrieb und auch Ekel ihn nicht vor der pilzzersetzten Bank schützen.

In einem Schwarz-Weiß-Film mit Dick und Doof wäre jetzt die Bank zersprungen, der Hauptdarsteller auf den Boden gefallen und alle hätten sich tierisch gefreut.

Passierte aber nicht.

Ist ja auch kein Schwarz-Weiß-Film.

Die Bank knarzte zwar bedrohlich, machte aber keine Anstalten dem zuschauenden Publikum irgendeine Form der infantilen und schadenfreudigen Unterhaltung zu bieten. Wäre aber ohnehin völlig ergebnislos geblieben, da das Publikum ausschließlich aus drei Pferden auf der nahe gelegenen Weide und einigen Schnecken bestand, die sich an dem Holz der Bank festgesaugt hatten und vermutlich keine übermäßig große Antenne für mehr oder weniger gut gemachten Slapstick hatten. Zumal zumindest die Schnecken durchaus ihr Leben riskiert hätten und wohl Stuntdoubles für eine solche Szene verlangt hätten. Und Sie können sich gar nicht vorstellen, wie schwer es ist Stuntdoubles für Schnecken zu finden. Und wenn man die weg lässt, hat man ganz schnell PETA am Hals. Da lassen wir die Szene doch lieber weg. Ist ohnehin nicht weiter wichtig für die Geschichte.

Sven stellte die Ellenbogen auf die Knie und versenkte sein Gesicht in den Händen. Minutenlang atmete er nur mit geschlossenen Augen in seine Hände und dachte nach. Schließlich nickte er stumm und holte sein Telefon heraus. Er wählte die soeben gespeicherte Nummer und wartete auf das Freizeichen.

Er war doch einigermaßen überrascht, als nur einige hundert Meter von ihm entfernt ein Telefon klingelte und ein leises »Mist« zu hören war. Die Stimme kannte er doch! Sven erwachte aus seiner Lethargie, sprang von der moderigen Bank auf und sprintete zu dem Geräusch. Dort traf er auf die Psychologin, die recht erfolglos versuchte, so zu tun als wäre sie rein zufällig in der Gegend: »Sven! Das ist ja ein Zufall!«

»Zufall? Fürn Arsch! Warum verfolgen Sie mich? Was soll der Mist überhaupt? Soll das die "versteckte Kamera" sein? Zu Ihrer Information: Nein, ich verstehe keinen Spaß!«

Die Psychologin schaute sich verstohlen um, was Sven nicht entgangen war: »Sonst noch wer unterwegs um mich zu beschatten?«

In diesem Moment raschelte wieder etwas im Gebüsch. Sven sprang dort hin, entdeckte jedoch nur eine fette Taube, die ihn blöd anglotzte.

»Beruhigen Sie sich doch, Sven. Niemand verfolgt Sie. Das ist doch absurd!«

»Absurd, ja? Und warum kennen Sie dann meinen Namen? Ich habe mich Ihnen nie vorgestellt.«

Ohne auf dieses doch durchaus schlüssige Argument einzugehen fing bei dem Mädel die alte Leier wieder an in Sachen Lebensfreude und Co anstatt sich Svens doch durchaus gerechtfertigten Anschuldigungen zu stellen. Sie schaute ihn mitleidig an und umarmte ihn flüchtig:

»Ich bleibe dabei, Sven: Wenn Sie jemanden zum Reden brauchen, rufen Sie mich...«

Das "an" konnte sie nicht mehr aussprechen. Auch Svens geplante Erwiderung, dass er sie doch gerade erst angerufen habe, und er jetzt Lust und Zeit habe um zu reden, konnte er nicht loswerden, denn beide wurden rüde von einem Schrei »Zugriff!« unterbrochen, auf den vier dicht bepackte Polizisten auf Sven und die Psychologin zustürmten, sie zu Boden warfen und ihre Hände mit Kabelbindern fesselten. Sven war so überrascht, dass er nicht einmal mehr daran dachte zu fluchen, während die Psychologin wild um sich trat, ein Polizisten-Ohr zwischen ihre Zähne bekam und laut um Hilfe schrie. Allerdings nicht gleichzeitig: Während sie das Ohr zu packen hatte, biss sie, anstatt zu schreien. Der Polizist schrie aber dafür. Laut und offensichtlich unter Schmerzen. Während Jule sich noch mit Händen und Füßen wehrte, kam ein VW Transporter mit quietschenden Reifen neben ihnen zum Stehen. Sven und die Psychologin wurden teils passiv (Sven), teils sich wehrend (die Psychologin) in den Bulli verfrachtet, der sofort mit durchdrehenden Reifen lockeren Kies durch die Gegend schleuderte, dabei ganz knapp eines der Pferde verfehlte und dann katapultartig losfuhr[16].

Während der Transporter rumpelnd zielgerichtet Hamburgs Schlaglöcher befuhr, wandte Sven sich an die Psychologin: »Was zum Teufel war denn das?«

»Keinen blassen Schimmer, Sven.«

»Du hast mir immer noch nicht gesagt, woher Du mich kennst, und ich weiß auch nicht, wie Du heißt« erwiderte Sven. Er fand, dass angesichts der Tatsache, dass sie beide nun quasi als Gangsterpärchen unterwegs waren, Siezen nicht mehr angemessen war.

»Doch. steht auf der Visitenkarte« erwiderte die Jungpsychologin erneut ohne auf seinen erste Frage einzugehen.

Typisch Frau. Die Antwort war zwar absolut korrekt, aber die Frage erstens nur zum Teil beantwortet und zudem in dieser Situation völlig nutzlos, denn Svens Hände waren ja mit Kabelbindern verknotet. Rote übrigens. Hätte Sven das sehen können, wäre er sicher sehr aufgebracht. Geht ja gar nicht. Da wird man James-Bond-mäßig festgenommen und mit roten Kabelbindern auf dem Rücken fixiert? Was ist aus den guten alten Handschellen geworden? Oder zumindest schwarze Kabelbinder? Wie soll man sich als Schwerverbrecher da ernst genomen fühlen? Na, wenigstens waren sie nicht Rosa.

Die Psychologin trug übrigens grüne Kabelbinder. Diese schienen etwas stabiler zu sein als die Kabelbinder an Svens Händen. Auch kein Detail, das hilft das eigene Männer-Ego zu stärken.

---

[16] Sie wissen schon: Die Sache mit PETA. Die Pferde wurden ganz bestimmt nicht getroffen. Auch nicht ein bisschen. Sie waren hinterher auch nicht traumatisiert. Und falls doch hat man sich psychologisch gut um sie gekümmert.

»Komme gerade schwer an die Visitenkarte« antwortete Sven.

»Jule« erwiderte die Mitgefangene, während sie sich bemühte, bei der unsanften Fahrt nicht das Gleichgewicht zu verlieren.

»Ach ja. Jule.« erwiderte Sven, »würde Dir gerne die Hände schütteln, aber das fällt mir gerade etwas schwer. Also: Was hast Du verbrochen dass wir hier so abgeführt werden?«

Jule schaute ihn angriffslustig an: »Ich? Was soll ich schon verbrochen haben?«

»In Anbetracht unseres ersten Aufeinandertreffens würde ich vermuten, Du bist eine verurteilte Stalkerin; Außerdem hast Du auf die Bullen eingeschlagen, getreten und gebissen. Eine gesetzestreue Bürgerin macht so was nicht.«

Jule setzte ihr ironisches Gesicht auf: »Wer drückt sich denn hier an jeder öffentlichen Kamera vorbei? Auch nicht gerade vertrauenerweckend.«

Gerne hätte Sven etwas total Schlaues auf diese Frage geantwortet, doch ihm fiel momentan nicht allzu viel Intelligentes ein. Das Gespräch wurde aber ohnehin unterbrochen. Auf geistreiche Konversationen hatten die uniformierten Beteiligten wohl derzeit kein Interesse.

Der Wagen hielt ziemlich abrupt und nur kurz darauf wurde die Schiebetür von außen geöffnet.

»Na, dann mal raus mit Euch, ihr beiden Turteltauben.«

Brutal wurden die beiden Angesprochenen gepackt[17], und aus dem Wagen gezerrt. Sven wäre beinahe auf das nasse Pflaster gefallen.

---

[17] Beide konnten im Übrigen weder fliegen noch turteln.

Eine altersschwache Lampe hing über der einzigen sichtbaren Tür des Gebäudes und erhellte die Straße. Genau diese Tür wurde geöffnet, und zwei weitere Polizisten stürmten heraus, um Sven und Jule in Empfang zu nehmen. Sven wurde durch die Tür gestoßen und über einen schmalen, grau gestrichenen Gang vorwärts geschubst, wobei die Polizisten gründlich darauf achteten, außerhalb der Tret- und Beißreichweite von Jule zu bleiben, die Sven in wenigen Metern Abstand folgte. Bei Sven schienen sie deutlich geringere Befürchtungen vor körperlicher Gewalt zu haben.

Sven wurde zur Seite gestoßen und musste im festen Griff eines übel riechenden Polizisten zuschauen, wie dessen Kollege den Riegel einer grün lackierten Metalltür zur Seite schob, die Tür mit dem linken Fuß aufstieß und Jule in einer fließenden Bewegung mit der rechten Hand in den Raum stieß. Jules Reaktion darauf war sehr undamenhaft und kann aus Jugendschutzgründen leider nicht genau wiedergegeben werden. Auch nachdem die Tür wieder ins Schloss fiel war ihr fluchen - wenn auch gedämpft - weiterhin zu hören.
Sven war weniger kampfeslustig und ließ sich wort- und widerstandslos in einen den angrenzenden Verhörraum bringen. Mürrisch und unfreundlich, aber ohne die Anwendung von Gewalt ließ man ihn sich auf einen einfachen Holzstuhl setzen, der direkt an einem Metalltisch stand. Gegenüber saß bereits ein Beamter, der seinen Kollegen mit einem Kopfnicken anwies, die Kabelbinder von Svens Händen zu lösen.
»Danke« sagte Sven zu seinem Gegenüber, während der andere Polizist sich in die Rückseite des Zimmers begab, welches von einem großen Spiegel eingenommen wurde, der vermutlich halb durchsichtig war.

Neonlampen tauchten das Zimmer in ein kaltes Licht. Auf dem Tisch stand die Kaffeetasse des Kommissars mit einem Logo des Hamburger Sportvereins. »Auch das noch!« dachte Sven und versuchte auf keinen Fall das Gespräch auf das Thema Fußball zu bringen. Zunächst einmal hätte er aber gerne gewusst, warum er überhaupt hier war. Der Polizist war aber wohl der Meinung, dass eine Erklärung gar nicht notwendig sei: »Also, Sie wissen natürlich, warum Sie hier sind« eröffnete er.

Der Kerl ragte fast bis zur Zimmerdecke und schien den Raum auch im Volumen ausfüllen zu wollen. Die Knöpfe an seiner Uniform kämpften heldenhaft gegen seine mächtige Wampe an. Unwillkürlich musste Sven denken, ob es wohl Spezialfirmen für besonders ungewöhnliche Uniformgrößen gab. Er widerstand aber der Versuchung, den Polizisten danach zu fragen.

Der Verhörraum sah aus wie in einer Tatort-Folge der 80er Jahre: Außer dem Metalltisch und den zwei Stühlen waren keine weiteren Möbelstücke zugegen. Der Kollege des Sven gegenübersitzenden Berges war wie der Gegenpart eines Comedy-Duos. Dürr und Kurz stand er, die Arme verschränkt, hinter Sven vor dem Spiegel. Sven hatte den Eindruck, dass er gerade erst den Polizeidienst begonnen hatte. Er sagte kein Wort, sondern versuchte offensichtlich den Verdächtigen durch einen möglichst gefährlichen Blick zum Geständnis zu bewegen. Auf dem Tisch stand neben der blauen Tasse die obligatorische Tischlampe am richtigen Platz und war - dem Staub nach zu urteilen - die letzten 30 Jahre nicht bewegt worden. Ansonsten war keine technische Errungenschaft zu erkennen: Kein Mikrofon, keine Kamera. Nicht einmal ein Tonband war vorhanden.

Sven war doch einigermaßen froh, wenn auch überrascht, ausgerechnet hier keine Kamera anzutreffen. Allerdings irrte er sich bezüglich der Kamera. Die befand sich hinter der falschen Glasscheibe und zeichnete alles auf, was im Verhörraum vor sich ging.

»Nö« erwiderte Sven.

»Wie, nö?« antwortete der Riese.

»Das ist die Antwort auf Ihre Frage.«

»Ich habe Sie überhaupt nichts gefragt« erwiderte der Riese, »ich habe gesagt: Sie wissen ja, warum sie hier sind«

Sven schaute ihn trotzig an: »Aha. Ein Korinthenkacker oder doch nur ein Spaßvogel? Meine Antwort bleibt aber die Gleiche. Würden Sie mir also bitte erklären, was der Scheiß hier soll?«

Der Riese lief leicht rot an: »Hör mal zu, Du kleiner...«

Sein Kollege am Spiegel unterbrach ihn non-verbal, indem er mit seiner rechten Hand eine beruhigende Bewegung nach unten machte. Offensichtlich war er der Ranghöhere. Das hätte man natürlich auch an den Pommes auf der Schulter erkennen können, aber Sven war diesbezüglich nicht sonderlich firm. Ohne Zweifel widersprach dies Svens Einschätzung, der Kerl käme gerade erst von der Akademie. Es sei denn natürlich, der ältere Kollege war dermaßen begriffsstutzig, dass selbst ein Anfänger ihm Befehle erteilen konnte. So oder so war dies ein sehr gutes Beispiel für Svens hundsmiserable Menschenkenntnis.

»Also gut.« mischte sich der Kurze nun auch verbal ein, während er zum Tisch ging: »Sie sitzen hier wegen gewerblichen Drogenhandels. Und natürlich wissen Sie gar nicht warum. Richtig?«

»Das weiß ich in der Tat nicht! Dreht ihr jetzt alle durch?«

»Hör mal zu, du Spinner!« fuhr der Kleine fort: »Verkauf uns nicht für blöde!«

Sven blaffte zurück: »Verkaufen? Was heißt hier verkaufen? Ihr seid doch bereits vollkommen durchgeknallt!

Außerdem habt ihr das mit Good Cop, Bad Cop auch noch nicht so ganz richtig begriffen.«

Der Riese lachte: »Vergiss das mal ganz schnell. Wir spielen hier Bad Cop und Even more Bad Cop. Ich bin übrigens Bad Cop.«

Der Polizist lachte über seinen eigenen Witz und sein Kollege stimmte ein. Sven hingegen war gar nicht nach Lachen zu Mute: »Kommt ihr Komiker jetzt mal zum Punkt oder muss ich raten, was der Scheiß soll? Wie sieht es überhaupt mit einem Anruf aus?«

Der junge Polizist blickte zu dem sitzenden Riesen: »Ah, der berühmte Anruf! Wir sind hier nicht in Hollywood, Du Spinner. Du kannst anrufen, wenn Du uns gesagt hast, was wir wissen wollen.«

In einem vertraulichen Ton fuhr er fort: »Wir wissen doch genau, dass Du nur ein kleines Licht bist. Wir wollen Deinen Boss. Aber wenn Du nicht mit spielst landest Du im Bau.«

Sven traute seinen Ohren nicht: »Ich habe immer noch keine Ahnung, was Sie von mir wollen, verdammt!«

Den beiden Polizisten reichte es offenbar. Der Dicke hämmerte mit seinen gewaltigen Pranken auf den Tisch und verursachte eine ordentliche Beule im Metall. Offensichtlich schien das eine übliche Verhörmethode zu sein, wenn man den Zustand des Metalltisches betrachtete. Doch anstatt weiteren Drohungen oder Schreie auszustoßen sprang der Riese in einer für seine Körperfülle ungewohnten Geschwindigkeit auf, rannte um den Tisch herum, griff Svens Schulter und riss ihn hoch. Sven unterdrückte den Impuls "Polizeigewalt" zu schreien: Das Publikum war einfach nicht das richtige. Stattdessen ließ er sich vorwärts aus dem Raum zu der Zelle schubsen, in der sich die Psychologin befand.

»Fragen wir halt Deine Freundin« murmelte der Riese, als er Sven in die Zelle stieß. Bevor Sven die Chance hatte, etwas zu erwidern, wurde die Tür auch schon zugeschlagen.

Jule war etwas schlauer als Sven, denn sie verweigerte jegliche Aussage.

»Kein Wort ohne meinen Anwalt!« war das einzige, was sie ihr entlocken konnten. Das klang zwar auch verdächtig nach Hollywood, war aber effektiver als Svens Wunsch nach einem Anruf. Jule war nicht einmal bereit, ihren Namen zu nennen.

»Wir kennen Ihren Namen, steht ja hier« sprach der junge Polizist, während er mit dem Personalausweis vor Jules Gesicht herumwedelte. Doch er schaffte es nicht sie aus der Reserve zu locken. Frustriert brachte der junge Polizist Jule zurück in die Zelle.

Im Anschluss wurde Sven erneut in den Verhörraum gebracht. Offensichtlich hatten sie das schwächere Glied des Duos bestimmt[18]. Sven hörte sich an, dass Jule angeblich alles gestanden hatte.

»Aha. Jule und ich sind also Drogenkuriere. Der Typ, der mich angerempelt hat, hat mir also Drogen zugesteckt, die ich verkauft habe und als Ihr mich ins Auto gezerrt habt wollte ich ihr gerade den Anteil geben. So in etwa?« fasste Sven zusammen.

Die beiden Polizisten nickten.

»Na denn, ihr Superbullen« fuhr Sven zynisch fort: »Dann kann ich ja gehen, wo ihr doch alles rausgefunden habt.«

---

[18] Ja. Natürlich hat ein Duo keine Glieder. Aber eine zweigliedrige Kette wäre als Metapher auch ziemlich blöd gekommen

Dass dies nicht die intelligenteste Reaktion war, dämmerte Sven erst, als er kurz darauf dem Haftrichter vorgeführt wurde und die Polizisten sein "Geständnis" vorbrachten. Svens nicht gerade freundlich vorgebrachtes Dementi verhinderte nicht nur nicht die Haft, sondern brachte ihm Aufgrund seiner Wortwahl, die unter anderem - um einen berühmten Fußballer zu zitieren - das Wort "Mixer mit W" beinhaltete auch noch eine Strafe wegen Missachtung des Gerichts ein. Eine Strafe, die - wie der Richter süffisant bemerkte - auch ersatzweise als Haftstrafe angetreten werden könne, was vermutlich in Anbetracht des angeklagten Vergehens ohnehin nicht mehr viel ausmachen würde.

Sven wurde zurück in die Zelle geführt. Diesmal musste er etwas länger warten, bis sich die Tür wieder öffnete. Sein "Geständnis" hatte auch für Jule unangenehme Konsequenzen. Auch sie durfte ihre Zelle nicht verlassen.

Eine halbe Stunde musste Sven vor sich hin schmoren, bis endlich die Zellentür geöffnet wurde und er erneut - diesmal zusammen mit Jule - in den Verhörraum gebracht wurde. Hier erfuhr Sven erstmals, dass Jule keinen Ton gesagt hatte. Ebenfalls erfuhr Jule hier von Svens Geständnis. Das Resultat waren einige Faustschläge von Jule in Svens Magengegend, was die Polizisten mächtig zu amüsieren schien. Svens Versuche sich zu erklären blieben größtenteils erfolglos. Jule drosch weiterhin wütend auf ihn ein.

Sven ist sicher kein allzu großer Held und erfüllt das klassische Klischee eines Nerds, aber was das Prügeln von Frauen angeht, war er ein echter Kerl. Das bedeutete, dass er selbstverständlich nicht zurückschlug und sich lediglich verteidigte. Er wartete ab, bis die Psychiaterin sich abreagiert hatte und ihre Kräfte nachließen.

Als Jule sich erschöpft auf den Boden setzte, kehrte plötzlich Stille ein. Sie waren allein. Die Polizisten waren fort.

Sven hatte gar nicht so wirklich mitbekommen, wann die Polizisten den Raum verlassen hatten. Er war viel zu sehr damit beschäftigt, die Schläge von Jule abzuwehren.

»Die Tür ist auf« raunte Sven.

»Was?« erwiderte Jule noch immer außer Atem.

»Ich sagte: Die Tür ist auf« wiederholte Sven.

Jule blickte zur offenen Tür und sagte: »Na, dann können wir ja gehen.«

Sven schaute sie fassungslos an: »Gehen? Einfach so?«

»Wieso nicht? Vielleicht hat sich ja alles aufgeklärt.«

Sven schüttelte den Kopf: »Und Du glaubst nicht, dass man uns dann Bescheid gegeben hätte? Wie oft hast Du gehört, dass nach der Anordnung von U-Haft die Beschuldigten einfach gehen durften?«

»Weiß nicht«, antwortete Jule leicht genervt, während sie aufstand, »ich werde nicht so oft verhaftet. Auf jeden Fall werde ich hier weg gehen. Bleib doch hier und verrotte. Weißt Du was? Von mir aus bring Dich um. Ist mir mittlerweile auch egal.«

»Was soll dieser Scheiß mit dem Umbringen andauernd?« fragte Sven, doch Jule war bereits durch die offene Tür verschwunden.

Sven folgte ihr.

Gerne wäre er gerannt, aber er traute sich nicht, zu viel Aufsehen zu erregen. Gar nicht so einfach als verurteilter Straftäter mitten auf einer gut besetzten Polizeiwache.

Langsam und möglichst unauffällig ging Sven über den Flur in Richtung Ausgang. Dabei traf er zwei Polizisten, die allerdings keine Notiz von ihm nahmen. Sven öffnete die Tür mit dem grün beleuchteten Notausgangssymbol darüber am Ende des Ganges und fand sich auf der Straße wieder. Jule stand schon dort und schaute sich um.

Irgendwie war das Ganze nicht real, und Sven teilte dies auch der Psychiaterin mit.

»Du und Deine Paranoia« antwortete diese bloß. »Ist das nicht doppelt verrückt, ein paranoider Selbstmörder?«

»Zum tausendsten Mal! Ich habe kein Verlangen, mich selbst zu töten! Und Paranoid bin ich - nun - äh - nur ein kleines Bisschen. Und so falsch liege ich mit meiner Paranoia offensichtlich ja nicht, wie diese spontane Verhaftung beweist. Und kannst Du mir bitte mal erklären, wie Du auf diesen Suizidscheiße kommst?«

»Sophie« antwortete Jule bloß.

»Sophie?« erwiderte Sven irritiert, »was zum...«

Doch so allmählich dämmerte es ihm. Diese "Suicide is painless" - Geschichte.

»Also wegen der dusseligen Kuh hast Du mich die ganze Zeit verfolgt. Na toll. Ich sag es zum letzten Mal: Ich will mich nicht umbringen und Sophie ist strunz dämlich.«

Jule überlegte kurz und nickte dann: »Da könnte was dran sein. Am letzten Punkt, meine ich«

Sven lachte laut auf. Auf einmal fiel alles von ihm ab, und er geriet in einen regelrechten Lachflash. Jule schaute ihn kurz verdutzt an, ließ sich dann aber von seinem Lachen anstecken. Sven bekam fast schon keine Luft mehr, als er sich immer noch den Bauch haltend Jule ansprach:

»Ok, Stalkerin. Was machen wir jetzt?«

»Ich glaube, ich bin Dir ein Bier schuldig. Gehn wir auf den Kiez.«

Kapitel 6
I fought the law
(and the law won)

I'm breaking rocks in the hot sun
I fought the law and the law won
I needed money 'cause I had none
I fought the law and the law won

[The Clash]

Es war bereits früher Montagmorgen und die meisten Clubs waren mittlerweile geschlossen. Nach längerer Suche durch St. Paulis Feiermeile gingen Sven und Jule in eine heruntergekommene Kneipe. Diese befand sich nur wenige Fußminuten entfernt von der berühmt-berüchtigten Herbertstraße, in denen mehr oder weniger hübsche Frauen ihre Körper zum Kauf anboten.

Sven trat die drei Treppenstufen hinab in das Lokal. Die Tür stand offen. Ein schwerer, weinroter Vorhang verhinderte den Blick nach innen. Sven schob ihn zu Seite und wurde von einem unangenehmen Mix aus Alkohol- und Zigarettengestank begrüßt. Er wollte umdrehen, doch Jule drückte ihn vorwärts:

»Ich gehe keinen Meter mehr. Ich will mich hinsetzen, ein Bier trinken und mich endlich etwas ausruhen.«

Es war nur noch ein kleiner runder Tisch in der hinteren dunklen Ecke frei. Überall im Lokal saßen Grüppchen von zwei bis vier Personen. Nicht eine einzige Schönheit darunter, eher gescheiterte Existenzen, hauptsächlich Männer. An einigen Stellen vergnügten sich aber auch Pärchen, bei denen Sven das Gefühl hatte, die Liebe müsse sehr einseitig sein, respektive auf finanzieller Zuwendung beruhen.

Irgendwie imponierte es ihm, dass Jule bereit war in dieser miesen Absteige ein Bier zu trinken. Der Teil der Männer, die noch nicht besoffen unter oder am Tisch lagen oder sich anderweitig mit stark geschminkten Frauen beschäftigten starrte schamlos zu Jule, die so tat, als würde sie nichts bemerken.

Nur ein einziges Fenster im Lokal erlaubte einen Blick auf die Straße. Hier saß ein bulliger Typ, der unter seiner geöffneten Lederjacke nur ein verdrecktes Feinripp-Unterhemd trug. Er schob immer wieder den versifften Vorhang zur Seite und beobachtete, was draußen vor sich ging.

Sven ging direkt zum Tresen, während Jule sich an den freien Tisch setzte. Der Tisch, der Tresen und die Barfrau hatten gemein, dass sie alle schon bessere Tage gesehen hatten. Der Tresen bestand aus schwerem dunklem, altem Holz, das unter der richtigen Pflege bestimmt sehr hochwertig ausgesehen hätte. Doch ebenso wie bei der Barfrau war das mit der Pflege wohl die letzten Jahrzehnte etwas auf der Strecke geblieben. Während man bei dem Tresen jede Hoffnung aufgegeben hatte ihm jemals wieder zu altem Glanz zu verhelfen, versuchte die Frau hinter dem Tresen offensichtlich immer noch, das Schlimmste mit einer dicken Portion Make-Up und Lippenstift zu kaschieren. Vielleicht mochte sie sogar einmal hübsch ausgesehen haben, doch mittlerweile war der Lack ab. Hätte ein Gebrauchtwagenhändler ähnliche Mengen an Spachtelmasse verwendet, hätte er - um beim Lack-Bild zu bleiben - sicherlich einen Besuch im Knast verdient. Und ganz unfallfrei war die Dame vermutlich auch nicht mehr.

Sven vermutete aus optischen und geografischen Gründen nicht ganz zu Unrecht, dass die Dame im horizontalen Gewerbe gearbeitet hatte. Vielleicht tat sie es auch immer noch. Für jeden Fetisch gibt es ja mindestens einen Anhänger. Bei diesem Gedanken schüttelte sich

Sven leicht, bevor er gleich vier Astra Rotlicht bestellte und mit den geöffneten Flaschen zurück zu Jule schlurfte.

»Sie haben Euch verfolgt!« brüllte der Muskelberg mit Lederjacke am Fenster zu ihnen herüber.

»Die Bullen?« fragte Jule laut zurück, so dass auch der letzte im Lokal diese kurze, aber doch klare Konversation vernehmen musste.

Seltsamerweise war die einzige bemerkbare Reaktion, dass der bullige Typ nickte und sich wieder dem Fenster zuwendete. Deutlich auffälliger war der Kerl, der den Schädel auf den Tresen gelegt hatte. Urplötzlich hob er seinen Kopf um lautstark zu verkünden:

»Guten Tag Frau Barsch! Was haben Sie für einen schönen, breiten...

Hut auf!«

Während Jule leise kicherte blieb der Rest des wenig exklusiven Publikums ziemlich ungerührt von dieser Darbietung. Der Darsteller dieser prosaischen Wörter wartete auch nicht lange ab, ob Rufe nach einer Zugabe erklingen, sondern ließ seine Kopf wieder schwer auf den Tresen fallen und versank direkt nach dem Aufprall erneut in einen komatösen Schlaf.

Dieses Schauspiel war zwar durchaus interessant anzuschauen, aber keine Reaktion auf den kurzen Dialog zwischen Jule und dem Fenstertyp und so fand Sven es fast schon unheimlich, dass sich niemand dafür zu interessieren schien, dass soeben quasi zwei gesuchte Verbrecher das Lokal betreten hatten.

»Und nun?« fragte Sven an Jule gewandt, während er ihr zu prostete.

»Erst einmal in Ruhe das Bier trinken«, erwiderte diese bevor sie an ihrer Flasche nippte.

Sven brachte das Gespräch noch einmal auf die Polizisten: »Was sollte das nun? Erst verhaften die uns völlig grundlos und lassen uns dann laufen?«

»Nicht grundlos« erwiderte Jule, »sondern weil wir Drogen vertickt haben.«

Sven schaute sie angriffslustig an: »Also ich sicher nicht.«

»Ich auch nicht, aber die Polizei denkt das aus irgendeinem Grund. Bleibt noch die Frage...«

Der Tresenmann setzte in diesem Moment wieder zu seinem "Frau Barsch"-Gedicht an und Sven dämmerte so langsam, warum niemand auf dessen letzte Ausführung geachtet hatte. Es war offensichtlich keine Erstaufführung mehr, sondern ein Stück, das seinen Reiz vor langer Zeit verloren hatte.

Jule wartete ab, bis der Typ wieder eingeschlafen war und fuhr fort: »Die Frage ist also, warum sie uns laufen lassen haben, nur um uns dann wieder aufzulauern.« Sie beantwortete die Frage selbst: »Das kann nur einen Grund haben. Sie halten uns für kleine Fische und wollen den Boss hops nehmen.«

Sven blickte nervös von rechts nach links: »Und jetzt?«

»Spielen wir mit« erwiderte Jule: »Wird bestimmt lustig.«

Svens Sinn für Humor wollte darauf irgendwie nicht anspringen: »Lustig? Ich habe da keinen Bock drauf.«

Dass Jule nun das international anerkannte Zeichen für ein feiges Huhn machte steigerte Svens Stimmung nicht im Geringsten. Während Jule gackernd und die angewinkelten Arme bewegend Sven gut gelaunt anfunkelte, leerte dieser den Rest des Bieres in einem Zug und knallte die Flasche auf den Tisch.

»Ist ja gut« sagte er resigniert, »bin dabei.«

Mit einem Grinsen ergänzte er: »Du bist schon ein ziemlich verrücktes Huhn.«

Jule griente zurück: »Stimmt.«

Während Sven und Jule die zweite Flasche Bier tranken, kamen sie sich ein ganz klein bisschen so vor wie Geheimagenten, die eine Verschwörung aufdecken. Sie lachten über ziemlich albernes Zeug und schließlich stand Jule auf, ging hinüber zu dem Kerl am Fenster und fragte, ob er einen Weg hinaus kenne, bei dem man den Polizisten nicht in die Arme läuft. Sie fragte dies mit einer Stimme, als würde sie beim Schlachter ein Schnitzel bestellen, als wäre es das Normalste von der Welt, vor der Polizei zu flüchten.

Verstohlen zeigte der Angesprochene auf die Hintertür rechts neben dem Tresen: »Das mit den Bullen wird Karl aber nicht gefallen.«

Jule ging nicht weiter darauf ein, wer Karl ist und was ihm so im Allgemeinen oder Speziellen gefällt und was nicht. Sie schlenderte zurück zum Tisch, trank die noch verbliebene halbvolle Flasche auf Ex und zog Sven vom Tisch hoch. Sie schmiss 20 Euro auf den Tresen und stürmte dann mit Sven zur Hintertür.

Als sie die Tür hinter sich geschlossen hatte, lachte Jule: »Was für ein Abgang. Für die drinnen sind wir bestimmt jetzt Bonnie und Clyde«

»Naja«, erwiderte Sven. »Ich habe das Gefühl, dann waren wir in guter Gesellschaft. Die anderen Gäste wirkten auf mich wie Al Capone und Charles Manson«

Die schmale Gasse war stockfinster. Jule und Sven tasteten sich vorsichtig durch die Dunkelheit. Der Pfad war von alten Backsteingebäuden eingezwängt, aus den meisten drang gedämpfte Musik. Die wenigen Fenster in den oberen Stockwerken brachten kaum Licht auf die Straße. Offensichtlich befanden sie sich auf der Rückseite unzähliger Kneipen auf dem Kiez, erreichbar nur für Eingeweihte.

Sven und Jule blieb nur der Weg nach vorne und so gingen sie langsam, sich an den Händen haltend voran, immer auf der Hut, nicht über die herumgestreut liegenden Bierflaschen oder Schlimmeres zu fallen. Sven wagte nicht, genauer nachzuschauen, was genau dort unten am Boden lag; Einiges fühlte sich erschreckend weich und fleischig an.

Nach etwa 200 Metern machte die Straße einen 90-Grad-Knick nach rechts und Sven konnte zu seiner Erleichterung in einiger Entfernung den Lichtschimmer einer belebteren Straße ausmachen.

»Na endlich« seufzte auch Jule, die sich Meter für Meter fester an Sven geklammert hatte.

In diesem Moment wurde auf der rechten Seite eine alte Holztür aufgerissen und Jule am Arm gepackt.

Jule klammerte sich verzweifelt an Sven und riss ihn so mit sich, als sie in die dunkle Kammer gezerrt wurde. Beide stolperten und fielen in den Raum. Hinter ihnen knallte die Tür zu und verschluckte das letzte bisschen Licht, dass noch von der Gasse hereingeschienen hatte. Die alte Holztür zitterte im Rahmen und machte den Eindruck, als würde sie jederzeit in ihre morschen Einzelteile zerfallen.

Jule zitterte ebenso wie die Tür. Nur das mit dem "in die Einzelteile zerfallen" passierte bei ihr nicht[19].

Sven und Jule wurden weiterhin wortlos von zwei Männern jeweils am Nacken gepackt und unsanft eine knarrende Holztreppe hinauf geschubst, an deren Ende sich eine weitere alte Holztür befand, die aufgestoßen wurde und den Blick in einen nur leicht beleuchteten Raum freigab.

---

[19] Jule als morsch zu bezeichnen wäre auch nicht sonderlich charmant gewesen.

Sven wurde durch die Tür zu Boden gestoßen und meinte fast die Holzwürmer zu spüren, die in dem alten Holzboden wohnten. Rechts neben ihm kam auch Jule zu Fall. Sven blickte auf und konnte in dem schwachen Licht erkennen, dass in dem kleinen Raum nur ein alter Schreibtisch und ebenso alter Holzstuhl standen. Der Stuhl ächzte unter dem Gewicht eines dicken untersetzten Mannes. Die wenigen verbliebenen Haare hatte er zu einem Scheitel gekämmt, wobei sicherlich mehr Zinken am Kamm, als Haare auf dem Kopf waren. Das Gesicht war Solarium gebräunt und dicke wulstige Augen blickten halb geschlossen an das andere Tischende, an dem Jule und Sven immer noch verwirrt lagen. Jule versuchte, Svens Hand zu ergreifen, wurde aber durch einen kräftigen Mann daran gehindert, der hinter ihr stand und im Halbdunkel kaum zu erkennen war.

Sven konnte einen alten Säbel erkennen, der vor dem Dicken auf dem Tisch lag.

»Das sind sie« sprach eine Stimme leise aus dem Dunkel in Richtung des Dicken.

Sven konnte das Gesicht nicht erkennen, hörte aber an der Stimme, dass es der Typ aus der Kneipe war, der am Fenster gesessen hatte.

Der Dicke nickte kaum merklich.

»Was wollen die Bullen von Euch?«

»Mord« log Jule kühl.

Der Dicke musterte seine Gegenüber. Jule wirkte tatsächlich cool und eiskalt. Nur Sven spürte, wie sie zitterte.

»Gut«, erwiderte der Dicke. Es blieb Svens und Jules Phantasie überlassen, was er jetzt "gut" fand. Sven sprach noch immer kein Wort. Zu sehr war er damit beschäftigt die Situation zu analysieren und einen möglichen Ausweg zu finden.

Es gab keinen.

Vielleicht hätte er einfach wegrennen können, aber er konnte nicht erkennen, wie viele Männer im Halbdunkel lauerten und Jule hätte er auf jeden Fall zurücklassen müssen.

Sven und Jule wurden hochgerissen und kamen mit wackeligen Beinen vor dem Tisch zum Stehen.

»Weißt Du, wer ich bin?« fragte ihr Gegenüber leicht nach vorne gebeugt.

Jule konnte Schweiß in Kombination mit einem abartigen Mundgeruch riechen.

»Keine Ahnung« erwiderte Jule trocken: »Rumpelstilzchen? Fettsack? Mundfäule?«

Der Dicke lachte mit eiskalten Augen.

»Nahe dran, Kleine. Dreimal also.«

Mit einem Nicken an den Kerl im Halbdunkel hinter den Beiden bekam Sven plötzlich drei heftige Schläge in die Nieren verpasst. Vor Schmerzen gekrümmt hörte sich Sven an, was der Fettsack, bzw. offiziell der Nicht-Fettsack an Sven gewandt zu sagen hatte.

»Jetzt darfst Du raten«

Sven überlegte fieberhaft. Was hatte der Kerl im Lokal noch gesagt?

»Jens? Nein! Karl!«

»Sehr gut. Schon im zweiten Versuch. Aber einmal falsch ist einmal falsch.«

Sven versuchte seinen unsportlichen Körper anzuspannen und sich auf den Schlag vorzubereiten, doch stattdessen bekam Jule einen kräftigen Schlag in den Magen, so dass sie nach Luft rang.

»Schon nicht übel, Kerl. Aber den Rest findest Du auch noch raus. Trau Dich!«

»Sie soll antworten.« presste Sven zwischen den Zähnen heraus, in Richtung Jule nickend.

»Fein. Ein holder Ritter! Mir solls Recht sein. Also?«

Jule schwieg.

Sven schwieg.

Der stinkende Fettsack nickte erneut und Sven bekam einen Faustschlag in die Seite.

»Schummeln gilt nicht!« sagte der Sadist offensichtlich gut gelaunt, während ein weiterer Schläger auftauchte und ihm ein Glas Rotwein reichte.

»Karl der... Käfer« brachte Jule überhastet heraus.

Sven stöhnte. Auch ohne Nobelpreis ahnte er, dass diese Antwort die Schläge nicht beenden würden. Der Kerl aus der Kneipe lachte leise und erntete dafür einen bösen Blick von Karl *Werauchimmer*. Mit Mühe überstand Sven einen weiteren Schlag.

Karl *Ichverratemeinennamennicht* hob seinen Säbel und wedelte damit in der Luft herum.

»Ist das so schwer zu erraten?«

Jule fing an zu schluchzen. »Ich weiß es nicht!« schrie sie durch die Tränen.

Der Fettsack war davon unberührt: »Wenn eine heulende Schlampe mir irgendwas ausmachen würde, müsste ich meine Zuhälterlizenz an den Nagel hängen.«

Er nickte wieder dem Schläger zu, der Sven einen Faustschlag an den Kopf verpasste. Sven sackten die Knie weg. Er ging zu Boden und verlor für einigen kurzen Moment sein Bewusstsein. Das hielt ihn zum Glück davon ab, genauer nachzufragen, wie denn so eine Zuhälterlizenz aussieht und was sie kostet.

Während Sven fiel raunte der Schläger Jule »die Klinge« ins Ohr. Jule schaltete nicht so fort, dann aber umso hektischer.

»Die Klinge! Sie sind Karl die Klinge«.

Svens Geisteszustand war arg lädiert, was der Grund dafür war, dass er vor sich hin grölte: »Karl die Klinge wurde nicht gefragt, man hatte ihn einfach fortgejagt!«

Sven schaute in das entsetze Gesicht von Jule, was seiner guten Laune aber keinen Abbruch tat. Dies änderte sich erst - dann allerdings im wahrsten Sinne des Wortes schlagartig, als er einen Faustschlag in den Nacken bekam und nun endgültig sein Bewusstsein verlor.

Sven wachte auf. Er lag auf seiner Couch.
In seinem Wohnzimmer.
In seiner Wohnung.
Die Füße lagen auf dem Tisch, der Rest seines lädierten Körpers verdreht auf dem Sofa. War das alles nur ein Traum gewesen? War das jetzt der Bobby Ewing-Effekt? Ätschie bätschie, gar nicht tot. Alles nur geträumt?

Für Sven war sein Leben eigentlich nur von ihm selbst als Hauptdarsteller darstellbar, weshalb ihm die Bobby Ewing-Erklärung durchaus plausibel (und seinem Ego zudem äußerst sympathisch) vorkam. Der Grund kann aber auch der Schlag gegen den Kopf gewesen sein, denn natürlich hatte er gar nichts geträumt. Korrektur: Er hatte sogar einiges geträumt in den letzten zehn Stunden, vieles davon wäre durchaus erzählenswert und manches - insbesondere die Passagen mit Jule - nicht wiedergebbar, ohne Ärger mit dem Jugendschutz zu bekommen. Und wer will schon ein Buch auf den Index setzen lassen, nur wegen eines einzelnen Traumes, der nur einen begrenzten Bereich des Buches ausgefüllt hätte[20].

Langsam meldeten sich einige Gehirnzellen zurück. Dies führte zum einen dazu, dass auch die Schmerzinformationen von Nacken, Kopf und allen anderen Körperregionen zu Sven gemeldet wurden. Mit Ausnahme des linken dicken Zehs. Der schmerzte nicht, wie Sven ohne große Euphorie feststellte. Zusätzlich kamen auch die Erinnerungen zurück, was der Bobby Ewing-These leider ein vernichtendes Ende bescherte.

Vorsichtig öffnete Sven seine verquollenen Augen.

»Die Schlafmütze wacht auf« hörte er von rechts.

Sven drehte den Kopf und blickte in das Gesicht des Gorillas, der auf einem Klappstuhl rechts neben ihm saß. Sven erinnerte sich nur zu gut an das Gesicht: Der Kerl hatte ihm in der Nacht zuvor die Schläge verpasst. Sven schräg gegenüber saß Karl die Klinge. Der saß tief in dem alten Schaukelstuhl, den Sven von seiner Urgroßmutter geerbt hatte und döste leicht vor sich hin. Toll dieses alte Holz. Es knackte und knirschte zwar bedrohlich, bot dem Koloss aber die Stirn, respektive die Planke ohne zu brechen. Rechts und links vom Schaukelstuhl saßen weitere Angestellte der Klinge.

---

[20] Ich kann durchaus verstehen, dass Sie jetzt ein klein wenig enttäuscht auf diese Zeilen starren, seien Sie aber versichert: Der Traum war zwar höchst anregend und angenehm, dies änderte sich jedoch schlagartig, als Sven von Jules Schenkeln aufblickte und urplötzlich in das Gesicht einer nicht näher zu spezifizierenden Bundeskanzlerin blickte. Sven hat diesen Traum bereits vergessen und er sollte dankbar dafür sein. Und Sie sollten dieses Bild auch ganz schnell aus ihrem Gedächtnis streichen. Kopfkino kann manchmal eine Qual und Verdrängung ein Segen sein.

»Irgendwas ist falsch bei diesem Bild«, dachte sich Sven als er sich langsam umschaute.

Als sein Blick zurück zu der Klinge wanderte schaute dieser ihn urplötzlich hellwach an und hatte offensichtlich Svens Gedanken gelesen:

»Ich habe Deine Schlampe mal die Bruchbude aufräumen lassen. Die Kleine ist ja ganz nett anzuschauen, aber Du hast sie echt nicht im Griff wenn Du in so einer Müllhalde haust.«

Vielleicht war Jule ein Putzfanatiker, wahrscheinlicher war aber, dass Karls Argumente sehr überzeugend gewesen waren. Auf jeden Fall war die Wohnung von unten bis oben blitzblank geputzt. Selbst das Geschirr in den Schränken schien frisch gereinigt worden zu sein.

Aus Svens kleiner Küche wehte der Geruch von brutzelndem Speck herüber. Sven blickte zur Küchentür und sah Jule, die mit Geschirr auf den Händen das Wohnzimmer betrat und wortlos den Tisch deckte. Sven blickte ihr in die Augen. Erleichtert stellte er fest, dass Jule keine weiteren Schläge bekommen hatte. Zumindest waren keine zusätzlichen Blessuren sehen.

Jule ging zurück in die Küche und kehrte mit zwei Tellern Toast und Speck zurück. Sie servierte einen Teller an die Klinge und stellte den zweiten Teller vor Sven ab. Während Sven geschlafen hatte mussten sie einkaufen gewesen sein, denn so etwas wie Speck hatte es in seiner Küche noch nie gegeben.

Kaum hatte Jule Brot und Speck serviert, fing Karl die Klinge auch schon an, sich wie ein Schwein über das Essen herzumachen. Er schmatzte laut, während er den Speck herunterschlang. Während des Kauens nickte er dem Aufpasser rechts neben Sven zu. Der drückte Jule auf die schmale zweisitzige Couch neben Sven. Sie zeigte keine Reaktion, blickte nur starr geradeaus wie ein Zombie. Sven konnte nur erahnen, was Jule hatte durchmachen müssen, während er bewusstlos gewesen war.

Vor seinem geistigen Auge sah Sven, wie der Fettsack an dem Speck erstickte, aber dieser tat ihm den Gefallen nicht.

»Isst Du das nicht mehr?« fragte der Schläger zu seiner Linken.

Sven schüttelte den Kopf. Er hatte sein Essen nicht angerührt.

»Was wollen Sie?« platzte es aus ihm heraus.

Der Typ, der sich gerade über Svens Essen hermachen wollte blickte kurz fragend zu Karl, doch der schüttelte den Kopf, was wohl bedeutete, dass Sven für diese Frage nicht die Hoden abgeschnitten werden müssten.

Der Fettsack schlang weiter sein Essen herunter. Stücke des Toasts schleuderten gegen Sven, als er schließlich, noch immer schmatzend antwortete: »Sieh mal, Kleiner Ihr seid vor den Bullen abgehauen. Das ist prinzipiell keine gute Sache, für mich aber gerade sehr praktisch. Ich werde von Dir einen kleinen Botendienst verlangen. Du bringst einen Koffer an einen bestimmten Ort und holst einen anderen Koffer wieder ab. Das ist fast wie eBay. Ich will eine Ware kaufen, die ein Verkäufer anbietet. Dummerweise ist der Verkäufer ein Albaner, den ich nicht kenne und nicht vertraue. Vielleicht will er mich verarschen und den Kurier bei der Übergabe umnieten. Oder noch schlimmer: Vielleicht ist er ein Bulle. Das Risiko will ich nicht eingehen. Diese Gentlemen« fuhr er fort, während er mit seinen Händen auf die Schläger zeigte, »haben eine exquisite Ausbildung bei mir genossen. Es wäre eine Schande die Jahre an Unterstützung zu verschwenden, die ich ihnen angedeihen ließ. Darum wirst Du das Ganze erledigen. Es sollte dich beruhigen, dass - sollte der Albaner mich wirklich verarschen wollen und Dich umnietet - einer meiner Jungs Deinen Tod rächen wird.«

Sven schluckte. Das entwickelte sich ja gerade großartig.

»Zu den Bullen wirst Du nicht gehen, dafür habt ihr beide selbst genug Ärger an den Hacken. Mord war's, richtig?«

Sven wollte antworten, doch Karl wischte dies mit einer Handbewegung weg:

»Nur für den Fall, dass Du doch Sehnsucht bekommst mit den Bullen zu reden haben wir ja noch Dein Schätzchen hier. Wenn Du nicht morgen gegen Mittag die Koffer ausgetauscht und mir gebracht hast, knabbert sie die Radieschen von unten an.«

Svens Gesicht war aschfahl. Jule zitterte am ganzen Körper. Der Fettsack hingegen lachte: »Ihr beiden seid wirklich ein Glücksfall für mich. Muss ich schon sagen. Spaziert einfach so rein, als ich Euch brauche. Wenn das alles gut läuft, geb' ich Euch vielleicht sogar ein Bier aus«

»Verzichte« presste Jule zwischen ihren Zähnen hervor.

Das Lachen des Fettsacks erstarb sofort.

»Sei friedlich, Kleine. Ich könnte mich dazu entschließen meinen Jungs einen Bonus auszuzahlen. Der Bonus wärst dann Du. Mein Gott, die Jungs sind echt krank. Bob dort« er zeigte mit der rechten Hand zu dem Typen, der rechts neben Sven saß, »würde Dich sogar liebend gerne durchknallen, NACHDEM er Dich umgelegt hat. Alles klar?«

Jule nickte mit kalkweißem Gesicht. Sven sagte kein Wort.

Die Klinge nickte dem Leichenschänder in spe zu, der einen kleinen Metallkoffer hinter dem Sofa hervorholte. Ohne weitere Aufforderung nahm Sven ihn entgegen.

»Ich spare mir eine Erklärung, was drin ist« sprach Karl ernst: »Wenn Du den Koffer verlierst ist die Kleine tot. Wenn Du zu den Bullen gehst, ist die Kleine tot.«

Er überreichte Sven einen kleinen zerknitterten Notizzettel mit einer handschriftlichen Notiz: »Hier stehen Adresse und Zeitpunkt. Viel Spaß, Kleiner und lass Dir nicht zu viel Zeit.«

Nach einem Nicken der Klinge standen die beiden Gorillas ohne weitere Worte auf, rissen Sven von seiner Couch hoch und schoben ihn über den Flur entlang zur Haustür. Sven konnte sich nicht einmal mehr zu Jule umdrehen, als auch schon die Tür geöffnet und Sven samt Koffer aus dem Haus gestoßen wurde.

Kapitel 7
Running up that hill

> And if I only could
> I'd make a deal with god
> And I'd get him to swap our places
> Be running up that road
> Be running up that hill
> Be running up that building
>
> [Placebo]

Sven stand auf der Straße und schaute auf den kleinen Zettel, auf dem der Straßenname und »18:00« gekritzelt war. Der Straßenname sagte ihm natürlich gar nix. Hätten die Penner ihm nicht ein Navi mitgeben können? Oder eine Karte? Irgend so einen Scheiß? Sollte er wirklich mit dem Metallkoffer an der Hand nach dem Weg fragen? Am besten noch einen Bullen?

Eigentlich hatte er ja keine Wahl. Sven blickte sich um und entdeckte auf der gegenüberliegenden Straßenseite einen Mann, der sich gerade die Schuhe zuband und mit seinem hellen Trenchcoat hier irgendwie völlig deplatziert wirkte. Doch Sven achtete nicht weiter darauf, sondern rief ihm zu:

»Hey! Kennst Du die Detlef-Bremer-Straße?«

Der Typ antwortete nicht, sondern blickte nur erschrocken zu Sven herüber und sprach im Anschluss in seinen Mantelkragen.

»Ist dasn schlechter Film oder was?« brüllte Sven herüber, doch der Mann nahm seine Beine in die Hand und rannte so schnell er konnte davon. Nur wenig später war er auf einer Kreuzung nach rechts abgebogen und nicht mehr zu sehen.

»Scheiße, Bullen« begriff nun auch endlich Sven die skurrile Situation.

Kurz überlegte er, ob er dem Mann hinterher laufen sollte. Doch wenn die Klinge oder seine Schläger das sehen würden, wäre Jule sicherlich so gut wie tot. Und er musste sich selbst eingestehen, dass er das Mädel mittlerweile außerordentlich mochte. Erschrocken drehte Sven sich um. Was, wenn die Klinge ihn beschatten ließ? Hatten sie das gesehen? Würden sie es als Kontaktaufnahme mit der Polizei werten und Jule die Kehle durchschneiden? Sicherlich hatte die Klinge seinen Namen nicht vom Kartoffelschälen.

Sven konnte sich nicht sicher sein, dass Jule überhaupt noch lebte. Er wusste jetzt nur sicher, dass er von der Polizei beschattet wurde, die momentan keine Anstalten machte, ihn aufzuhalten. Außerdem wurde er vermutlich gerade ebenfalls von Karls Schlägern beobachtet. In knapp zwei Stunden musste er an einem Treffpunkt sein, von dem er nicht genau wusste, wo der war und in der Hand einen Koffer, gefüllt mit irgendetwas, was vermutlich kein Pausenbrot war. Diesen Koffer sollte er dann einem Fremden übergeben, der ihm im Austausch einen anderen Koffer in die Hand drücken würde. Vielleicht würde der Fremde Sven auch einfach nur umpusten. Wenn Sven den Anweisungen nicht Folge leistete, oder - im Falle des Umpustens - unter Umständen auch wenn er dies tat, würden die Kerle Jule umbringen und vielleicht sogar noch unaussprechliche Dinge mit ihr oder ihren leblosen Körper anstellen.

Sven rannte so schnell er konnte bis zur nächsten U-Bahn-Station. Die knapp zwei Kilometer schaffte er in einer Geschwindigkeit, die selbst bei Usain Bolt zwar vielleicht keine Beifallstürme, so doch zumindest das ein oder andere Augenbrauenzucken ausgelöst hätte.

Während Sven sich die Seele aus dem Leib rannte, saß Jule gegenüber von Karl und musste einen seiner weiteren selbstgefälligen Monologe über sich ergehen lassen. Obwohl Karl viele Worte verwendete, ließen sich seine Ausführungen ganz leicht auf die Tatsache reduzieren, dass er doch eigentlich ein ziemlich geiler Typ sei.

Jule war angewidert. Der Kerl saß immer noch im Schaukelstuhl am Tisch und stopfte pausenlos irgendwelche Sachen in sich rein. Dabei schwitze er wie ein Schwein in seinem teuren Maßanzug. Dennoch wagte sie nicht ihn zu unterbrechen oder Widerworte zu geben. Üblicherweise hätte sie ihm erzählt, was für ein Idiot er ist und ggf. noch einen Tritt in die Eier verpasst, doch Jule hatte Angst vor den Schlägern.

Einer dieser Schläger reichte ihr ein Glas Wasser: »Trink«

Jule war viel zu eingeschüchtert um zu fragen warum und ignorierte die Alarmsignale ihres Unterbewusstseins.

»Wie viele waren das?« fragte die Klinge den Schläger wenige Minuten später.

»Die halbe Schachtel« erwiderte dieser.

»Gib ihr auch noch den Rest. Sicher ist sicher.«

Jule sah wie in Trance zu, wie zwei Packungen mit Schlaftabletten in einem weiteren Glas Wasser aufgelöst wurden. Sie lächelte.

»Siehst Du? Wie ein Opferlamm« lachte Karl, als Jule das Wasser ohne Widerworte herunterschluckte.

»Detlef-Bremer-Straße« dachte Sven. » Spricht der sich nun "Deetlef" oder "Dätlef" aus?«

Sven zwang sich ernst zu bleiben. Es ging um das Leben von Jule und das wollte er nicht durch Albernheiten aufs Spiel setzen.

Er war mittlerweile wieder zu Atem gekommen, während er die knapp fünf Minuten auf die U1 gewartet hatte. Jetzt saß er schwitzend in dem Zug in Richtung Hauptbahnhof. Sven hatte das Gefühl, sämtliche Passagiere der Bahn wüssten, was er im Koffer habe und würden ihn anstarren.

Wenn es jemals einen guten Grund für Svens Paranoia gab, dann jetzt. Warum zum Teufel musste der ganze Scheiß eigentlich ihm passieren? Wie war er überhaupt da reingerutscht?

Sven hatte kaum Zeit, diesen Gedanken fortzuführen, denn die U-Bahn fuhr bereits in den Hauptbahnhof ein. Es hätte ohnehin nichts gebracht, denn als einziges Resultat wäre maximal ein "Die Welt ist doof", "Alle blöd" oder "Niemand hat mich lieb" herausgekommen.

Sven stürmte aus der Bahn und rannte über mehrere Treppen hinauf in die große Eingangshalle des Hauptbahnhofs. Neben allerlei lukullischen Angeboten zu exorbitanten Preisen befand sich hier auch ein Kiosk, der mit großen roten Lettern mit "International Press" warb. Sven war derzeit allerdings weniger an internationaler Presse, sondern mehr an ganz lokalen Druckerzeugnissen interessiert. Er stürmte zu dem Plastikrondell, an dem sich verschiedene Stadtführer für Touristen und Zugezogene befanden. Er schnappte sich einen klassischen Falt-Stadtplan und durchstöberte das Straßenverzeichnis, während er sich in die Schlange der Käufer einreihte und ungeduldig darauf wartete, dass die Oma vor ihm ihre "letzten Groschen" herausgekramt hatte.

Der Kioskbesitzer hatte offensichtlich sehr viel Zeit. Er würde hier ohnehin bis zum Abend herumsitzen müssen. War doch nicht sein Problem, wenn die Kunden die Züge verpassten. Insgeheim verspürte er sogar ein kleines bisschen Schadenfreude bei dem Gedanken, dass der

Schlipsträger (vierter in der Schlange) seinen Zug verpassen würde. Auch der nervös im Stadtplan blätternde Kerl am Ende der Schlange erfreute ihn ein kleines bisschen.

»Karma is a bitch« sagen die Engländer[21] und so mag es Sie als Leser interessieren, dass dieser Verkäufer nach Feierabend an einer Aldi-Kasse hinter drei Rentnern warten werden wird, von denen jeder Einzelne eine Menge Zeit, viel Kleingeld und einen ausgeprägten Mitteilungsdrang besitzt. Freuen Sie sich jetzt aber nicht allzu sehr darüber, denn - Sie wissen schon: Karma ist eine läufige Hündin[22].

Sven hatte natürlich momentan herzlich wenig davon, dass der Verkäufer später vom Karma bestraft werden würde. Zumal er in seinem letzten Leben wohl mindestens ein Massenmörder gewesen sein musste, um die Qualen zu rechtfertigen, die ihm die Situation im Allgemeinen und diese blöde Oma im Speziellen gerade bereiteten. Wenigstens war die gesuchte Straße in der Karte aufgelistet. Sven klappte die Karte zu und scheuchte die Oma ein wenig: »Gib mal Gas, Oma!«

Die alte, scheinbar gebrechliche Dame morphte sich vor Svens Augen auf einmal zu einem Kampfninja: »Junger Mann!« rief sie erbost, während sie mit der Handtasche auf Sven einprügelte, »mäßigen Sie sich im Ton! Hat Ihnen Ihre Mutter denn keine Manieren beigebracht?«

---

[21] Und deutsche Autoren, denen keine adäquate und ebenso prägnante Übersetzung einfällt
[22] Wie gesagt: Das Zitat verliert doch ziemlich in der Übersetzung.

Sven wehrte so gut es ging die Schläge mit dem Koffer ab. »Aua! Ist ja gut, Mann! Bezahlen sie doch einfach!« keuchte er zwischen den Schlägen hervor[23].

Aus den Augenwinkeln sah Sven, wie der Kioskbesitzer zum Telefon griff: »Hier wird gerade eine alte Frau überfallen«.

Sven traute seinen Ohren nicht. Er brüllte den Verkäufer an: »Überfallen? Alte Frau? Ich glaube es hackt! Haben sie Dir ins Hirn geschissen? Die alte Hexe prügelt doch auf mich ein, nicht umgekehrt!«

Weder Wortwahl, noch Svens Ton trugen leider zur Deeskalation bei, sondern führten nur dazu, dass die Ninja-Oma noch vehementer auf ihn einprügelte, der Kioskverkäufer am Telefon schneller sprach und die weiteren Anwesenden sich in zwei Gruppen aufteilten. Die eine - große - Gruppe bestand aus Leuten, die irgendwie gar nichts von dem Ganzen mitbekamen und demonstrativ - teilweise leise pfeifend - in die andere Richtung schauten. So wie ein kleiner Junge, der beim Bonbon stehlen erwischt wurde und so tut als wäre der Lutscher rein zufällig ein seiner Tasche gelandet.

Die andere Gruppe bestand nur aus einer Person, so dass man sie nicht wirklich als Gruppe bezeichnen könnte, hätte diese Gruppe nicht eine so deutliche Präsenz. Diese Gruppe bestand aus einer schwarzhaarigen kleinen Frau in den Dreißigern, die seit ihrer Geburt auf den Namen Anna hörte. Hätten sich Sven und sie an einem anderen Ort zu einer anderen Zeit getroffen, hätte er sie vielleicht sogar sympathisch gefunden.

---

[23] Es ist übrigens eine Unart, "Mann" zu sagen, wenn man mit einer Frau redet. Kaum besser als "Alter", aber was will man machen, wenn der Hauptdarsteller einfach keine Manieren besitzt.

Nun jedoch führte Annas Gerechtigkeitsempfinden in der Kombination mit der Tatsache, dass sie die Situation völlig falsch einschätzte und ihrem kräftigen Dickkopf dazu, dass Sven von ihr übel zur Sau gemacht wurde und nun nicht nur die Oma, sondern auch die Anna-Gruppe abwehren musste.

Sven entschied, dass es deutlich weniger gefährlich war, ohne zu zahlen abzuhauen, als darauf zu hoffen, dass sich die Situation beruhigte. Auf keinen Fall wollte er riskieren, dass die Staatsgewalt hier eintraf, um sich um den Notruf des Kioskbesitzers zu kümmern.

Er stürmte aus dem Kiosk und rannte hinaus auf den Vorplatz, wo klassische Musik aus den Lautsprechern den Platz beschallte, wofür Sven jedoch derzeit absolut keine Ohren hatte. Er rannte weiter und stürmte die Treppe zur U-Bahn herunter. Sven hörte nicht auf zu rennen. Er hechtete weiter zu den Gleisen, wo ein Zug der Hochbahn gerade auf die Abfahrt wartete. Er schaffte es gerade noch rechtzeitig, hineinzuspringen, bevor sich die Türen schlossen.

Sven atmete erst ruhig durch, als sich der Zug in Bewegung setzte. Er ließ sich auf eine freie Bank fallen und faltete die gestohlene Karte auseinander. Immerhin wusste er jetzt, wo sich die Straße befand. Sie befand sich auf dem Kiez und Sven musste wohl hunderte Male daran vorbei gelaufen sein. Natürlich. Zwischen Reeperbahn und Millerntor. Mehr Klischee ging wohl nicht, oder? Sven wusste nun zusätzlich, dass die Klinge nicht mal den Straßennamen richtig schreiben konnte, denn der wohl berühmte, Sven aber völlig unbekannte Namensgeber wurde entgegen der Notiz auf dem Zettel nicht "Detlef", sondern "Detlev" geschrieben.

Eine Hilfe, ob das nun als Deetlev oder Dätlev ausgesprochen wurde war dies allerdings auch nicht.

Die Karte teilte ihm somit auch indirekt mit, dass er sich in dem völlig falschen Zug befand. Sven fluchte leise, knüllte die Karte zusammen und ging zur Tür des Zuges. Ungeduldig wartete er auf die Einfahrt in die nächste Station. Noch während der Fahrt drückte Sven immer wieder ungeduldig auf den Türöffnungsknopf, was - erwartungsgemäß - nichts daran änderte, dass die Tür sich erst öffnete, als der Zug endlich zum Halten gekommen war.

Sven rannte wie von der Tarantel gestochen heraus aus der Bahn. Er bog nach rechts ab und rannte zunächst den Bahnsteig entlang und dann die Treppe hoch. Am Ende der Treppe hastete er erneut um die Ecke und stolperte die folgende Treppe dort wieder hinunter, so dass er schließlich auf das parallele Bahngleis gelangte. Mit Mühe und Not durchsprang er gerade noch rechtzeitig die sich bereits schließende Tür zeitgleich mit der Durchsage »Zurückbleiben bitte!« Er wurde schmerzhaft an der linken Schulter von der Tür getroffen, landete aber wenigstens in dem Zug. Der Schaffner brüllte verärgert »Sach mal, hörst Du schlecht? Ich habe Zurückbleiben gesacht!« mit einem kräftigen Hamburger Dialekt durch die Sprechanlage. Als nach einigen Sekunden niemand auf seine Ansprache reagierte, setzte er den Zug in Bewegung.

Auf dem Bahnsteig standen schwitzend und keuchend mehrere Gestalten, die auch zu gerne den Zug betreten hätten, aber schlicht zu langsam waren. Zum einen waren dies Polizisten in Zivil, die stundenlang Sven beschattet hatten. Ebenso eine weitere Gruppe von Polizisten in Zivil. Einer Spezialeinheit, die sich optisch von der ersten Gruppe aber dadurch unterschieden, dass sie coole Sonnenbrillen des Modells "Texas-Ranger" trugen.

Beide Gruppen wären von einem Profi in Sekundenschnelle als Polizisten identifiziert worden; Zumindest in dieser massenhaften Ansammlung. Sven war aber nicht geschult und es war reiner Zufall, dass er sie abgehängt hatte. Die Polizisten waren jetzt jedoch der festen Überzeugung, dass Sven ein ganz ausgebuffter Typ sei. Insbesondere die Mitglieder der schick bebrillten Spezialeinheit, die eigentlich "die Klinge" beschattet hatten. Die waren stinksauer. Um ganz ehrlich zu sein, war es auch nur die Urlaubsvertretung der Spezialeinheit, sonst hätten sie wohl zumindest ihre eigenen Kollegen erkennen müssen, die Sven aufgrund dessen vermeintlichen Drogendelikten verfolgten.

Ähnlich sauer war auch eine dritte Gruppe von Verfolgern. Teilweise auch hochpreisig bebrillt, in jedem Fall aber in höchstem Maße unsympathisch und durch die Bank optisch nicht unbedingt eine Augenweide. Diese waren von Karl ausgesandt worden. Auch sie waren jetzt der Meinung, dass Sven den verwirrten Trottel nur gespielt hatte. Im Gegensatz zu den Staatsbediensteten nahmen sie auch die anderen Verfolger wahr, was sie veranlasste ihren Chef zu warnen.

Doch Sven spielte nicht, zumindest nicht den verwirrten Trottel. Er war tatsächlich verwirrt und gehetzt und übermäßig intelligent fühlte er sich auch gerade nicht. Schließlich war er irgendwie in diesen Schlamassel geraten.

»Smarten Typen passiert sowas nicht« dachte er sich.

Er hatte nichts von den drei bereits genannten Verfolgergruppen mitbekommen. Insofern war seine kritische Selbstanalyse nicht vollends verkehrt. Er schaute auf die Uhr: 45 Minuten bis zur Übergabe. Das sollte eigentlich mehr als genug Zeit sein.

Verfolgergruppe vier beobachtete Sven durch den folgenden Waggon. Dies war die einzige Gruppe, die er nicht hatte abhängen können. Sie war im Gegensatz zu den anderen Gruppen nicht bewaffnet, glich dies jedoch durch wilde Entschlossenheit und einen gehörigen Dickkopf aus. Dickkopf? Das hatten wir doch˙schon mal irgendwo. Richtig: In diesem Moment wurde Sven nur noch von einer Ein-Personen-Verfolgergruppe beobachtet. Eine Ein-Personen-Verfolgergruppe namens Anna. Eben die Verfolgergruppe, die Sven bereits im Kiosk angegriffen hatte und nun nicht mehr nur der festen Überzeugung war, er wäre der Typ Mensch, der alte Omas ausraubt, sondern auch noch der Typ Mensch, der Landkarten in einem Bahnhofskiosk stiehlt.

Eigentlich hatte Anna wirklich Wichtigeres zu erledigen. Doch wie das nun mal mit Dickköpfen mit gesteigertem Unrechtsbewusstsein ist: Das musste jetzt erst einmal warten. Die Verfolgung - und im Anschluss daran zu erfolgende rechtmäßige Verhaftung - des Schwerkriminellen im Waggon vor ihr war jetzt erst einmal wichtiger. Irgendjemand musste es ja tun.

Sven blieb die ganze Fahrt auf dem Fußboden der U-Bahn sitzen, den Metallkoffer mit dem Geld fest umklammert und studierte die Karte. Er wollte keine unnötigen Umwege machen, direkt den Dealer finden und so schnell wie möglich zurück zu Jule. Wenn möglich auch noch ohne eine Kugel im Kopf oder ähnlich ärgerliche Dinge, die einem den Tag versauen konnten.

Wo wir gerade bei Dingen waren, die einem den Tag versauen können:

»DA IST JA DIE SAU!« brüllte jemand urplötzlich durch das Abteil.

Die eben erwähnte Anna hätte sich jetzt zu gerne eingemischt und vielleicht sogar zu Sven gehalten, doch sie war im falschen, getrennten Waggon und bekam kaum mit, was jetzt geschah.

Sven probierte lieber die Taktik "so tun, als hätte er nichts bemerkt", was in diesem speziellen Fall eine dumme Taktik war, denn der Schrei galt ihm.

Und die Faust auch.

Unverhofft landete diese in Svens Gesicht und ein kräftiges Vcilchen machte sich unverzüglich bemerkbar. Jetzt hätte er sehr gut eine dickköpfige Frau gebrauchen können, die sich einmischt und ihm hilft, doch in seinem Abteil befand sich keine.

Leider.

Einer der zwei weiteren Passagiere des Abteils hätten vielleicht die Charaktereigenschaft "Dickköpfig" bieten können, doch mit dem Einmischen sah es leider mau aus.

»Ohrnanieren, hä?« wurde Sven angeschrien: »Du Penner!«

Die Stimme stammte aus einem Mund, welcher in einem unhübschen, pickeligen Gesicht mehr oder weniger mittig platziert war (horizontal). Dieses Gesicht gehörte zu einem Schädel, der einem Dobermann zur Ehre gerecht hätte. Damit dieser nicht herunterfiel war auch noch ein Stiernacken behilflich, als Fortsetzung eines kräftigen Körpers, dessen rechter Arm in leichtem Aufwärtswinkel nach vorne zeigte, in eine Hand überging, die zur Faust geballt war und nun auf Svens linkem Auge ruhte.

»Das hat nix mit Akustik zu tun« stöhnte Sven.

»Was?« fragte der Faustbesitzer

»Das heißt Onanieren, ohne "r"«, erklärte Sven keuchend.

Der Schlag hatte ihn benommen gemacht. Der "Mist erzählen"-Automatismus startete bei ihm von ganz alleine. Obwohl Sven wusste, dass dies seine Lage garantiert nicht verbesserte, konnte er nicht damit aufhören.

Langsam dämmerte es ihm. Der Kerl vor ihm war derjenige, dem er vor ein paar Tagen das freundliche »onanieren macht taub« an den Kopf geworfen hatte.

»Du Wichser!« schrie der Faustbesitzer, bevor selbiger Sven einen Schlag in die Magengrube verpasste.

»Du hast ja doch verstanden!« keuchte Sven zurück.

Ohne auf diese Antwort einzugehen wechselte der Schläger urplötzlich neugierig das Thema: »Was hast Du in dem Koffer?«

Er zeigte auf den silbernen Metallkoffer.

»Die schmutzige Wäsche meines Chefs« erwiderte Sven.

Es gibt nur wenige Situationen, in denen ein Filmzitat nicht völlig bekloppt scheint, wenn nur einer von Zweien in einem Dialog selbiges rezitiert.

Dies war keine dieser Situationen.

Spontan hatte Sven "Pulp Fiction" zitiert, in der Hoffnung möglichst hart und cool zu wirken. Glücklicherweise war sein Gegenüber kein Cineast, richtig Eindruck machte der Satz aber auch nicht.

»Was laberst Du da, Wichser?« war die Antwort, bzw. erneute Frage, die Sven dafür erhielt.

Sven stöhnte. »Das Onaniethema haben wir doch schon zur Genüge...«

»Willst Du noch eins in die Fresse?«

Sven benötigte nicht lange um zu einer abschließenden Meinung zu dieser Thematik zu gelangen. Er verneinte kopfschüttelnd.

»Dann her mit dem Koffer!« fuhr der Schläger fort.

Sven war - sagen wir es so hart und ehrlich wie möglich - im tiefsten innersten seines Herzens eine feige Sau. Wo Marty McFly jetzt aufgrund der Wortwahl ausgerastet wäre, hätte Sven nur ein Achselzucken übrig gehabt. Wäre es sein Koffer gewesen, er hätte ihn längst aus der Hand gegeben. Doch an diesem Koffer hing das Leben von Jule, die sich in der wenig angenehmen Obhut der schlimmsten Gestalten befand, welche Sven je kennenlernen musste. So ganz nebenbei war sein eigenes Leben auch gefährdet, sollte er den Koffer verlieren, doch das war für ihn momentan zu seiner eigenen Überraschung nebensächlich. Nun vielleicht war er doch nicht ganz so feige, wie es den

Anschein hatte, und wie er sich auch selbst einschätzte. Vielleicht hatte es bisher in seinem Leben für ihn auch einfach nichts gegeben, das Wert war mutig verteidigt zu werden.

Dies nun war der Zeitpunkt, der Ort und der Grund Mut zu zeigen. Kein John-McClane-ich-schieß-den-ganzen-verdammten-Nakatomi-Tower-zu-Klump-Mut, aber die für Sven angemessene Variante. Und dies war ich-hau-eine-Beule-in-den-Samsonite-mit-Deinem-Gesicht-Mut.

Sven aktivierte seine letzten Kraftreserven und schwang den Koffer mit beiden Händen in einem Bogen nach oben in das Gesicht des Angreifers. Dessen Reaktion war eine blutige Nase, ein Taumeln und ein Sturz rückwärts auf den Boden des Zuges. Der eben noch so toughe Angreifer blieb wimmernd am Boden liegen und machte keine Anstalten, Sven weiter zu bedrohen.

In diesem Moment fuhr der Zug in die nächste Station ein und Sven war jetzt froh, dass im Abteil nur "geht mich nix an"-Passagiere waren. Als der Zug hielt und sich die Tür öffnen ließ machte sich Sven so schnell wie möglich aus dem Staub. Irgendwann würde der Kerl ihn vielleicht wiedertreffen und sich rächen. Doch das war nicht heute. Sollte Sven den Tag überleben, vielleicht schon Morgen. Auf jeden Fall war Jule dann aber außer Gefahr. Sven würde vielleicht ein paar Zähne verlieren. Evtl. auch etwas mehr. Auswandern wäre auch eine Möglichkeit.

Sibirien, Hawaii, Usedom. Irgendetwas in der Richtung. Abhängig vom Budget.

Also eher Usedom.

Während Sven die Treppen der Station hinaufhastete fügte die Ein-Mann-, respektive Eine-Frau-Armee Anna angesichts des blutenden Teenagers in dem Waggon schwere Körperverletzung zu den Delikten zu ihrer gedanklichen Anklageliste hinzu. Der Kerl konnte was erleben. »Was will der überhaupt mit dem Koffer? Stiehlt, greift wehrlose Omas an und verprügelt wildfremde in der U-Bahn. Bestimmt auf Drogen oder so.« dachte sich die Verfolgerin.

Sven hatte jedoch alles Mögliche, nur Drogen, die hatte er nicht. Die sollte er ja erst holen. Nicht, dass er üblicherweise stoned durch die Gegend wandelte; Jetzt hätte er aber für eine kräftige Kopfschmerztablette töten können. Wenn es jemals ein gutes Beispiel für "Das ist heute nicht Dein Tag" gegeben hatte, dann jetzt. Gehetzt, mehrfach verprügelt und mit dem Tode bedroht. Passiert nicht jeden Tag.

Zum Glück.

Dann lernt man auch noch ein leicht verrücktes, aber immerhin auf eine seltsame Weise ganz nettes Mädel kennen und nur kurz darauf bekommt man die Wahl sie sterben zu lassen, oder sich mit einem windigen Drogenkurier zu treffen, der unter Umständen das Gleiche mit dem Überbringer der Ware vorhat. Ziemlich uncool das Ganze.

Sven ging schnellen Schrittes durch die Stadt. Von der HVV hatte er erst einmal die Schnauze voll. Auch vom Prügeln hatte er mehr als genug. Die Chancen halbwegs gesund anzukommen schätzte er ohne die Bahn besser ein. Zeit genug war ja. Also per Pedes.

Indiana Jones hätte jetzt auf dem Weg zur Übergabe vielleicht einen brillanten Plan ausgeheckt, wie er den Drogenkurier überrumpeln könnte. Eventuell mittels Peitsche, oder - wenn alle Stricke (respektive Peitschen) reißen - mit purer Waffengewalt[24]. MacGyver hätte vielleicht mit seinem Taschenmesser eine Straßenlampe modifiziert und damit etwas total Abgefahrenes gebaut. Doch diese Mittel standen Sven nicht zur Verfügung. Und auch die Chuck Norris-Variante kam für Sven nicht wirklich in Frage. Einen Roundhouse-Kick beherrschte er einfach nicht und hätte damit beim Gegner kaum Verletzungen, außer vielleicht ein paar gezerrten Lachmuskeln verursacht. Er musste sich einfach darauf verlassen, dass schon irgendwie alles gut lief. Auch wenn die bisherige Erfahrung, vor allem der letzten Tage, ihn eigentlich etwas Anderes gelehrt hatten.

---

[24] Natürlich riss die Peitsche von Indiana Jones nicht wirklich. Nie.

Kapitel 8
Mad World

Their tears are filling up their glasses
No expression, no expression
Hide my head I want to drown my sorrow
No tomorrow, no tomorrow

[Gary Jules]

Noch gut einen Kilometer, wenn er die Karte richtig gelesen hatte. Viel konnte und durfte nicht mehr schief gehen. Er stapfte durch Planten un Blomen und bemerkte, wie entgeistert ihn die Leute anstarrten. Sven schaute an sich herab. Das T-Shirt war zerrissen und blutig und die Jeans sah ebenfalls so aus, als würde es sich um eine von diesen topmodernen Hosen mit eingebauten Rissen handeln.

Zumindest vermutete Sven, dass diese Jeans derzeit der allerletzte Schrei waren, denn er hatte ja von Mode fast so viel Ahnung wie von Frauen. Also so viel wie Würgeschlangen vom Boxen. Doch selbst der Modelegastheniker Sven wusste, dass auch die coolste Jeans üblicherweise nicht den Blick auf die Unterhose preisgab.

Sven konnte nur erahnen, wie sein Gesicht aussah, war sich aber ziemlich sicher, dass er mit seinem Anblick mühelos kleine Kinder und alte Omas erschrecken konnte. Dies war ihm einerseits recht, denn Omas nervten ihn nach den aktuellen Erfahrungen im Bahnhofskiosk derzeit sehr. Andererseits befürchtete Sven aber auch, dass irgendjemand die Polizei rufen könnte, wenn ein blutverschmierter Kofferträger durch Hamburg streunte. Er hätte auch genauso gut mit einer laufenden Kettensäge durch den Park gehen können. Er wäre nicht wesentlich auffälliger gewesen.

Als Sven an dem kleinen Bach des Parks entlang ging, stellte er den Koffer vorsichtig auf den Boden und kniete sich hin. Im Wasser konnte er leicht verzerrt ein Spiegelbild seines Gesichts sehen. Sven wäre lieber gewesen, er hätte sich den Anblick erspart und konnte nun die Blicke der anderen Passanten verstehen. Das war wahrlich keine Augenweide. Er schaute sich kurz um und legte sich am Rand des Wassers flach auf den Bauch. Er steckte seinen Kopf unter Wasser und rieb sich mit den Händen das Blut aus dem Gesicht. Seine Nase schmerzte bei der Berührung wie Hölle.

»Vermutlich gebrochen«, dachte Sven.

Noch vor kurzem wäre er sofort zum Krankenhaus gefahren mit einer solchen Verletzung, doch momentan gehörte das zu den kleineren Übeln. Seltsam, wie sich ein Mensch nach nur wenigen Morddrohungen und brutalen Schlägen so verändern kann.

Als er sich aufrichten wollte spürte er die klatschnasse Zunge eines sabbernden Mopses im Nacken. Der Hund war offensichtlich äußerst freundlich, aber eben leider auch feucht. Sven versuchte das Tier zu verscheuchen. Erfolglos. Er setzte sich auf die Knie und wurde das Gelecke damit erst einmal los.

Doch nur kurz darauf wurde er von hinten gepackt.

»Scheiße. Bullen« dachte Sven instinktiv, doch kein Polizist hatte ihn im Griff, sondern ein Zivi in Sanitäteruniform.

»Gaaanz ruhig« sprach dieser in einem Tonfall, als würde er mit einem Schwachsinnigen reden: »Wir wollen Ihnen nur helfen«

»Ich brauch keine Hilfe!« versuchte Sven sich loszureißen, doch der feste Griff blieb.

»Nana. Das überlassen sie doch mal den Profis.« fuhr der Typ unbeirrt fort, während er Sven mühelos vor sich her zu einem Krankenwagen lenkte.

»So was Blödes!« dachte Sven verärgert. Hätte er den Kopf nicht unter Wasser gehabt, hätte er den sich nähernden Krankenwagen sicherlich gehört.

Da der Samariter sich offensichtlich durch nichts von seinem Tun abbringen lassen wollte keuchte Sven nur: »Mein Koffer«.

Der Sani drehte seinen Kopf kurz zur Seite und winkte seinem Kollegen, der rauchend neben dem Krankenwagen stand. Gegen den schmächtigen Kerl hätte Sven kein Problem gehabt, wegzulaufen. Vermutlich war das auch genau der Grund, warum der andere Typ sich um die seltsamen Gestalten mit blutverschmierten Gesichtern kümmern musste.

Aus den Augenwinkeln sah Sven, wie der Koffer aufgesammelt und ins Fahrerhaus getragen wurde. Widerstandslos ließ er sich in den Wagen bugsieren und auf die Trage legen. Ein freundlich lächelnder Mann in einem weißen Kittel begrüßte ihn kurz, leuchtete mit einer Lampe in seine Augen und verpasste ihm - bevor Sven reagieren konnte - eine Spritze, die ihn in das Reich der Träume schickte.

Sven öffnete seine schweren Augenlider. Irgendwer hatte ihn auf ein hartes Metallbett mit einer alten Matratze verfrachtet. Auf einen Blick konnte Sven erkennen, dass er sich in einem Krankenhaus befand. Die spartanische Ausstattung seines Bettes und der Umgebung ließ deutlich auf die Kategorie "Kassenpatient" schließen.

Seine Nase wurde durch einen weißen Verband geschmückt, der an beiden Seiten seines Kopfes nach hinten führte und am Hinterkopf zusammengebunden war. Zum Glück waren seine Augen und der Mund frei. Sven drehte den Kopf und betrachtete das Zimmer. Es befanden sich sieben weitere Betten hier, von denen aber nur zwei belegt waren. Genauso wie Sven schienen auch seine Zimmergenossen keine ernsthaften Verletzungen erlitten zu haben.

Sven gegenüber lag ein Typ, der mit seinem großen Kopf und deutlich zu großen Oberarmen aussah wie eine Popeye-Kopie auf Spinat-Entzug. Popeye schnarchte laut.

Auf Svens rechter Seite lag der Hautfarbe und Sprache nach zu urteilen ein wohl türkischer Patient, der Besuch von seiner mehrere Generationen umfassenden Familie hatte. Er war knapp 30 Jahre alt und versuchte offensichtlich erfolglos eine ältere Frau, vermutlich seine Mutter, zu beruhigen.

Die beiden diskutierten relativ laut. Sven verstand zwar kein Wort türkisch, hatte aber relativ schnell begriffen, dass der Patient - nach Ansicht von dessen Mutter - nur knapp dem Tode entronnen war. Und überdies natürlich an seiner Situation komplett selbst Schuld war. Tatsächlich hatte der Patient hingegen nur einen verstauchten Knöchel. Daran war er aber wirklich selbst schuld. Er war beim Fußball umgeknickt. Immerhin soweit hatte seine Mutter Recht. Sven wusste natürlich nicht genau, ob das Gespräch tatsächlich diesen Verlauf nahm, aber die Gestik und Akustik der Beiden ließ diese Wortwahl realistisch erscheinen.

Als sie merkte, dass Sven erwacht war, bezog die Mutter des Zimmernachbarn Sven mit in ihr Gespräch ein:

»Sie finden doch auch, dass das Unverantwortlich war, oder?« fragte sie Sven.

Da Sven auch weiterhin nicht urplötzlich türkisch verstand konnte er nur vermuten, dass die Frau dies sagte. Es erschien ihm aber die einzig plausible Übersetzung, denn das wäre genau das gewesen, was seine Mutter in diesem Moment gefragt hätte.

Trotz Svens eigentlich schon bewiesener hundsmiserabler Menschenkenntnis lag er diesmal gar nicht so falsch. Zudem erahnte er recht gut, wann er zu nicken und wann den Kopf zu schütteln hatte. Und wann er einfach die Achseln zucken musste. Die türkische Mutter schien jedenfalls mit seinen Reaktionen sehr gut einverstanden gewesen zu sein, als sie mit der vermutlich türkischen Variante von »Da siehst Du's! Der junge Mann findet das auch!« ihren Sohn tadelte.

Sven bemitleidete seinen Zimmergenossen und war heilfroh, dass seine eigene Mutter jetzt gerade nicht hier war. Diese hätte sich garantiert mit der Frau verbündet, so dass beide Mütter ihre Söhne im Duett nach Strich und Faden fertig gemacht hätten.

Svens Blick war noch etwas verschwommen und auch sein Gehirn arbeitete noch nicht wirklich auf Hochtouren. Die Uhr, die vor ihm an der Wand hing war aber groß genug, um auch so entziffert werden zu können. Und was er da sah brachte ihn dazu, seine Benommenheit abzuschütteln. Er war bereits jetzt eine Viertelstunde zu spät für die Übergabe!

Sven versuchte Arme und Beine zu heben. Das klappte schon mal. Er war als offensichtlich nicht fixiert.

Sven schwang sich aus dem Bett, um beherzten Schrittes das Zimmer zu verlassen.

So war der Plan.

Doch stattdessen knickten seine Beine wie Gummi ein und er knallte der vollen Länge nach auf die bandagierte Nase.

Natürlich berührte nicht die Nase allein den Linoleumboden. Auch alles weitere, was an der Nase hing: Zuerst einmal der Kopf und daran angeschlossen auch der restliche Körper stürzte gen Boden. Aber so richtig schmerzhaft war nur die gebrochene Nase.

Sven schrie schmerzerfüllt auf. Alle Besucher im Raum schauten teils erschrocken, teils mitfühlend zu ihm herüber. Selbst die Mutter des Bettnachbarn ließ sich von dieser Episode kurz von ihrem Redeschwall abbringen.

Eine hübsche Frau, die dem Aussehen nach wohl die etwas ältere Schwester des Bettnachbarn war, half Sven freundlich lächelnd auf. Auch was sie sagte, bekam Sven nicht wirklich mit. Allerdings war es diesmal keine Sprachbarriere, die ihn daran hinderte, das Gesprochene zu verstehen, sondern der Schmerz in seiner Nase war schlicht zu dominant und überstrahlte deshalb alle anderen Sinneswahrnehmungen.

Während er sich stützen ließ, kehrte langsam wieder die Kraft in seine Beine zurück. Dankend lehnte er weitere Hilfe mit einer abwehrenden Handhaltung ab und schleppte sich - an der Wand abstützend - zur Tür.

Niemand hielt Sven auf, als er den Flur erreicht hatte und sich in die Richtung schleppte, in der er den Ausgang vermutete. Der Flur war unangenehm zugig, doch Schritt für Schritt kehrten seine Lebensgeister ein wenig zurück. Als Sven endlich einen Fahrstuhl erreicht hatte, konnte er bereits wieder gehen, ohne sich von der Wand abstützen zu müssen. Er betrat den leeren Fahrstuhl und drückte auf den Knopf, der deutlich mit der Aufschrift "Ausgang" beschriftet war.

Der Lift fuhr nur wenige Etagen und als sich die Türen wieder öffneten konnte Sven bereits den Ausgang zu seiner Linken sehen. Im Eingangsbereich des Krankenhauses rannte er bereits. Sven stürzte in die große automatische Drehtür. Erst als er den Durchgang hinter sich gelassen hatte, bemerkte Sven, warum ihm so kalt war. Er war lediglich mit einem Nachthemd bekleidet, dass auf dem Rücken mehr oder weniger gut zugeknüpft war und bei jedem zweiten Schritt den Blick auf seinen blanken Hintern erlaubte.

Wenigstens war Sven durch die Kälte jetzt hellwach.

Nur wenige Meter vom Eingang entfernt parkte ein Krankenwagen in der Auffahrt. Sven riskierte einen Blick ins Führerhaus und traute seinen Augen kaum: Da lag sein Koffer! Endlich einmal ein kleines bisschen Glück! Davon hatte er sich aber mittlerweile auch einiges verdient. Sven stürmte zur Fahrertür und zog an dem Griff. Die Tür war unverschlossen. Sven riss die Tür mit einem kräftigen Ruck auf und ergriff sofort den Koffer. Dabei streifte seine Hand streifte etwas Metallisches. Sven blickte hinab zu seiner Hand und entdeckte, dass er den Zündschlüssel berührt hatte, der noch im Zündschloss steckte.

Bevor ihn seine überraschenderweise durchaus noch vorhandenen vernünftigen Gehirnregionen von dieser Dummheit abbringen konnten, hievte der Rest von Sven sich auf den Fahrersitz. Er schmiss den Koffer zurück auf den Beifahrersitz und drehte mit zitternden Händen den Schlüssel im Uhrzeigersinn. Sven hielt - die Außenspiegel beobachtend - den Atem an.

Der Motor startete ohne zu murren. Sven kuppelte, legte den ersten Gang ein und drückte aufs Gaspedal. Mit einem kräftigen Satz, der Sven kurz überrumpelte ging die Fahrt los.

Außer der ungewöhnlich niedrigen Übersetzung des ersten Ganges fuhr sich der Krankenwagen wie ein ganz normales Auto und ließ sich zu Svens Überraschung ohne Probleme steuern. Alles war mehr oder weniger an dem Platz, wo er es erwartete. Durch einen flüchtigen Blick in den rechten Außenspiegel sah Sven, wie ein hinter dem Wagen stehender Pfleger erschrak und dabei fast seine eigene Zigarette verschluckte.

Sven verstand die Worte nicht, die der Pfleger schrie, konnte sich aber grob vorstellen, in welche Richtung die

Botschaft ging. Sven ignorierte den Pfleger und auch die Vernunft, die ihm dringend anraten wollte, jetzt doch endlich anzuhalten und den Wahnsinn zu stoppen.

Doch der Wahnsinn war längst schon zu weit fortgeschritten.

Der Termin mit dem Dealer war längst geplatzt. Svens einzige Hoffnung war, dass sein Kontaktmann für die Kohle notfalls auch etwas warten würde. Aber selbst dann würde er sich beeilen müssen.

Sven hatte keine Zweifel daran, dass sich bald jemand mit einem Fahrzeug mit schicker blauer Lampe auf dem Dach auf den Weg machen würde um ihn aufzuhalten. Zu verlieren hatte er bereits vor Stunden nichts gehabt; Dies war in der Zwischenzeit nicht anders geworden. Im Gegenteil.

Während er in einer Linkskurve kurz eine der Hecktüren im rechten Außenspiegel sah blickte Sven auf drei ziemlich prominent auf dem Armaturenbrett platzierte Knöpfe. Er zuckte mit den Achseln und drückte alle drei.

Das Ergebnis war wie gewünscht: Blaulicht und Sirene sprangen sofort an und heischten um Aufmerksamkeit. Wofür der dritte Knopf war, wusste er nicht[25].

Während Sven sich den Verband vom Gesicht riss rechnet er jeden Moment damit, hinter sich ein weiß bespanntes Bett auftauchen zu sehen, dass aus dem Wagen fällt und auf dem sich ein paralysierter Patient krampfhaft festhält um nicht herunterzufallen.

Doch dies war keine Szene aus der Klamottenkiste. Deshalb blieb das Bett auch fest arretiert auf der Ladefläche stehen. Außerdem war ja ohnehin kein Patient an Bord.

---

[25] Und wir werden es leider – in dieser Geschichte – auch nicht mehr erfahren. Vielleicht steht es ja bei Wikipedia.

Medikamente und medizinisches Gerät schleuderten durch das Fahrzeug. Ein Skalpell jagte auf die rechte Wand des Fahrzeugs. Es blieb zitternd in der Wand stecken und riss dabei ein paar Fasern der Jeanshose heraus, die dort aufrecht stand.

Nun stehen Jeanshosen üblicherweise nicht einfach so in der Gegend herum. Auch nicht in einem Krankenwagen. Und auch in diesem Fall war die Hose nicht allein, sondern wurde von zwei Beinen gefüllt.

In einem schlechten Horrorroman wäre das nun eine ziemlich ekelige Sache, zum Glück befand sich Sven aber nicht in einem Horrorroman (auch wenn die letzten Tage ihm wie ein Horror vorkamen).

Die Beine steckten nämlich nicht völlig alleine in der Hose, sondern wurden an einem Ende von einem gesunden Paar Füßen fortgeführt; Am anderen Ende steckte alles andere, was einen Menschen anatomisch so ausmacht. Einzig verwirrend war vielleicht noch die Tatsache, dass die Füße nach oben anstatt nach unten zeigten. Das war jedoch keine Anomalie oder Missbildung. Vielmehr zeigte der Rest des Körpers dafür in die entgegengesetzte Richtung.

Der Hosen- und Körperbesitzer war durch die wilde Fahrt so heftig durch die Gegend geschleudert worden, dass er jetzt Kopfüber auf dem Boden lag. Stephan - so hieß der Hosenmann - schluckte und starrte auf das Skalpell, das nun in seinem Bein steckte. Es war keine allzu lebensbedrohliche Verletzung, reichte aber, dem Mann völlig die letzte Fassung zu rauben.

»Du hättest mir fast die Eier tranchiert!« schrie er nach vorne in dem irrigen Glauben, irgendein vollgekiffter Zivi hätte ihm dies angetan.

Sven hörte das Klagen, konnte sich aber nicht darauf konzentrieren, weil vor ihm so ein Blödmann in seinem grauen Mazda RX-8 einfach kein Platz machen wollte.

Entnervt rammte er ihn weg, was zu einem schmerzhaften Stöhnen hinter ihm führte[26].

»Das geht nicht zusammen!« schrie Sven nach hinten.

»Was?« erwiderte der Doktor.

»Tranchieren und Eier!«

Dem Arzt dämmerte allmählich, dass - wenn da vorne denn wirklich ein Zivi am Steuer saß - dieser ein gewaltiges Problem hatte. Und zwar eines von der Sorte, das kein Chirurg behandeln kann.

»Eier schneidet man ab!« fuhr Sven fort, während er sich seinen Weg durch den Hamburger Stadtteil Eppendorf bahnte.

»Hab ich doch gesagt!« klinkte sich der Arzt widerwillig in die Unterhaltung ein.

Vielleicht konnte er ja den Irren dazu bringen, anzuhalten.

»Haben Sie nicht!« erwiderte Sven.

»Habe ich nicht?«

»Nein!«

»Oh«

Weder Sven, noch der angeritzte Arzt hatten einen Sinn für die Komik, die ihre unfreiwillige Louis de Funès-Parodie erzeugt hatte. Eine unangenehme Stille legte sich über die beiden, wenn man denn von Stille reden konnte, wenn Reifen quietschten, eine Sirene heulte und hin und wieder Blech knirschte.

»Hmm« sagte der Doktor, denn er fühlte irgendwie, dass das jetzt von ihm erwartet wurde.

Eine scharfe lärmend-stille Rechtskurve später fuhr Sven fort: »Sie sagten tranchieren, nicht abschneiden!«

---

[26] Was doch einigermaßen tragisch war, denn dieses Modell wird nicht mehr produziert und gut erhaltene RX-8 mit Wankelmotor gelten mittlerweile als echte Rarität. Hätte der Blödmann nicht in einem Golf fahren können?

»Tranchieren heißt...« setzte der Doktor zu einer Antwort an, doch Sven unterbrach ihn: »Ich weiß, was das heißt. Aber das sagt man so einfach nicht! Das passt nicht zu den Eiern!«

Die wenig eloquente Antwort des Arztes auf diese Information war ein von Herzen kommendes: »Hä?«

Sven seufzte. Die Medikamente waren sicherlich nicht ganz Unschuldig an seinem Ausfall, aber der Passagier war auch einfach zu begriffsstutzig.

»Der Kontext ist falsch!« polterte er los. »Ein Weltklasseautor würde ja auch nie schreiben: "er tranchierte ihm sein Wort", sondern er schreibt: "er schnitt ihm das Wort ab". Wenn er richtig auf dicke Hose machen will, so pulitzermäßig, dann vielleicht "Er tranchierte ihn verbal" oder so.«

Der Arzt tranchierte Sven verbal[27], bevor dieser fortfahren konnte.

»Was wäre dem Herrn denn genehm gewesen, wenn ich fragen darf?«

Sven überlegte nur kurz. Viel Zeit für Ablenkungen gab es ohnehin nicht, denn urplötzlich – aber natürlich nicht sehr überraschend - tauchte hinter ihm ein Streifenwagen auf, der mit Svens requiriertem Gefährt um die Wette sirente und blaulichtete.

»Ich habe Ihnen die Testikel tranchiert. Beziehungsweise eben nicht« antwortete Sven souverän.

Der Doktor schnaubte: »Das zeigt nur, dass Sie keinerlei Ahnung von der menschlichen Anatomie besitzen. Die Testikel sind nämlich...«

Der Arzt verstummte unfreiwillig, denn eine scharfe Rechtskurve sorge dafür, dass er mit dem Kopf gegen die gegenüberliegende Fahrzeugwand geschleudert wurde. Es war ein schmerzhafter Aufprall, doch für Wehklagen gab

---

[27] Ha! Der Pulitzer ist mein!

es keine Möglichkeit mehr. Zwar war es kein Genickbruch verursachender Aufprall, wohl aber ein Bewusstlosigkeit erzeugender.

Sven schaute über die Schulter und musste zu seinem Bedauern erkennen, dass er heute in Sachen menschliche Anatomie keinen Wissenszuwachs mehr zu erwarten hatte. Er hatte aber auch kaum die Möglichkeit dieser verpassten Chance lange nachzutrauern, denn sein Wagen begann kräftig zu schlingern. Grund für dieses Schlingern könnte die Verkehrsinsel gewesen sein, die der Krankenwagen soeben überfuhr. Auch die gerammte Ampel machte die Situation nicht unbedingt besser.

Mit anderen Worten: Außenstehende mit Kenntnissen der Hamburger Geografie hätten glauben können, an Svens Auto klebe ein Kennzeichen mit den Buchstaben "WL", von Einheimischen auch nicht ganz zu Unrecht "wilder Landwirt" genannt.

Allerdings sind Landwirte eher selten mit Blaulicht und Sirene unterwegs (selbst wenn eine Kuh kalbt). Sehr wohl aber Bullen[28]. Diese folgten Sven in recht kurzem Abstand und schienen von dessen Fahrkünsten nicht wirklich begeistert zu sein. Hätte es für diese fehlende Begeisterung noch eines Beweises bedurft, so hätte Sven ihn in diesem Moment geliefert: In seinem Versuch, den Wagen wieder auf die Spur zu bringen machte er so ziemlich alles falsch, was man falsch machen kann. Ach; streichen wir das "so ziemlich". Er steuerte nach links, als er nach rechts hätte lenken müssen, drückte auf die Bremse, wo ein Ken Block aufs Gaspedal gedrückt hätte und änderte durch sein Fehlverhalten gar die Schwerkraft, so dass der Himmel plötzlich unten war.

---

[28] Ja. Ein ganz schlechter Wortwitz der untersten Kategorie. Verzeihen Sie bitte.

Nun. Nicht ganz. Zwar wurde sein Kopf plötzlich vom Himmel angezogen, dass lag aber im Wesentlichen schlicht daran, dass der "Himmel" ein Stoffverdeck unterhalb der Fahrzeugdecke beschreibt und diese sich zwar relativ zu Sven oberhalb seines Kopfes befand, absolut aber auf dem Asphalt.

Was für Sven in einer sehr unbequemen Position endete war für seinen unfreiwilligen Passagier eine Erleichterung, denn dessen Beine befanden sich nun korrekterweise unten. Leider hatte der Arzt derzeit keine Möglichkeit, diese Verbesserung zu bejubeln, da er weiterhin bewusstlos war. Seine Kopfschmerzen, die er nach dem Aufwachen verspüren wird werden aber um 0,6% reduziert sein. Nicht, dass er dies sonderlich zu schätzen wissen wird.

Sven kletterte mühsam aus dem Fahrzeugwrack, während hinter ihm der Polizeiwagen quietschend zum Stehen kam.

Wie durch ein Wunder hatte Sven sich nur ein paar Schürfwunden und blaue Flecken zugezogen.

Er ignorierte die Schmerzen und sprintete in seinem Nachthemd los. Er hatte keine Ahnung, wo er sich derzeit befand und hechtete ziellos in die nächste Querstraße. Dort erblickte er eine Kneipe, über deren Eingangstür mit großen Neonbuchstaben in Schreibschrift der Name der Bar geschrieben stand. Einige der Röhren waren mittlerweile ausgefallen, so dass der komplette Name nicht mehr zu erkennen war. Sven hatte allerdings wenig Muße, das

Geheimnis[29] zu lüften, weil er sich schnell vor der Polizei in Sicherheit bringen wollte und mit seinem Nachthemd alles andere als unauffällig war.

Sven stürmte durch die Kneipentür mit Milchglaseinfassungen und befand sich direkt in einem kleinen Schankraum wieder, der fast vollständig von einem gewaltigen Tresen eingenommen wurde. Die Kneipe war angesichts der Lage und des äußeren Zustands überraschend gut besucht. Von den sechs Barhockern war bis auf einen jeder einzelne besetzt. Am Service konnte es nicht liegen, dass die Bar so gut gefüllt war, denn der Barkeeper war alles andere als freundlich. Mürrisch nahm er gerade eine Bestellung entgegen. Vielleicht war es ja einfach nur der riesige Elchkopf, der auf der rechten Seite an der Wand hing. Manchmal zieht so eine Geschmacklosigkeit ja ein gewisses Publikum an.

An der linken Wand stand ein alter Wurlitzer, der den Begriff "Retro" verdient hätte, wäre er nicht tatsächlich schon so alt, wie er aussah und zu allem Überfluss defekt. Das mochte in diesem konkreten Fall aber auch ein Segen gewesen sein, denn die alten Platten boten eine seltsame Auswahl, die primär aus Liedern von Heino, Freddy Quinn und Fredl Fesl bestand.

Sven hatte aber kein Auge für Elch, Wurlitzer oder die langbeinige Rothaarige am Tresen, was ziemlich eindrucksvoll die katastrophale Situation von Sven beschrieb, denn: Nun ja: Stellen Sie sich mal Jessica Rabbit aus Fleisch und Blut vor. Wie kann man die übersehen?

---

[29] Wenn Sie es genau wissen wollen: Am Anfang leuchtete der Buchstabe "L". Der folgende Buchstabe fehlte, im Anschluss waren aber die Buchstaben "F" und "T" zu sehen. Und am Ende blinkten noch die Buchstaben "Y'S" in unregelmäßigen Abständen. Nicht, dass diese Informationen Ihnen nun irgendetwas bringen oder für die Geschichte relevant wären.

Stattdessen rannte Sven durch die Kneipe und stürmte zu einer Tür, die direkt neben dem Tresen in einen weiteren Raum führte und mit "00" beschriftet war. Glücklicherweise machte niemand Anstalten, ihn anzusprechen oder aufzuhalten. Es schien normal zu sein, dass Leute hier hineinstürmten ohne etwas zu bestellen. Vielleicht machte das ja irgendwie den Reiz der Kneipe aus und die Besucher beobachteten des Öfteren interessiert spärlich bekleidete Straftäter auf dem Weg in die hinteren Räume.

Die Tür führte zu einem versifften Flur, der zu den Toiletten abbog. Auf dem gefliesten Fußboden lag ein alter Seemann sternhagelvoll und sang mit Inbrunst:

»Ick heff moaln Hamburger Veeeeeermaster sehn!«.

Er bemerkte Sven kaum und ebenso wenig, dass seine Jacke und seine Schuhe neben ihm am Boden lagen. Erst als Sven die Jacke aufhob und sich überzog, reagierte er mit einem ehrlich gemeinten: »Hey!«, vergaß aber bereits eine halbe Sekunde später, was ihn so aufgeregt hatte und stimmte den nächsten Song an: »An de Eck steiht een Jung mit nem Tüddelband«.

Sven fragte sich, wie spät es sein mochte, wenn jetzt bereits die ersten Schnapsleichen in den Ecken lagen.

Er versuchte die erneut aufsteigende Panik zu unterdrücken und lehnte dankend die Fernbedienung ab, die ihm der Besoffene schenken wollte. Stattdessen feilschte er mit dem Seemann um dessen Hose. Den Angesprochenen schien es nicht weiter zu stören, unten einigermaßen luftig unterwegs zu sein und interessierte sich auch nicht dafür, warum Sven überhaupt ohne eigene Hose hier stand. Er verlangte aber im Gegenzug, dass Sven gefälligst eine Flasche Whiskey als Bezahlung heranschaffen sollte. Sven willigte ein und riss dem Kerl ungeduldig seine Hose herunter, womit er den Seemann fast durch den ganzen Flur zerrte.

Als er endlich das stinkende Stück Stoff ergattert hatte, machte Sven sich zusammen mit der Hose, den Schuhen und der Jacke des Seemanns in das WC mit der Aufschrift "Jungs". Er schloss die Tür und schaffte es, sich in Rekordzeit umzuziehen. Sven blickte atemlos in den Spiegel. Neben einem Gekritzel "Ken sent me" blickte Sven in das Gesicht eines völlig verstörten Mannes, der nichts unter der dunkelblauen Seemannsjacke trug, eine pochende, schmerzende Nase im Gesicht hatte und eine Hose trug, die von einem anderen Kerl vollgepinkelt worden war.

Mürrisch wischte er gedanklich Ekel, Selbstmitleid und Zweifel zur Seite und rannte zurück in den Schankraum. Er zwang sich ruhig zu atmen. Einen Whiskey besorgte er dem Betrunkenen übrigens nicht. Was seinem Karma nicht gerade gut tat. Aber er hatte ja auch noch ordentlich Bonus diese Woche.

Sven verließ die Kneipe langsamen Schrittes und ging vorbei an zwei Polizisten, die draußen hektisch in ein Funkgerät redeten. Sven nahm allen Mut zusammen und versuchte möglichst unauffällig zu wirken, während er zwischen den Polizisten durchging. Was wiederum natürlich relativ auffällig war. Nur mit Mühe konnte Sven den Drang unterdrücken unbeteiligt - in die Luft schauend - zu pfeifen.

Zu seinem Glück waren die beiden Polizisten mit dem Funkgerät beschäftigt und zu sehr auf die Täterbeschreibung fixiert, die nun - zumindest was die Kleidung anging - nicht mehr auf Sven passte.

Erst als Sven bereits in der nächsten Seitenstraße verschwunden war, entschieden sich die Polizisten, die Kneipe zu stürmen. Während Barkeeper und Gäste den Zugriff relativ uninteressiert zur Kenntnis nahmen, war der besoffene Kerl vor der Toilette nicht imstande zu erklären, warum er hier im Nachthemd saß. Sein »Mir war halt kalt.« war für die Beamten nur eine unzureichende

Erklärung. Und seine Ergänzung »Und wo zum Teufel bleibt der Whiskey, Du Spacken?« handelte ihm zusätzlichen Ärger ein.

Der kräftig rote Sonnenuntergang war kein angenehmer Anblick für Sven. Bedeutete er doch, dass er deutlich zu spät und der Dealer vermutlich schon weg war. Die Straßenbeleuchtung gab ihr Bestes, um den Sonnenuntergang zu verwaschen und schmutzig aussehen zu lassen.

Kapitel 9
Death or Glory

*From every dingy basement
on every dingy street
Every dragging handclap
over every dragging beat
That's just the beat of time-
the beat that must go on
If you've been trying for years
we already heard your song*

*Death or glory becomes just another story
Death or glory just another story*

[The Clash]

Es begann bereits zu dämmern. Und noch etwas dämmerte, und zwar Sven, dass er deutlich zu spät zur Übergabe kommen würde.

Eigentlich gab es nicht mehr viel für Sven zu tun. Der Dealer war garantiert längst über alle Berge. Der Koffer lag sowieso irgendwo im Wrack des Krankenwagens und Jule war vermutlich tot. Außer einem Anruf bei der Polizei gab es eigentlich nichts, was Sven noch sinnvolles hätte tun können.

Doch Sven weigerte sich, die Tatsachen zu akzeptieren. Er konnte jetzt nicht so einfach aufgeben. Also rief er nicht die Polizei, sondern ging mangels Alternative einfach weiter.

Sven fühlte sich hundeelend, als er an der Esso-Tankstelle nahe der Reeperbahn vorbeischlurfte. Sie war gut gefüllt mit allerlei partywütigem Volk, das sich mit Alkohol eindeckte.

Ein Besoffener grölte ihm etwas von der Seite zu, doch Sven hörte nicht hin. Nur wenige Meter vor ihm erstreckte sich die Reeperbahn, die mit weiteren Menschen in Feierlaune gefüllt war. Unter ihnen waren auch einige St. Pauli-Anhänger in Fanmontur. Hätte es noch eines Beweises gedurft, dass Sven in diesem Moment völlig neben sich war, so wäre die Tatsache, dass er niemanden nach dem Spielausgang gefragt hatte dieser letzte Beweis gewesen.

Svens Schritte wurden langsamer. Während er gleichzeitig wie an der Schnur gezogen nicht anders konnte als kontinuierlich zum vereinbarten Treffpunkt zu gehen, so sträubte sich gleichzeitig sein ganzer Körper, dies zu tun. Das Resultat war, dass Sven zwar zielstrebig, aber langsam vorwärts kam. Wie eine Maus, die wusste, dass der Weg in die Freiheit nur an der fetten Hauskatze vorbei führt.

Als Sven an der Davidwache auf den Spielbudenplatz abbog erschien vor seinem geistigen Auge das Bild von Krankenwagen und Polizeifahrzeug vor seiner Wohnung. Er konnte fast das Blut riechen, das aus der von Kugeln durchsiebten Leiche von Jule floss.

Sven schüttelte den Gedanken ab. Hunger, Ermüdung, Stress und vermutlich eine Gehirnerschütterung durch den Krankenwagenunfall waren eine ziemlich ekelhafte Kombination.

Sein Ziel war vorgezeichnet: In Kürze würde er mit leeren Händen entweder einem gemeingefährlichen Dealer gegenüberstehen, oder mit ebenso leeren Händen alleine in einer genauso leeren Gasse stehen. Obwohl Sven weder damit rechnete, dass er oder Jule das Abenteuer lebend überstehen würden hoffte er auf die erste Variante. Irgendetwas in ihm wünschte sich, dass das Alles (und wirklich Alles) endlich vorbei sein würde.

»Müsste jetzt nicht mein Leben am inneren Auge vorbeiziehen?« fragte Sven sich selbst. »Hmm. Ist wohl zu langweilig.«

Frustriert darüber, dass es nicht einmal für einen Kurzfilm zu reichen schien, widmete Sven sich seinem knurrenden Magen. Wenn er schon sterben sollte, dann doch wenigstens mit einer anständigen Henkersmahlzeit.

Sven drehte sich um und blickte auf die Burger King-Filiale gegenüber der Davidwache. Nö. Es sollte ja eine anständige Henkersmahlzeit sein.

Direkt vor dem Fast-Food-Tempel war eine kleine Imbissbude, die Sven bisher nur im besoffenen Zustand kannte. Jetzt war er nüchtern, doch die Gehirnerschütterung war wohl ausreichend, um seine Geschmacksnerven ähnlich zu betäuben.

Er stellte sich an den Tresen und erkannte, dass auch die anderen Besucher offensichtlich die lukullischen Erwartungen nicht nüchtern erlebten.

»Pommes Brat!« brüllte Sven auf die andere Seite des Tresens, was zu einigen Verwirrungen führte. Zwar war der Verkäufer durchaus in der Lage, die reduzierte Bestellung im Imbissdeutsch korrekt als »Ich würde gerne eine Bratwurst auf Pappe bei Ihnen bestellen. Als Beilage legen Sie bitte geschnittene, frittierte Stäbchenkartoffeln dazu, guter Mann« zu erkennen.

Das Problem war jedoch, dass vor Sven drei weitere Leute in der Schlange standen, die sein Vorpreschen nicht allzu positiv aufnahmen.

»Warten Sie bitte, bis Sie an der Reihe sind, junger Mann!« erwiderte der Mitt-Dreißiger vor ihm.

Beziehungsweise: Er hätte dies gegebenenfalls gesagt, wenn er nicht absolut sturzbesoffen gewesen wäre. Dem Alkoholpegel angemessen kam deshalb die verkürzte Form »Willst Du aufs Maul?« von ihm.

Sven hatte wenig Lust auf so eine Unterhaltung.

Die meisten Wartenden sorgten dafür nicht allzu nah bei Sven oder seinem Dialogpartner zu stehen. Auf der einen Seite stand Sven, der deutliche (mittlerweile getrocknete) Blutspuren an Kopf und Gesicht aufwies, auf der anderen Seite ein sturzbesoffener Kerl, der deutlich mehr Muskeln am Körper als Gehirnzellen im Kopf zu haben schien. Und beide wirkten nicht so, als ob sie diese kleine Meinungsverschiedenheit wie anständige Raumschiffkapitäne oder Heimwerkerking-Assistenten bei einer Tasse Earl Grey beilegen wollten.

Um die beiden Streithähne bildete sich wie durch Magie ein freier Platz mit etwa anderthalb Meter Radius. Das schien den meisten Beobachtern ein ausreichender Sicherheitsabstand zu sein. Fortzugehen kam den Zuschauern aber nicht in den Sinn; Zu groß war die Gefahr etwas Spannendes zu verpassen, was man per Smartphone hätte teilen können.

Entweder mit maximal 140 prägnanten Buchstaben »Aufs Maul auf der Reeperbahn« bei Twitter, Zielgruppengerecht mit »Voll die Kloppe, Alter!« bei Facebook[30], pädagogisch angehaucht »Unnötige Gewalt auf dem Kiez« bei Google+[31], sowie ein schlichtes »Schlägerei auf Pauli« bei Diaspora[32]

---

[30] 120.042 Likes
[31] 32 +1 und 245 Kommentare, was denn "unnötige" Gewalt sei, und was sie von "nötiger" Gewalt unterscheide
[32] was zwar nur drei Nerds zu Gesicht bekamen, die dafür aber deutlich machten, dass es gefälligst "SANKT Pauli" heiße. Außerdem stelle das Foto der baldigen Schlägerei ja wohl ganz klar einen deutlichen Verstoß gegen das Recht auf informationelle Selbstbestimmung dar. Der dritte Kommentator - übrigens zufällig Mitglied der Piratenpartei - fügte einen Link zu dem entsprechenden Artikel bei Wikipedia hinzu.

»Hör mal zu, Du Klappspaten!« brüllte Sven seinen ganzen Frust heraus: »Ich hatte einen Scheißtag! Ich habe mich mit Drogendealern rumgeprügelt, bin vor den Bullen abgehauen und habe einen Satz gebaut. Jule ist tot und der Nächste, der mich blöde anmacht ist es auch!«

Irgendwie erreichte seinen Gegenüber durch dessen benebeltes Gehirn vor allem die sehr wichtige Botschaft: "Der Kerl ist irre."

Deshalb entschloss er sich, es bei einem freundlichen »Ach, fick Dich selbst« zu belassen und einen Schritt zur Seite zu gehen.

Bei den umherstehenden Gaffern herrschte eine Mischung aus Erleichterung und Enttäuschung. Zahlreiche Handys wurden wieder eingesteckt. Ein etwa zwanzigjähriger Tourist (zu erkennen an seiner albernen Kleidung bestehend aus Cord-Hose, und Indiana-Jones-Hut[33] verschärfte kurz die Situation, als er »Hau ihm endlich aufs Maul!« schrie, während er versuchte die Szenerie vor ihm mit seinem iPad aufzunehmen.

Der Tourist glotzte so gebannt auf den Bildschirm, dass er irgendwie auszublenden schien, dass sich um ihn herum kein Spielfilm, sondern das echte Leben abspielte. Er wurde aber schnell in die Realität zurückgeholt, als die Faust von Svens ehemaligem Kontrahenten das ganze Display ausfüllte, kurz bevor das iPad samt Faust auf das Gesicht des Cordhosenträgers knallte. Es knirschte einmal kräftig und dann zerbrachen Display und die Nase des Besitzers in kollegialer Zweisamkeit.

Als sich der eben noch so vorlaute Zuschauer wimmernd die Nase hielt, ließ er sein Tablet fallen, welches dadurch auf den Asphalt fiel. Der Bildschirm wurde damit vollends zu einem Mosaik.

---

[33] - ein Fedora, wenn Sie es genau wissen wollen

Der Besitzer der Faust, welche bald eine echte Berühmtheit auf YouTube werden sollte ging wortlos und einigermaßen gut gelaunt weiter. Er hatte einen gewaltigen Abgang hinlegen können, ohne sich mit dem Irren (Sven) anlegen zu müssen.

Weiter hinten im Pulk stöhnten mindestens vier Zuschauer enttäuscht auf. Sie hatten eigentlich geplant, dem Kerl mit der jetzt gebrochenen Nase bei günstiger Gelegenheit das iPad zu stehlen. Optimaler Weise, wenn der Typ besoffen in einer Gasse oder der Bahn pennt. Notfalls auch mit leichter Gewalt, was dann wiederum die Sache mit der gebrochenen Nase nur in der vierten Dimension verändert hätte. Aber ein kaputtes Tablet war nicht viel Wert und der Tourist würde wohl mit einem Krankenwagen den Platz verlassen. Keine gute Voraussetzung für einen heimlichen Diebstahl.

Das Tablet landete übrigens später bei einem nicht allzu ehrlichen Zivi, der das Gerät zwar nicht verkaufen konnte, mit dem Video auf YouTube aber ein paar Millionen Klicks bekam und dadurch genug Gewinn erzielen konnte, um sich ein anständiges Android-Tablet zu kaufen[34].

Sven kümmerte sich nicht weiter um dies Episode, die sich nur wenige Meter neben ihm abspielte, sondern nahm die Bratwurst in Empfang. Der türkische Verkäufer war so eingeschüchtert, dass er nicht wagte, nach dem Geld zu fragen.

Hier auf dem Kiez hatte der Verkäufer schon allerhand erlebt: Zuhälter, besoffene Jugendliche, die ihre Männ-

---

[34] Und spätestens hier hat es sich der Autor mit sämtlichen Apple-Fans verscherzt, die das Buch nun gnadenlos auf allen Bewertungsseiten verreißen werden. Wie kann man nur so blöd sein?

lichkeit durch möglichst schnellem Vernichten von Alkohol und dem Herumfuchteln mit Klappmessern beweisen mussten. Aber bei diesem Kerl hatte er das erste Mal richtig Angst. Auch ohne Messer: Der Kerl war irre.

»Ich habe eine Frau und fünf Kinder« flüsterte er fast flehend.

Sven schaute nur verwundert zurück. In seinen Augen gab es keinen wirklichen Grund für diese Information. Er nahm nicht wahr, wie sein Äußeres und sein Gebaren die Menschen um ihn herum verängstigten. So ziemlich jeder Beobachter war der Meinung, dass Sven am besten eine Zwangsjacke, sowie einen Maulkorb tragen sollte, wie Hannibal Lecter.

»Ja denn, äh, schöne Grüße« erwiderte Sven dem Verkäufer. Er überlegte kurz und fragte dann: »Darfst Du eigentlich Bratwürste verkaufen?« fuhr er die Wurst schlingend fort.

Der Verkäufer blickte ihn halb irritiert, halb ärgerlich an: »Natürlich darf ich das. Ich habe eine Lizenz!«

»Ich meinte aus religiösen Gründen.«

Der Verkäufer überlegte kurz. »Hmm. Ich glaube im Koran steht nichts von Bratwürsten.«

Völlig fasziniert fragte Sven weiter: »Und Senf?«

Der Verkäufer schüttelte den Kopf.

Sven nickte leicht und machte sich kauend auf den Weg die Reeperbahn entlang. Er dachte noch immer an den heiligen Senf (respektive den nicht heiligen Senf) und interessierte sich nicht im Geringsten für den Krankenwagen, der ihm entgegen kam. Der Wagen blieb mit quietschenden Reifen wie bei einer schlechten amerikanischen Serie neben dem Imbiss stehen. Das Martinshorn war nicht eingeschaltet, aber das Blaulicht beleuchtete die Davidwache und den Spielbudenplatz. Das wiederum war kein allzu großer Aufreger um diese Uhrzeit auf der Reeperbahn.

Sanitäter und Arzt bahnten sich ihren Weg durch die gaffende Menge, um dem (noch) iPad- Besitzer zu helfen.

Sven wartete an der Ampel, als ein Polizist aus der Davidwache gestürmt kam. Der Uniformierte rannte zu seinem Dienstwagen, an dem sich gerade ein Besoffener erleichterte. Der junge Polizist schimpfte den Kerl wütend aus, während seine Kollegin zur anderen Seite des Autos rannte, die Tür öffnete und sich auf den Beifahrersitz schwang.

Auch der Fahrer stieg ins Auto. Zügig fuhr der Beamte rückwärts vom Hof. Das Blaulicht blaulichtete und das Martinshorn hornte[35], während der Wagen auf die Reeperbahn hopste. Kaum war der Wagen auf der Straße, da legte der junge Polizist auch schon den Vorwärtsgang ein und fuhr mit durchdrehenden Reifen an, um nur drei Meter später den Wagen vor dem Imbiss zum Stehen zu bringen.

Das Martinshorn verstummte, dass Blaulicht jedoch lief weiter. Sven schaute interessiert auf die Szenerie und ging die wenigen Meter zurück.

Der Polizist war gerade aus dem Wagen ausgestiegen und machte sich umständlich daran, seine Mütze zu richten.

Sven konnte nicht anders, als ihm auf die Schulter zu klopfen: »Geile Aktion, Kojak! Laufen war außerhalb der Möglichkeiten, was?«

Der Angesprochene drehte sich um und blickte kurz überrascht in das Gesicht von Sven. Dessen Gesicht wies immer noch deutliche Spuren des Unfalls auf. Instinktiv griff der Polizist an seine Hüfte, um die Pistole zu ergreifen. Doch die lag noch im Auto.

Seine Kollegin erfasste die Situation schnell und griff ihrerseits zur Hüfte (Allerdings zu der eigenen und nicht

---

[35] Sie wissen, was ich meine

der des Kollegen). In ihrem speziellen Fall war eine Pistole am richtigen Ort vorhanden. Ihre Hände öffneten den Druckverschluss des Lederhalfters und mit leicht zitternder Hand umfasste sie ihre Waffe, ohne diese jedoch zu ziehen.

»Bleiben Sie bitte ruhig« fand der männliche Polizist seine Sprache wieder.

Sven glotzte ihn blöde an: »Hä? Ich bin doch ruhig. Ich frage mich nur, wieso Du meine Steuergelder verballerst um fünf Meter mit Deiner Karre zu fahren, anstatt einfach zu Fuß zu gehen, wie jeder andere auch.«

»Machen Sie keinen Ärger!« brüllte die Polizistin über das Autodach hinweg, während sie nun doch die Pistole zückte und in Svens Richtung zeigte.

»Ist schon gut, Elke« raunte der Kollege ihr zu.

»Genau, Elke!« bestätigte Sven. »Lass das mal die Männer regeln.«

»Äh. Stimmt« fügte der Kollege leicht irritiert hinzu.

Irgendwie kam es ihm komisch vor, dass der Kerl sich mit ihm verbrüderte.

»Da hört sich ja wohl alles auf!« polterte die eben angesprochene Elke los. »Wir Frauen haben wohl gar nix zu melden? Hallo? Schon mal was von Emanzipation gehört? Ich dachte echt, Du wärst anders.«

»Hui. Ist die im Bett auch so stürmisch?« raunte Sven gut gelaunt.

Bevor der Angesprochene antworten konnte fuchtelte Elke mit ihrer Waffe herum. »Aha. Das hast Du also auch gleich rausposaunt, was, Ralf?«

Selbiger hatte eigentlich gar nichts rausposaunt und versuchte dies sehr behutsam seiner Kollegin beizubringen. Seine Vorsicht steigerte sich zu reiner Schleimerei, als er erkannte, dass die Pistole der Kollegin nicht mehr auf Sven, sondern auf ihn gerichtet war.

»Elke. Schatz.« setzte er an, doch davon wollte die wutschnaubende Kollegin nichts hören.

»Nichts mit "Schatz", Du scheiß Macho! Die Alte hat ausgedient, nachdem Du sie geknallt hast. Tolle Nummer. Und jetzt lässt Du sie fallen wie eine heiße Kartoffel und gibst vor dem nächstbesten Spinner damit an!«

Svens Schädel brummte immer noch und wenn vielleicht auch dauerhaft nichts beschädigt war, so führten seine Kopfschmerzen zu einem derzeit etwas niedrigeren IQ. Auf jeden Fall war er momentan völlig überfordert, wenn jemand von sich selbst in der dritten Person sprach.

»Welche Alte hast Du denn noch geknallt?«

Mehr als ein »Hä?« kam von dem bemitleidenswerten Ralf nicht als Antwort.

Um der Wahrheit gerecht zu werden fühlten nur etwa ein Drittel der Umstehenden Mitleid mit dem Polizisten. Etwa 60% waren in erster Linie amüsiert, weitere 20% überrascht und nur etwa 5% ebenso schockiert wie Elke[36].

»Das wüsste ich aber auch gerne!« nahm Elke Svens Gedanken auf, während ihr Kollege Ralf erneut nur mit einem »Hä?« antworten konnte.

»Du weißt genau, was ich meine!«.

Eigentlich nicht wirklich. Ralf hatte eine grobe Ahnung, was Elke meinen könnte. Insgeheim hoffte er aber, dass er sich grundlegend irrte.

---

[36] Wenn Ihnen jetzt nicht aufgefallen ist, dass die Summe mehr als 100% ergibt, sollten Sie sich jetzt bitte etwas mehr konzentrieren. Wir sind ja schließlich nicht zum Vergnügen hier! Andererseits können Sie natürlich auch zu Ihrer eigenen und meiner Ehrenrettung davon ausgehen, dass die Umstehenden durchaus Mitleid empfinden könnten, während sie gleichzeitig überrascht waren.

»Nu sag schon!« rief jemand von hinten aus der umstehenden Menge. Die Stimme klang verdächtig nach dem iPad-Besitzer, auch wenn sie nun etwas nasaler klang.

»Ich habe niemanden geknallt!« rief Ralf verzweifelt.

»Außer Elke« legte Sven sein Veto ein.

»Ja. Außer Elke« erwiderte der junge Beamte resigniert.

»Schrei es doch noch lauter!« brüllte Elke mit hochrotem Kopf: »Vielleicht hat es da hinten jemand noch nicht verstanden!«

»Nö. Alles paletti!« kam von hinten die Antwort des nasenblutenden iPad-Besitzers: »Alles klar und deutlich!«

Währenddessen versuchte der Sanitäter den Mann auf die Trage zu bugsieren.

»Vielleicht sollte ihr jemand die Waffe wegnehmen« sagte Sven beiläufig zu Ralf, der erst einmal jedoch fassungslos damit beschäftigt war, seiner Kollegin hinterher zu glotzen, die mit erhobener Waffe durch die Menge schritt, um dem Kerl auf der Trage mal kräftig die Meinung zu geigen. Außerdem fand Ralf es deutlich sicherer so zu tun, als hätte er Sven nicht gehört.

Die Waffe abnehmen? Ihr? Nö. Lieber taub stellen.

Und sollte seine Kollegin losballern war das ohnehin nicht mehr sein Problem, sondern das der GSG9, SWAT oder was es sonst noch alles gab. Ihm wurde immer deutlicher gewahr, dass es eine blöde Idee war etwas mit einer Kollegin anzufangen, die offensichtlich keinen sehr ausgeglichenen Charakter besaß. Das Temperament hatte ihm gestern Nacht noch ziemlich gut gefallen, heute jedoch befürchtete er das Opfer einer schwarzen Witwe zu werden.

Es löste sich kein Schuss.

Nur ein Backenzahn.

Vom iPad-Besitzer.

Als die Faust der Polizistin ihn traf.

Der nun zahnreduzierte Mann auf der Trage brachte einen lauten Schmerzensschrei hervor.

Er versuchte es noch mit etwas weiterer Konversation, es reichte aber nur für ein »daff ift Polifeigewalt! Daf dürfen Fie nicht!«

Dann an den Sanitäter gewandt: »Fie find mein Feuge!«

»Öh. Jaja, geraucht hat er auch? » erwiderte der Angesprochene leicht irritiert.

»Also das« bemerkte die Polizistin trocken »war jetzt aber nicht so klar und deutlich, was?«

Mit einem Blick nach hinten rief sie ihren Kollegen herbei. »Nimmst Du mal die Anzeige auf, Ralf?«

Der Angesprochene ging vorsichtig auf seine Kollegin zu. »Äh? wie?«

»Wegen Körperverletzung natürlich.«

»Ach.«

»Ganf genau!« meldete sich der Zahnreduzierte erneut.

»Sie wollen also Anzeige erstatten.« fasste sich der Polizist mit sachlichem Ton.

»Ftimmt genau!«

»Gegen wen?«

»Gegen Ihre Kollegin!«

»Ok. Wie lautet denn Ihr Vorwurf? »

»Wie mein Vorwurf lautet? Daff foll ja wohl ein Fertf fein!«.

Der Sanitäter wich erfolgreich dem Schwall aus Spucke und Blut aus, die der Tourist neben den schwer zu verstehenden Worten von sich gab. Er fing an zu keuchen.

»Finden Fie daf etwa witfig?« flaumte der erboste Geschlagene ihn an: »Tolle Wurft! Fich über einen Verletften luftig machen. Gehört das fu ihrer Jobbefreibung?«

Aus dem hinteren Teil der immer größer werdenden Menschentraube war deutlich ein »Werft ten Purschen zu Poden!« zu hören. Heute bekam man aber wirklich eine Menge geboten auf dem Kiez.

Jetzt konnte der Sanitäter nicht mehr an sich halten und prustete lauthals los. Das war nun endgültig zu viel für den Antragssteller: »Fie miefes Arfloch! Ich forge dafür, daff Fie ihren Job verlieren!«

Eine ältere Dame aus dem mittlerweile die halbe Reeperbahn einnehmenden Publikum klopfte der Polizistin auf die Schulter:

»Darf der das denn einfach so sagen?«

Die wieder etwas besser gelaunte Elke erwiderte:

»Hmm. Soweit ich weiß, gilt "Fie Arfloch" nicht als Beleidigung. »

»Wie wäre es mit "Feifkerl?"« kam ein Vorschlag aus der Menge.

»Fpacken!« schlug der Bratwurststandbesitzer vor.

»Fackgeficht!« wurde von irgendwo gutgelaunt angeboten.

Sven verließ die Menschenmenge, während sich das Publikum immer weiter aufschaukelte und es das Polizistenduo nur mit Mühe schaffte die Anzeige aufzunehmen. Der ursprüngliche Sachverhalt, der zu ihrem Eintreffen geführt hatte war ohnehin beileibe nicht mehr zu rekonstruieren.

Während Sven die Reeperbahn entlang ging, versuchte gleichzeitig eine Frau namens Anna erfolglos die Polizisten davon zu überzeugen, dass der Kerl, der sich gerade davon machte, ein gefährlicher Schwerverbrecher und Omaausrauber sei.

Sven schlenderte am "Herzblut" vorbei und erreichte nach nur wenigen Schritten die Kreuzung zur Detlev-Bremer-Straße, die sich auf der linken Seite von ihm weg zu schlängeln schien. Sven kramte den zerknüllten Zettel aus seiner Hosentasche und schaute auf das Gekritzel: Keine Hausnummer.

Sven machte Stopp und blickte die lange Straße hinauf. Hätte er seinen Koffer noch, hätte er vielleicht genügend Aufmerksamkeit erregt, um dem Dealer aufzufallen. Hätte. Und wäre es jetzt Stunden früher. Zu viele "hätte" und "wenns" für Svens Geschmack.

Ratlos trottete er die Straße hinauf. Er kam vorbei an kleinen Bars, einem Fahrradladen und mehr oder weniger schäbigen Hotels, die zumindest teilweise stundenweise gebucht wurden. Sven folgte einer engen Kurve als er hinter sich eine Stimme vernahm:

»Hey, Hübscher!«

Sven drehte sich um, immer noch angestrengt auf der Suche nach einem Kerl, der wie ein Drogendealer aussah. Wie auch immer man das erkennen sollte. Sven hatte vor seinem inneren Auge ein Bild von Männern mit Goldketten in Pelzmänteln. Davon waren ihm tatsächlich schon fünf begegnet, allerdings alle mit großen Ohrringen und geschminkt. Passten nicht ganz ins Schema.

Die Frau, die ihn gerufen hatte trug auch sowas ähnliches wie einen Pelz, allerdings an den Füßen. Ansonsten war nicht allzu viel von ihrem Körper mit Kleidung bedeckt.

»Sind die nicht voll Achtziger?« fragte Sven.

Die Unbekannte erwiderte: »Wie? Achtzig? Also ich hätte Neunundsechzig anzubieten. Oder meinst Du den Preis?«

»Nee. Nix Preis. Ich mein die Puschel!«

Die wenig bekleidete Frau mit den langen Beinen und fast ebenso langen roten Haaren blickte an sich herunter.

»Ach! Die Schuhe! Die trage ich doch, um mir nicht den Hintern abzufrieren.«

Sie rief leicht überrascht »Huch!«, als Sven ihre Taille mit beiden Händen umfasste und sie umdrehte:

»Nö. Nicht sehr effektiv. Hättste besser den Hintern bedeckt. Da ist ein Pavian ja besser geschützt.«

Die Frau mit dem kalten (aber hübschen) Hintern blickte Sven skeptisch an: »Hast Du Drogen genommen oder so?«

Sven überlegte kurz.

»Nein.« sagte er dann bestimmt. »Na. Vielleicht ein paar. Im Krankenhaus. Außerdem habe ich einen auf die Mappe bekommen beim Unfall. Da hätte ich welche gebrauchen können. Aber weißt Du zufällig, wo ich welche bekommen kann? Ich such hier einen Kerl, der welche vertickt. Soll ihm einen Koffer voller Geld geben.«

Das nicht nur im übertragenen Sinne leichte Mädchen überlegte kurz, ob sie diese Informationen für sich nutzen könnte, doch der vermeintlich dicke Fisch hatte ein klares Manko: »Da ist nix.« zeigte sie auf Svens rechte Hand. »Oder ist Dein Geldkoffer unsichtbar?«

Sven folgte mit seinen Augen der Richtung ihres Fingerzeigs. »Sei nicht albern. Der Koffer ist nicht Unsichtbar, der ist noch im Krankenwagen, irgendwo.«

Das Mädel schnappte sich ein Kaugummi, den sie aus der Hosentasche zauberte und der von ihr wohl schon vorher in Gebrauch gewesen war. Sie steckte ihn in den Mund und begann sehr schnell zu kauen.

»Hör mal. Ich hab nix gegen Bekloppte oder so, aber mit unsichtbaren Geld kommste nicht weit bei mir.«

»Ich habe doch gerade gesagt, dass...«

Doch die Fremde hatte sich wohl bereits damit abgefunden, dass Sven wohl kein lohnendes Geschäft war. Sie wendete sich von ihm ab und begab sich auf die Suche nach einem lohnenderen Ziel.

»Ist ja gut! Geh ruhig! Geh ich eben zurück zu Karl« rief Sven ihr beim Weggehen zu.

»Mach das!« rief sie zurück, »und grüß Deinen Kumpel von mir!«.

»Einen Kumpel würde ich "die Klinge" nun nicht gerade nennen.« murmelte Sven vor sich hin.

Auf einmal wurde das Gesicht der bepuschelten Dame kalkweiß. Sie drehte sich zu Sven und sprach ruhig: »Die Klinge schickt Dich? Junge, Du hast Ärger. »

Svens Antwort war ein Loriothaftes »Ach!«.

Die Frau schaute ihn an: »Da hinten im "Miller" sitzt ein extrem schlecht gelaunter Kerl, der auf einen anderen Kerl mit Koffer wartet. Du bist dieser Kerl?«

Sven nickte.

»Mit ohne Koffer?«

»Jupp«

»Na denn, viel Glück. War nett dich gekannt zu haben.«

Sven winkte ihr wortlos zu und ging weiter die Straße entlang. Nach wenigen Metern machte er jedoch kehrt und rief über die Straße. »Wo ist denn dieser Müller überhaupt?«

»Miller! Nicht Müller! Geh einfach weiter! Linke Straßenseite! Steht dran!«

Sven winkte erneut und ging weiter. Nun tauchte auf fast jedem Meter auf beiden Straßenseiten eine Kneipe nach der anderen auf. Viel los war aber weder in den Kneipen, noch auf der Straße. Kein Wunder: Es wurde bereits hell und das bessere Programm wurde immer noch von zwei Polizisten und einem Touristen auf der Reeperbahn geboten.

Sven blieb wie vom Blitz getroffen stehen, als er auf der linken Straßenseite plötzlich das "Café Miller" entdeckte. Er war fast daran vorbeigelaufen, denn ein großer Baum hatte das Schild verdeckt. Sven ging auf die Tür zu und war etwas überrascht, dass das Lokal noch geöffnet hatte.

Die Kneipe machte einen fast vornehmen Eindruck auf Sven, was weder zur geografischen Lage, noch zu Svens Erwartungen passte. Er hatte erwartet in einer süffigen, heruntergekommenen Bar zu landen. Mit verschmutzten Toiletten wie in dem Film "Desperado". Eben so, wie man sich einen Treffpunkt mit einem Drogendealer vorstellt. Wenigstens sah der Wirt hinter dem halbrunden Tresen ein wenig wie ein heruntergekommener Gangster aus. Und die St. Pauli Devotionalien rückten die Kneipe wenigstens etwas ins richtige – erwartete – Licht.

An einem kleinen Tisch in der Ecke saßen zwei Personen im Schatten. Ohne jedes Gefühl von Takt oder Anstand fragte Sven direkt heraus: »Also. Wer von Euch Beiden ist der Dealer?«

Er sagte dies in einem Tonfall, als hätte er nur nach dem Weg zum Michel gefragt.

»Was?« kam aus der Ecke, »bist Du besoffen oder blöd?«

Der Fragesteller hatte eine rauchige Kneipenstimme, die so klang, als wäre er Türsteher aus der Ritze. Sein Gesicht beugte sich aus dem Schatten, so dass Sven erkennen konnte, dass sein Aussehen gar nicht zu dieser Stimme passte. Die Stimme klang nach Narben im Gesicht, nach Schlagringen, Lederjacke und Popeye-Armen.

Letzteres war zumindest Ansatzweise vorhanden, der Rest war jedoch so weit davon entfernt, wie es nur möglich war: Der hellgraue Anzug war beispielsweise maßgeschneidert. Nicht, dass Sven das erkannt hätte. Für ihn gab es keinen Unterschied für einen Billig-Anzug von der C&A-Stange und einer Hugo Boss-Maßanfertigung für den Preis eines Kleinwagens.

»Soll ich ihn rausschmeißen, Boss?« fragte ein kleiner Kerl auf der gegenüberliegenden Seite des Holztisches mit einer kaum zu ertragenden Fistelstimme. Der Anzug schüttelte den Kopf und die Fistelstimme verstummte.

Der andere Kerl nun sah aus wie Popeye, hatte die obligatorische Narbe in seinem harten Gesicht und schien vor Muskeln ebenso breit wie hoch zu sein.

»Ihr solltet die Körper tauschen« murmelte Sven. »Oder die Stimmen« fuhr er fort, als er nur fragende Blicke erhielt. »Ich meine, Du redest so, wie er aussieht und....«

Sven stoppte seinen Gedankengang nur widerwillig, aber die Pistole, die der Anzug auf den Tisch legte, war ein ziemlich gutes Argument zu schweigen. Es war keine besondere Pistole, zumindest vermutete Sven das, denn er war ebenso wenig Waffen- wie Modeexperte. Die Pistole war schlicht und ergreifend einfach nur pechschwarz, lag auf dem Tisch und zeigte auf Sven. Obwohl tiefergreifende Expertisen - wie bereits erwähnt - grundsätzlich fehlten, erkannte Sven, dass er nicht mit Wasser nassgespritzt werden würde, wenn jemand am Abzug ziehen sollte.

»Hau ab!« zischte der Anzug mit funkelnden Augen.

»Geht nicht.« erklärte Sven: »Dann ist Jule tot. Ich befürchte, dass ist sie schon. Karl war ziemlich deutlich in seiner Ansprache.«

»Karl?« fragte der Anzug, die Waffe fester umklammernd.

»Die Klinge« erwiderte Sven, als wäre es eine Parole. »Können wir den Scheiß endlich hinter uns bringen? Ich hab genug für heute.«

»Die Klinge«, wiederholte der Anzug. »Du sagst, die Klinge hat Dich geschickt?«

»Ja. Ich dachte ursprünglich "der Käfer", aber das hat mir nur Schmerzen eingebracht.«

Der Anzug bildete mit seinem ganzen Gesicht ein »Hä?« was Sven dazu nötigte das Ganze genauer auszuführen:

»Na, eigentlich war's ja Jule, die sich versehen hat.«

»Die tote Frau« versuchte der bullige Typ zu helfen, was ihm einen bösen Blick des Anzugs einbrachte.

»Wieso tot? Ich habe nicht gesagt, dass sie tot ist!« schrie Sven verzweifelt.

Bevor der Gorilla antworten konnte hob der Anzug die Hand: »Lassen wir das mal mit Deiner toten Freundin«

»Hört Ihr bitte auf mit dem Scheiß?« brüllte Sven jetzt lauter: »Woher wisst Ihr, dass sie tot ist?«

»Wissen wir nicht« erwiderte der Anzug leise.

»Aber, ihr habt doch gerade gesagt...« setzte Sven an.

»Du hast gesagt, sie sei tot« unterbrach ihn der Anzug.

Sven schaute ihn wütend an: »Habe ich nicht! Ich sagte, ich befürchte, sie sei tot! Das ist etwas völlig anderes!«

Mühsam versuchte der Anzug ruhig zu bleiben: »Jetzt scheiß auf Deine "befürchtet" tote Freundin! Zurück zu Karl!«

»Der Käfer« versuchte der Typ neben ihm zu helfen.

»Ja! Ähm. Nein! Die Klinge natürlich! Willst Du mich jetzt auch noch verarschen?«

Der bullige Typ hob entschuldigend die Hände.

»Also: Klinge, Kohle, Koffer!« fasste der Anzug knapp zusammen. Das Muskelpaket neben ihm klopfte seinem Tischnachbarn auf die Schulter. »Warum kommt der Kerl noch, wenn die Trulla schon tot ist?«

»Befürchteterweise« warf der Angesprochene schnell dazwischen, bevor Sven wieder explodieren konnte.

»Befürchteterweise. Ja.« fuhr der bullige Typ rasch nickend fort.

Beide musterten Sven misstrauisch.

»Vielleicht einfach blöde?« schlug der Anzug leise vor.

»Hey!« rief Sven dazwischen.

»Taub ist er schon mal nicht« flüsterte der Kerl mit der Fistelstimme zurück.

»Nee!« rief Sven, »und blöde auch nicht!«

»Also gut, Intelligenzbolzen« sprach der Chef an Sven gewandt: »Du bist also nicht blöde, sondern nur lebensmüde.«

»Auch weniger. Ich habe einfach nur Hoffnung.«

Wieder musterte ihn der Anzugträger: »Auf was hoffst Du?«

»Dass sie noch lebt!«

Nach einer kurzen Stille winkte sein Gegenüber ab:

»Ach so, ja. Die Puppe. Lass uns das Ganze schnell erledigen. Draußen.«

Er nickte seinem Kollegen zu, der wiederum dem Wirt zunickte. Dieser holte eine Ledertasche hervor und übergab sie wortlos an das Muskelpaket.

Selbiges ging dann zu einer Tür im hinteren Bereich der Kneipe und winkte Sven, ihm zu folgen. Sven trottete los. Jetzt erhob sich auch der Anzug vom Stuhl, schnappte seine Pistole und drückte sie Sven in den Rücken. »Nur um sicherzugehen«, sprach er Sven deutlich ins Ohr.

Draußen spürte Sven eine plötzliche Kühle im Nacken. Sie befanden sich in einer engen Gasse, die kaum die Sonnenstrahlen des beginnenden Tages erreichte. Nur eine alte, schmutzige Lampe über der Tür erleuchtete einen kleinen Bereich vor dem Treppenabsatz am Ausgang.

Der Anzug schubste Sven nach vorne: »Gut. Wo ist die Kohle?«

Sven nickte vorsichtig: »Ja. Das ist ein Problem«

Kaum merklich hob der Fremde die rechte Augenbraue. Sven sah deutlich, wie sich dessen Muskeln anspannten.

»Nun?« fragte der Dealer offensichtlich mühsam beherrscht: »Was ist das Problem, wenn ich fragen darf?«

»Keine Kohle« sagte Sven achselzuckend.

Der bullige Begleiter lachte nervös, was ihm erneut einen bösen Blick des Anzugträgers einbrachte.

»Du behauptest, die Klinge schickt Dich um das Zeug abzuholen. Kohle hast Du aber keine dabei.«

»Stimmt genau.«

»Wie kommst Du darauf, dass... einen Moment!«

Fest seine Waffe umklammernd brüllte er seinen Komplizen an:

»Hast Du ihn auf Waffen durchsucht?«

Er wartete die Antwort gar nicht ab und schubste Sven nach vorne. »Kacke. Hols nach!«

Sven stürzte auf seine Knie. Der bullige Typ trat ihm aufs Hinterteil, so dass Sven flach auf den Boden zu liegen kam, die Hände nach vorne gestreckt. So ganz allmählich wurde es ihm immer klarer, dass seine letzten Entscheidungen nicht die weisesten gewesen waren. Er lag hier im Dreck, eine Waffe auf seinen Kopf gerichtet, während ein bulliger Kerl mit einer Mädchenstimme ihn durch möglichst sinnlose Gewaltanwendung zu durchsuchen versuchte. Sven stöhnte. Er war kein Bruce Willis in "Stirb langsam". Er konnte nicht mit blutigen Füßen gegen Terroristen kämpfen und dabei »Yippie Ya-Yeah, Schweinebacke« rufen[37]. Gut. Das mit der Schweinebacke hätte er noch hinbekommen. Nur das kämpfen nicht. Er war eher Denny Clover in "Lethal Weapon": Er war zu alt für diese Scheiße. Er hätte in diesem Moment einfach alles erzählt, was sie hören wollten. Hätte alles zugegeben. Den Mord an JFK, die Erfindung des Crazy Frog, ja selbst eine CD von Justin Bieber gekauft zu haben.

Das Problem war nur: Niemand stellte ihm Fragen. Keiner wollte irgendeine Geschichte hören.

Was hatte er sich nur dabei gedacht? Jule retten indem er einen Drogendealer verärgerte? An seine Menschlich-

---

[37] beziehungsweise »Yippie Ka Hay, Motherfucker«, wenn Sie Filme lieber im Original Schauen

keit appellieren? Er hatte schon früh am Abend mit einkalkuliert auch umzukommen, damit die Farce endlich vorbei ist. Doch sich etwas vorzunehmen ist etwas völlig anderes, wenn man sich tatsächlich unausweichlich dieser Situation ausgesetzt sieht. Mit schmerzenden Gliedern, um sein Leben bettelnd.

Der Schuss knallte durch die Dunkelheit. Ein paar Möwen protestierten lautstark über die nächtliche, bzw. strenggenommen mittlerweile morgendliche Ruhestörung, doch dann wurde es sehr still um Sven. Er spürte, wie das Blut an seiner Hand entlang floss. Dann wurde es schwarz. Er hörte nicht mehr die Schreie und auch die später einsetzenden Sirenen bekam er nicht mehr mit.

Nur wenige Minuten später war die Gasse vom Blaulicht hell erleuchtet. Es wurden Menschen verhaftet und ein Notarzt herbeigerufen, der aber keine großen Hoffnungen mehr machte. Ein Polizist murmelte was von unnötigem Papierkram, der erledigt werden musste, während sein Kollege die Aussage der Passantin aufnahm, welche die Polizei gerufen hatte.

»Sie haben den Mann also schon früher am Hauptbahnhof gesehen?«

»Ja. Da hat er eine alte Dame ausgeraubt!«

»Und warum haben Sie nicht da bereits die Polizei gerufen?«

Die streitbare Frau, die wir schon früher als Anna kennengelernt hatten, war kurz davor, auszuticken: »Das habe ich doch! Und noch einmal auf der Reeperbahn! Aber Ihr kriegt ja euren Arsch nicht hoch und prügelt lieber auf irgendwelche Nerds ein. Obwohl: Der hatte es verdient.«

Der junge Polizist, der ihr gegenüberstand, versuchte seine viel zu große Dienstmütze zu ordnen. Nervös blätterte er in seinem kleinen Notizbuch, in dem er das notiert hatte, was er von ihrer Aussage zu verstehen glaubte. Einen wirklichen Sinn schien das Ganze irgendwie nicht zu ergeben, egal wie man es auch drehte und wendete.

»Also nochmal von vorn« setzte er hoffnungsfroh an.

Seine Gegenüber funkelte ihn an: »Nee. Genug gesabbelt für heute. Verliert ihn nur nicht wieder!«

Der Polizist nickte in Richtung der Fahrzeuge, die mit Blaulicht auf ihre Abfahrt warteten: »Ich würde sagen, der haut so schnell nicht mehr ab.«

Anna folgte seinem Blick und erwiderte: »Na, Euch trau ich alles zu.«

Als der Polizist keine Anstalten machte darauf zu reagieren fuhr sie gähnend fort: »Kann ich meine Aussage nicht morgen früh auf dem Revier machen?«

»So ab 12 Uhr wäre besser« antwortete der junge Beamte.

Anna willigte ein und der Polizist konnte nur mühsam ein erleichtertes Aufatmen verhindern. Er würde zu dieser Zeit bereits Feierabend haben. Sollten sich doch seine Kollegen mit der Frau rumärgern. Er zerknüllte fünf Seiten seines Notizzettels. In seinem Bericht würde der Name der Zeugin mit dem Hinweis "meldet sich morgen auf der Wache" stehen. Das würde reichen müssen.

Kapitel 10
Stairway to heaven

There's a lady who's sure all that glitters is gold
And she's buying a stairway to Heaven

When she gets there, she knows
if the stores are all closed
With a word she can get what she came for

And she's buying a stairway to Heaven

[Led Zeppelin]

Sven blickte in ein helles Licht. Er überlegte kurz, ob er darauf zugehen sollte, entschied sich aber dagegen, unter anderem, weil ganz einfache, praktische Gründe dagegen sprachen: Zum einen befand er sich in keinem Tunnel. Und das war ja wohl die klassische Grundvoraussetzung, die üblicherweise erfüllt sein musste, wenn man im Nahtoderfahrungssinne auf ein Licht zugehen wollte. Zum zweiten wollte Sven, sofern es doch das klassische Licht am Ende des Tunnels (nur eben ohne Tunnel) sein sollte, nicht unbedingt in den Himmel/nach Walhalla/ins Paradies oder an Buddhas Schoß - je nachdem, welche Religion denn nun Recht hatte. Eigentlich zog er das lebendige Leben - als Gegenpart zum Leben als Engel / Geist / Regenwurm / etc. momentan deutlich vor, auch wenn selbiges (das Leben) es in letzter Zeit nicht so gut mit ihm gemeint hatte.

Das entscheidende Argument gegen eine Aufslichtzugehenaktion war aber die Tatsache, dass Sven sich nicht auf das Licht zubewegen konnte. Er lag auf dem Rücken und blickte nach oben. Dort war das Licht. Probeweise probierte Sven mal, ob er Engelsfähigkeiten erworben hatte und einfach auf das Licht zufliegen konnte, musste aber schnell erkennen, dass - sollte er tatsächlich nicht mehr unter den Lebenden weilen - die Engelskategorie wohl nicht die ihm angedachte war.

Da es aber auch nicht nach verbrannter Haut roch, war er - zumindest was die christliche Vorstellungswelt anging - auf der einigermaßen sicheren Seite.

»Er wacht auf« sprach Gott.

Gott trug einen türkisen Kittel, hatte dunkle Haut, war leicht übergewichtig, bot eine üppige Oberweite und maß seinen Puls.

Gut. Einige Indizien sprachen eher gegen die Tatsache, dass dies hier wirklich Gott war. Denn wenn Sven sich auch mit dem Gedanken anfreunden konnte, dass Gott eine Frau wäre, so hätte er bzw. sie doch für sein Verständnis mindestens eine grobe Ähnlichkeit mit Alanis Morissette aufweisen müssen um als Gott durchzugehen.

Fakt war: Gott war nicht Gott, sondern eine Krankenschwester. Das helle Licht war die schmutzige Deckenlampe, die eigentlich keine allzu große Helligkeit mehr verströmte. Doch nachdem Svens Geist viele Stunden in totaler Schwärze zugebracht hatte, kam ihm das Licht vor, als würde die Sonne direkt ihre Sonnenwinde in seine Augen schießen.

Sven blinzelte mühsam. Er blickte sich um und erkannte schemenhaft andere Patienten um sich herum. Ein Fernseher lief und zeigte irgendeinen geskripteten Mist mit schlechten Schauspielern auf RTL2. Die anderen Patienten schienen gut gelaunt und vor allem recht gesund zu sein.

Das Zimmer war deutlich zu klein für all seine Bewohner und Gäste, doch Sven stellte mit Erleichterung fest, dass dies nicht das Sterbezimmer war. Er überlegte kurz, das Krankenhaus wieder einmal stürmend zu verlassen. Doch dann drückte er sich wieder schwer ins Kissen.

Die Sache mit dem Dealer war gegessen. Die Sache mit Jule wohl auch. Sven war selbst überrascht über seine Emotionslosigkeit bei dem Gedanken. Vielleicht hatte er sich einfach zu lange Sorgen gemacht, sich zu lange eingeredet, sie könnte noch am Leben sein. Mit dem Akzeptieren von Jules Tod fiel einiges von ihm ab.

Vielleicht hatte er auch einfach zu lange hier im Krankenhaus gelegen. Wie lange eigentlich? Sven blickte zur Krankenschwester und versuchte sie etwas zu fragen, doch seine Stimme versagte. Die Schwester legte ihm beruhigend ihre Hand auf sein linkes Handgelenk und erklärte ihm, dass er sich jetzt in einem Krankenhaus befände. Da wäre er ja nun mal sowas von gar nicht drauf gekommen! Zum Glück verhinderte sein trockener Hals, diesen Gedanken auch laut auszusprechen und es sich auch noch mit dem einzigen Menschen zu verscherzen, der es derzeit scheinbar gut mit ihm meinte.

Die Schwester reichte Sven ein Glas Wasser, bevor sie einem Mann zunickte, der sich auf der anderen Seite von Svens Bett befand. Sven drehte sich zur rechten Seite und entdeckte einen untersetzten Mann mit Norwegerpulli, der von einem gestrickten Elch verziert war. War irgendwie die falsche Jahreszeit dafür, fand Sven und fragte sich, ob der Kerl wohl seit Weihnachten die gleichen Klamotten trug.

Als der Kerl anfing zu reden, kam Sven ein Schwall von Gerüchen entgegen, der seine These leider bestätigte. Hilfesuchend blickte Sven nach links, doch die Schwester versuchte auch nur Achselzuckend möglichst schnell in die entgegengesetzte Richtung zu atmen.

Sven hörte den Mann etwas von Kripo faseln, von Diebstahl und Dealern. Sven nickte nur dazu.

»Dann geben Sie es also zu?« fragte der Elchpullover, als er sein für Polizisten wohl obligatorisches Ringnotizbuch zückte. Sven überlegte kurz: Hatten die nicht mittlerweile was Moderneres? Tablets? Laptops? Smartphones mit Stift?

Sven nickte erneut.

Moment mal! Zugeben? Was zugeben? Energisch schüttelte Sven seinen Kopf und fand auch seine Sprache wieder: »Ich geb' hier gar nix zu! Wovon reden Sie überhaupt?«

Der Kripomann seufzte und blätterte seine Notizen durch: »Also von vorne: Raub.«

»Wie? Raub? Ich versteh nur Bahnhof, Kommissar«

»Haupt.«

»Äh. Genau. Hauptbahnhof.«

»Nein. Kommissar.«

Sven blickte wieder zu Schwester, die aber auch nur verständnislos mit den Schultern zuckte.

Sven blickte dem Kommissar in die Augen: »Ich hoffe, wenigstens Sie wissen, wovon Sie reden, Kommissar. Ich tu es nicht.«

»Weiß ich. Und weiterhin Haupt.«

Sven sparte sich den Blick zur Krankenschwester.

»Haupt was? Hauptschule? Hauptsache?« fragte er völlig entnervt.

»Nein. Hauptkommissar« antwortete der Angesprochene.

Offensichtlich war der Mann der Meinung, kurze, möglichst einsilbige Wörter würden reichen. Vielleicht wollte er auch einfach nur als cooler, wortkarger Bulle rüberkommen. Doch coole Bullen stanken nicht so erbärmlich.

Glaubte Sven zumindest, denn im Kino gab es keine Geruchsfilme, was Sven in diesem Moment auf jeden Fall sehr gut fand.

»Sie sind mehr der Einsilbige, was?« fragte er provozierend.

»Vier« war die knappe Antwort.

»Ich bin raus«, gestand Sven, »Sie sind der vierte Hauptkommissar?«

»Vier Silben. Haupt - kom - mis - sar«

Sven fasste es nicht. Der Kerl spielte seine wortkarge Rolle echt gut. Und die des Klugscheißers noch obendrein. Am meisten verwundert - um nicht zu sagen: erschüttert war Sven aber, dass die Antwort kein bisschen humorvoll gemeint war. Hätte der Kerl versucht ihn zu verarschen hätte er da besser drauf reagieren können.

»Sind Sie Autist oder so? So ein Adrian Monk-Typ?«

»Nein«

»Gut, dass wir das geklärt haben. Hätte ja sein können. Können wir jetzt bitte mal wieder zu dem "zugeben"-Thema kommen?«

Sven bemerkte verärgert, dass er umso mehr redete, je kürzer sein Gegenüber antwortete. Wenn das so gewollt war, dann war der Kerl wirklich gut.

»Raub.« kam von dem Mann.

»Klar! Raub!« erwiderte Sven sarkastisch, »bloß nicht zu viele Infos. Was wurde denn geraubt? Ein Diamantencollier? Die Kronjuwelen? Das Lachen von Timm Thaler?«

Der Mann studierte ihn eindringlich. Wortlos blickte er Sven einige Sekunden konzentriert an und machte sich dann weitere Notizen.

»Na, dass Spiel kann ich auch«, dachte Sven und blickte trotzig zurück.

»Also gut.« seufzte der Hauptkommissar während er erneut in seinen Notizen blätterte.

»Wir haben eine Zeugin, die gesehen hat, wie sie eine ältere Dame angegriffen und beraubt haben.«

Kein unnötiges Wort. Mal wieder. Kein »Geben Sie es zu?«, kein »Was haben Sie zu Ihrer Verteidigung zu sagen?«. Einfach nur die Fakten.

Allerdings war Svens Interpretation ebendieser etwas anders: »Ich habe niemanden beraubt! Schon gar keine ältere Dame!«

»Und angegriffen«

»Na, das ja schon mal erst recht nicht! Wer ist denn diese Zeugin überhaupt?«

Vom Gegenüber kam keine Reaktion. Es war zum aus-der-Haut-fahren.

»Können Sie nicht mal sowas sagen, wie: "darf ich nicht sagen?" oder "wir verraten unsere Quellen nicht?" Irgendwas in der Art?«

»Sie kennen die Antwort ja schon«

Wow! Sechs Wörter am Stück. Das musste ein neuer Rekord sein.

»Ja, aber« setze Sven an, gab dann aber auf: »Ach vergessen Sie's«

Beide starrten sich eine Weile stumm an, bis der Polizist das Thema mit einem »Gut.« beendete. »Leugnen sie auch den Drogenhandel?«

»Ob ich den... Sach mal! Aber hallo! Ich leugne sowas von den Drogenhandel!

Ich!

Bin!

Kein!

...«

Sven musste aufgebracht nach Luft schnappen. Diebstahl, Omas verprügeln und jetzt auch noch Dealer! Was soll er denn noch alles angestellt haben?

»John F. Kennedy habe ich übrigens auch nicht erschossen.« ergänzte er sarkastisch.

Der Polizist machte sich erneut wortlos Notizen.

»Das schreiben Sie auf?« schrie Sven den Mann jetzt an. »Sie schreiben tatsächlich auf, dass ich John Franklin Kennedy nicht erschossen habe?[38]«

Im Krankenzimmer schauten mittlerweile alle Patienten zu ihm herüber. Die Krankenschwester, die sich erst eben aus dem Dunstkreis des Polizisten geflüchtet hatte, wagte sich jetzt wieder etwas näher an Svens Bett um nichts zu verpassen.

Gegenüber von Sven lag ein Patient mit einer kräftigen, roten Knollennase. Hilfreich warf er ein »Fitzgerald, nicht Franklin!« ein[39], doch Sven war gar nicht mehr zu beruhigen:

»Sie haben ja wohl den Arsch offen, Sie Penner! Ich werde hier fast umgebracht, habe keine Ahnung wo ich bin, ...«

»Im Krankenhaus!« rief die Knollennase erneut fröhlich ein.

»Danke! Wenn ich mal einen Telefonjoker brauche, ruf ich Dich an!« schnaufte Sven verächtlich.

Sein Gegenüber schien keine Antenne für Sarkasmus zu besitzen, denn er strahlte über das ganze Gesicht und begann sein Handy heraus zu kramen. Sven glotzte ungläubig, während der Mann einen Zettel von seinem Nachtisch nahm, den daneben liegenden Bleistift schnappte und mühsam auf seinem Smartphone nach dem richtigen Menüpunkt suchend seine eigene Telefonnummer ans Tageslicht beförderte.

»Da haben wir's ja« seufzte er zufrieden und kritzelte eine Telefonnummer auf den Zettel. »Wissen Sie, man ruft sich ja so selten selbst an.«

---

[38] Wenn Sie klugscheißen möchten, wäre jetzt übrigens der richtige Zeitpunkt.
[39] letzte Chance vertan. Sorry

Alle anderen Patienten im Raum, Sven, der Polizist und die Krankenschwester nickten fasziniert. Konnte es sein, dass der Mann wirklich nichts von Svens Wutausbruch mitbekommen hatte? Wie in Trance ging die Schwester auf die Frohnatur zu, als der Patient mit dem Zettel nach ihr winkte. Sie nahm den Zettel und ging damit zu Sven. Als Sven danach griff zog sie erschrocken die Hand fort, als hätte sie eine geladene Waffe übergeben.

Sven blieb nichts anderes übrig, als nickend zu danken und den Zettel einzustecken. Sein Zorn war kurzzeitig Verwirrung gewichen.

Sven holte tief Luft und blickte den Kommissar an. »Ich will es mal langsam erklären. Schreiben Sie ruhig mit: Ich habe niemanden ausgeraubt, keinen umgebracht, nehme keine Drogen und esse auch keine kleinen Kinder.«

Stille.

Der Polizist sprach kein Wort. Sven sprach kein Wort. Sven überlegte kurz, ob er dem Polizisten die ganze Wahrheit sagen sollte, entschied sich aber dagegen. Wenn die jetzt auch noch die Leiche von Jule bei ihm zu Hause finden würden, wäre er sicher auch noch wegen Mordes dran.

Bei dem Gedanken brach auf einmal seine ganze Trauer aus ihm heraus. Er versuchte die Tränen zu unterdrücken, die langsam und quälend aus seinen Augen rollten, doch er konnte es nicht. Wut, Trauer und seine Hilflosigkeit wurden ihm mit einmal bewusst. Lange unterdrückt hatte er einfach nur funktioniert, doch jetzt brach es aus ihm heraus. Sven drehte seinen Kopf in das Kissen und fing hemmungslos an zu heulen.

Im Raum war eine gespannte Stille. Der Polizist rührte sich keinen Millimeter und saß regungslos auf dem Platz. War er bisher wortkarg gewesen: Jetzt war er wie versteinert. Die Schwester fasste sich ein Herz und streichelte vorsichtig Svens Kopf. Sven ließ es geschehen. Es war ihm egal, dass er aussah wie ein Weichei. Er brauchte jetzt seine Zeit um zu trauern. Lange genug hatte er es unterdrückt, doch es wollte, ja musste raus aus ihm. Jule war tot. Es gab keine Zweifel. Jetzt erst gestand er sich ein, dass er sich heftig in sie verliebt hatte. Die fremde Frau, die ihn erst in den ganzen Schlamassel gebracht hatte. Die Frau, die er streng genommen nur ein paar Stunden kannte.

Die immerhin sein Leben retten wollte, auch wenn dies auf der irrigen Vermutung gründete, er sei Suizid-gefährdet.

In diesem Moment jedoch dachte Sven tatsächlich daran, sein Leben zu beenden. Da trifft man tatsächlich die Frau fürs Leben und dann ist sie auch schon wieder weg.

»Die hätte einen Nerd wie Dich doch ohnehin bald abserviert« sprach Sven stumm zu sich selbst. Doch auch wenn dies durchaus eine realistische Annahme war, so brachte sie ihm keinen Trost.

»Manchmal hilft es zu reden, alles zuzugeben« sprach der Polizist nachdem Svens Tränen versiegt und er leiser geworden war. Wäre Sven nicht komplett ausgelaugt gewesen hätte er ihm eine reingehauen. Stattdessen reichte es nur für ein leise geknurrtes »Schnauze, Penner«.

Bevor der Polizist etwas erwidern konnte stellte sich die Schwester zwischen ihm und Sven.

»Der Patient braucht jetzt Ruhe« sagte sie ruhig, aber bestimmt.

»Moment mal!« protestierte der Hauptkommissar, »sollte das nicht ein Arzt entscheiden?«

Die Schwester stemmte die Hände in die Hüften und baute sich vor dem Kerl auf.

»Viel Erfolg beim Versuch, um diese Zeit einen Doc zu finden, der sich für so etwas interessiert. Es ist Dienstagnachmittag, drei Uhr. Da ist in der Notaufnahme die Hölle los«

»Aber...« setzte der Kommissar an und wusste schon bevor er weitersprach, dass er verloren hatte: »Wann kann ich die Befragung denn fortsetzen?«

»Ich würde an Ihrer Stelle nicht vor sechs kommen.« war die bestimmte Antwort der Schwester mit einer Stimme, die keine Widerworte erlaubte.

»Und was mache ich solange?« fragte der Beamte frustriert mehr zu sich selbst.

»Wie wäre es mit duschen?« erwiderte Sven - jetzt wo er eine Verbündete hatte – immer noch leise aber wieder etwas mutiger.

Das Gesicht der Schwester war starr wie eine Büste. Keiner ihrer zahlreichen Lachfalten änderte ihre Position. Mit starrem Blick schaute sie auf den Kommissar, der zunächst zur Schwester blickte, dann zu Sven und anschließend wieder zur Schwester.

Entnervt hob er die rechte Hand, machte eine abwertende Bewegung und verabschiedete sich mit einem kurzen »Ach«, welches wohl ein »Ihr könnt mich mal« ausdrücken sollte.

Er knallte die Tür gerade so stark zu, dass man seine Frustration bemerken konnte, aber doch nicht so stark, um es sich mit der Krankenschwester weiter zu verscherzen.

Die Schwester hatte sich seit Svens Duschempfehlung keinen Millimeter gerührt. Doch Sven konnte sehen, wie sie ihre Hände mit aller Macht gegen ihre Hüfte presste, so dass die Knöchel weiß hervorstanden. Innerlich bebte sie wie ein Vulkan. Schließlich konnte sie nicht mehr anders. Sie gab dem Kommissar noch fünf Sekunden um außer Hörweite zu geraten und prustete dann los: »Duschen!« brachte sie kaum verständlich zwischen ihren Lachern hervor. Aus ihren Augen schossen Tränen hervor, während sie mit der linken Hand wedelte, als wollte sie einen strengen Geruch vertreiben: »Duschen!«

Ihre Darbietung steckte alle Anwesenden in dem Raum an. Selbst Sven vergaß kurz seinen Kummer. Das Lachen aus dem Raum war über den ganzen Flur zu hören. Sven befürchtete schon, die Schwester würde keine Luft mehr kriegen, als sie gebückt nach Atem rang.

Schließlich sagte die Knollennase: »Und hässlich war er auch!«.

Sinn dieses Ausspruchs sollte wohl sein, die gute Laune weiter anzufeuern, aber das Gegenteil war der Fall. Manche Leute haben einfach einen furchtbaren Sinn für Timing.

Nach und nach beruhigten sich alle im Raum und Sven bekam erneut die Gelegenheit über seine Situation nachzudenken. Mit aller Macht versuchte sein Unterbewusstsein sich dagegen zu sträuben, es wand sich in seiner Ecke und versuchte Sven dazu zu bringen jeglichen Gedanken daran zu verdrängen.

Doch die Trauer hatte ihn ausgelaugt, genauso wie das Lachen nur Sekunden später. Er war zu fertig um erneut in Trauer zu geraten und konnte endlich sachlich seine Lage analysieren.

Erstens: Er lebte.

Diese Tatsache war alles andere als selbstverständlich. Er würde den Polizisten fragen müssen, wieso er keine Kugel im Kopf hatte.

Zweitens: Jule war tot.

Nur kurz übermannte ihn erneut die Trauer, bevor er analytisch die Möglichkeiten durchdachte: Die Klinge hatte keinen Grund, Jule am Leben zu lassen. Sie war eine

Gefahr für ihn, eine ungeliebte Zeugin. Sven zweifelte zudem keine Sekunde daran, dass Karl, die Klinge skrupellos genug war, um einen Mord durchzuführen. Vielleicht würde er auch nur dabei zuschauen, aber niemand bekommt den Namen "Klinge" verpasst, weil er so gut Brötchen schmiert. Zusätzlich war Sven mit dessen Kohle durchgebrannt, zumindest musste Karl das annehmen. Und sein Dealer war vermutlich auch verhaftet worden. Alles keine guten Voraussetzungen für Jule.

Er würde sich also um zwei Sachen kümmern müssen: Zum einen würde die Klinge sein Geld wiederhaben wollen, zum anderen lag vermutlich eine Leiche in seinem Haus. Alle Indizien sprachen gegen Sven. Und Morde werden in der Regel aufgeklärt. Manchmal sofort, manchmal dauert es Jahre. Es sei denn man hat einen Profi zur Hand, wie Winston Wolf. Der würde vielleicht helfen können. Doch zum einen konnte Sven ihm keinen vernünftigen Kaffee kochen wie Quentin Tarantino, zum anderen war die Leiche weiterhin in seinem Haus. Seine DNA war sicherlich nur unschwer nachzuweisen. Zusätzlich waren sie zusammen gesehen worden, bestimmt auch auf irgendwelchen Überwachungsvideos der HVV. Hauptsächlich aber würde Sven garantiert nicht die Leiche von Jule irgendwo verscharren. Schlimm genug, was passiert war; Das würde er ihr sicher nicht antun.

Um Punkt 18:00 Uhr betrat der Polizist erneut den Raum. Jetzt traf er einen anderen Tatverdächtigen an: Freundlich und gesprächsbereit.

Der Hauptkommissar duftete ein wenig nach Lavendel, was Sven zwar positiv auffiel, aber lieber doch nicht zur Sprache brachte. Ruhig und sachlich bat Sven den Kommissar darum, ihm die Lücken der letzten Nacht aufzufüllen. Im Gegenzug versprach er, seine Version der Geschichte zu erzählen. Der Polizist willigte ein.

Die Mitpatienten in Svens Zimmer blieben heute ein wenig länger auf.

»Datt is ja wie im Krimi!« rief die Knollennase, als der Kommissar Sven erklärte, dass der Dealer von der Polizei erschossen worden war.

Nicht die Pistole des Dealers, sondern der Polizei wurde also in der Gasse abgefeuert, als der Drogenkurier mit seiner Waffe auf Svens Kopf gezielt hatte. Dies erklärte, warum Sven kein Loch im Kopf hatte. Der Dealer war zwar am Leben, lag aber im Koma. Die Chancen, dass er jemals wieder aufwachte waren 50/50, wobei Sven nicht genau erkennen konnte, welche 50 Prozent der Polizist bevorzugte. Svens 50 Prozent-Präferenz war hingegen klar. Er hatte keine Lust, dem Dealer irgendwann nachts auf der Straße zu begegnen.

Noch vor wenigen Tagen hätte ihn der Gedanke erschreckt, auf jeden Fall aber kurzzeitig ein schlechtes Gewissen beschert. Doch nach all dem, was ihm die letzten Stunden und Tage widerfahren war, konnte er nichts Schlimmes mehr daran finden, einem anderen Menschen den Tod zu wünschen. Vor allem, weil der Mensch Teil von Svens Situation war und sich zu allem Übel auch seinerseits den Tod von Sven wünschte.

Sven hoffte, dass er vielleicht irgendwann diese Gewissensbisse wieder haben würde. Er wollte nicht den Rest seines Lebens als verbittertes, gefühlskaltes Monster durchs Leben gehen.

Der Handlanger mit der Fistelstimme hatte sich schnell zu Boden geworfen und war ohne Gegenwehr abgeführt worden. Sven hingegen war einfach nur ohnmächtig geworden und umgefallen. »Wie ein Mädchen« erklärte der Kommissar völlig unnötigerweise.

Sven wünschte sich in diesem Moment wieder kurz die wortkarge Variante des Hauptkommissars zurück. Den

Rest der Geschichte kannte Sven bereits. Krankenwagen, Krankenhaus, Aufwachen.

Die Schwester unterbrach an diesem Punkt kurz das Gespräch und bugsierte den Kommissar hinaus, um die Bettlaken zu wechseln. Nicht nur der Kommissar protestierte, auch die Patienten, die dringend mehr erfahren wollten. Kaum hatte sie die Tür hinter dem Kommissar geschlossen, machte sie einen forschen Schritt zur Seite und öffnete die Patiententoilette. Sven sah, wie sich die Tür wieder schloss. Einen kurzen Moment später hörten die Patienten, wie etwas in die Toilette floss. Viel Etwas. Lange.

Sven konnte deutlich hören, wie der Toilettendeckel geschlossen und die Spülung betätigt wurde. Im Anschluss folgte das Geräusch fließenden Wassers im Waschbecken. Als sich die Tür wieder öffnete, schien die Schwester keine Anstalten zu machen, die Bettlaken wirklich zu wechseln. Stattdessen nahm sie ihr Namensschild mit der Aufschrift "Retha" von der Brust und steckte es in die linke Hosentasche.

»So. Feierabend« kündigte sie feierlich an.

Dann zwinkerte sie Sven zu mit den Worten: »Von mir aus kann's weitergehen. Wäre doch bekloppt, wenn ich was verpasst hätte.«

Sven lachte kurz auf. In diesem Moment schloss er Retha in sein Herz. Ob es Instinkt oder Schulung war: Auf jeden Fall fand sie stets die richtigen Gesten und Worte, damit Sven sich besser fühlte.

Retha machte sich nicht die Mühe, die Tür zu öffnen, sondern rief den Hauptkommissar mit lauter Stimme ins Zimmer.

Dieser öffnete die Tür. Vorsichtig lugte er ins Zimmer. Als er sicher war, dass kein Patient mehr nackt durch die Gegend turnte, um der Schwester das Lakenwechseln zu erleichtern, setzte er sich erneut auf den harten Holzstuhl neben Svens Bett. Seinem Profiblick fiel zuallererst auf, dass die Schwester ihre Bettlakenwechselpflichten nicht allzu ernst genommen hatte. Zu mindestens sahen die Betten in seinen Augen kaum anders aus als vorher. Weiterhin fiel ihm das Fehlen des Namensschildes der Schwester auf. Er wusste nicht so recht, wie er das einordnen sollte, maß dem Ganzen aber auch nicht genug Bedeutung bei, um sich bei der Schwester nach dem Grund zu erkundigen.

»Also gut« sprach der Polizist: »Ich habe Ihnen erzählt, was ich weiß, jetzt wären Sie dran.«

Sven widersprach: »Da war noch was mit Raub und Drogen, wenn ich mich richtig erinnere!«

»Chance, dass Sie beichten?«

»Eher nicht. Ich weiß ja nicht mal, was ich genau zugeben soll.«

Der Hauptkommissar räusperte sich. »Gut. Machen wir es kurz fürs Protokoll: War der Mann, den meine Kollegen neutralisiert haben Ihr Dealer?«

Sven nickte. Daher kam also der Vorwurf.

»Sagen Sie es bitte laut. Ein Nicken reicht nicht.« sprach der Polizist leicht verärgert.

»Nein!« erwiderte Sven, »NeinNeinNein! Das war nicht so ein Nicken! Das war kein Dealer! Das heißt: Vermutlich schon, aber nicht meiner!«

Der Kommissar malte nur einen einfachen Strich auf seinen Notizblock.

»Ein Konkurrent?« fragte er nach.

Sven schüttelte den Kopf und fügte sicherheitshalber noch ein »Nein« an.

»Nun, « blickte der Kommissar ihn streng an; »Jetzt haben wir das Problem, dass wir einen Zeugen haben, der behauptet, Sie seien dort gewesen, um Drogen im Wert von 2,5 Millionen Euro zu kaufen. Sicher, der Zeuge ist kein unbeschriebenes Blatt, aber in diesem Fall erhöht das seine Glaubwürdigkeit.«

Sven schluckte.

»Das stimmt so halb. Ich wurde gezwungen ihm Geld zu geben, hatte aber keins.« Nach einem kurzen Moment: »Zwei Millionen?«

Der Hauptkommissar schüttelte den Kopf: »Zwei einhalb.«

Er kratzte sich am Kopf als müsste er nachdenken: »Viel Sinn ergibt das nicht, was Sie da sagen. Und ehrlich gesagt glaube ich Ihnen nicht. Kommen wir aber erstmal zum Raubüberfall«

»Habe ich auch nicht gemacht.«

»Da haben wir aber eine Zeugin. Sie haben eine wehrlose alte Dame an einem Kiosk überfallen und bestohlen.«

»Der einzig Wehrlose war ich! Und geklaut habe ich auch nichts. Nun. Naja. Den Stadtplan habe ich vielleicht nicht bezahlt.«

»Aha!«

»Wie, aha? Wusste gar nicht, dass jeder, der eine Stadtkarte mitgehen lässt, von einem Kommissar, Verzeihung: Hauptkommissar stundenlang verhört wird. Welche Strafe habe ich denn für diese kranke Tat zu erwarten? Lebenslänglich?«

Die Schwester kicherte.

Der Kommissar fand das eher weniger witzig.

»Also gut. erzählen Sie dann doch ihre Geschichte von Anfang an. Warten wir doch mal ab, ob ich Ihnen ein Wort glauben kann.«

Sven begann damit, dass er gezwungen worden war, den Koffer zu überreichen. Er erzählte von Jule. Er erzählte davon, dass er den Koffer verloren hatte. Die Geschichte mit dem Krankenwagen ließ er aus, schließlich war er dessen noch nicht angeklagt worden. Er musste den Kommissar ja nicht auch noch mit der Nase darauf stoßen. Als er seine Geschichte fertig erzählt hatte waren alle Zuhörer im Raum sprachlos. Die Schwester zitterte leicht.

»Gut.« sagte der Polizist nur. »Wenn ich Ihnen auch nur ein Wort glauben würde, hätte ich sofort eine Mannschaft zu ihrem Haus geschickt. Ich werde meine Männer hinschicken, weil ich es nach Ihrer Aussage muss. Aber das hat Zeit. Jetzt gibt es zwei Möglichkeiten: Entweder haben Sie nur eine möglichst hanebüchene Geschichte erzählt um mich zu veräppeln und auf die falsche Spur zu locken. Vielleicht haben Sie aber auch noch das Mädchen ermordet und wollen uns glauben machen, ein anderer stecke dahinter. Ich hoffe für das Mädchen, für Sie und für mich, dass ersteres stimmt. Auf alle Fälle wird sich mein Kollege bei Ihnen bedanken, denn ich werde ihn jetzt anrufen müssen, damit er Sie überwacht. Er sitzt sicherlich gerade bei seiner Familie beim Abendbrot. Einen potentiellen Mörder kann ich weder unbewacht lassen, noch in der Nähe anderer Patienten.«

Der Kommissar seufzte, während die anderen Zimmerbewohner sich gegenseitig verwirrt anschauten und dabei tunlichst Augenkontakt mit Sven vermieden. Selbst die nette Schwester wich einen Schritt zurück.

»Ich denke, das könnte man als Notfall ansehen.« meinte der Polizist mit der Gelassenheit eines Profis, der regelmäßig einem Mörder gegenübersitzt an die Schwester gewandt. »Könnten Sie bitte prüfen, ob irgendwo ein Zimmer frei ist oder der Patient doch in unsere Obhut entlassen werden kann?«

Die Schwester nickte und verschwand so schnell sie konnte ohne es wie eine Flucht aussehen zu lassen.

In dem Versuch, Sven auf keinen Fall anzublicken, starrten alle anderen Patienten auf den Kommissar, der sein uraltes Siemens Telefon zückte und eine lange Nummer wählte. Es dauerte nicht lange, bis auf der anderen

Seite abgehoben wurde. Mit wenigen Worten bestellte der Kommissar zwei seiner Kollegen herbei. Die Tonlage verriet, dass er den anderen Polizisten gegenüber Autorität ausstrahlte.

Nachdem er aufgelegt hatte, blickte der Kommissar kurz zu Sven ohne weitere Fragen zu stellen. Er nahm das Telefon in die rechte Hand und ließ es dann in die Jackentasche gleiten. Sven wartete ab, was denn nun kommen sollte, doch anstelle neuer Fragen schloss der Polizist die Augen und schien offensichtlich vor zu haben ein Nickerchen zu machen.

Fünf Minuten später waren leise Schnarch-Geräusche zu hören. Die Knollennase überlegte fieberhaft, ob er Sven aufhalten sollte, wenn dieser versuchen sollte zu fliehen. Vielleicht würde es ja auch schon reichen, den Kommissar mit einem lauten Schrei zu wecken.

Doch Sven machte keine Anstalten zu fliehen. Vielmehr folgte er dem Beispiel des Kommissars und versuchte ebenfalls ein wenig zu schlafen.

Kurz nachdem Sven endlich eingenickt war, wurde er auch schon wieder durch eine laute Diskussion unsanft geweckt: »Wenn ich es Dir doch sage! Den Kerl haben wir beschattet, zusammen mit seiner Komplizin! Wir hatten die schon im Verhör und sind ihnen dann gefolgt. Aber dann haben sie uns abgehängt.«

Der Hauptkommissar war offensichtlich verärgert: »Wieso weiß ich nix davon?«

»Na, weil das doch schon Tage her ist und Du erst gestern aus Deiner Kur wiedergekommen bist.«

Wütend schaute der Hauptkommissar zu seinen Kollegen und dann zu Sven. »Ihr kennt nicht zufällig jemanden namens "die Klinge", oder?«

»Nö.« antwortete der junge Polizist, froh das Thema gewechselt zu haben.

»Karl, die Klinge?« fragte der Hauptkommissar noch einmal nach.

Der junge Polizist schüttelte den Kopf. Sein gleichaltriger Kollege widersprach: »Karl der Klops soll doch seine Geschäfte nach Hamburg verlegt haben.«

»Ist Klops für Dich das gleiche wie Klinge?« erwiderte sein Kollege verärgert.

»Nö. Aber soweit ich weiß, nennen die den Kerl nur dann "Klops", wenn der es nicht hören kann. Er selbst soll sich seit geraumer Zeit "Klinge" nennen, um den anderen Spitznamen loszuwerden.«

Sven schaute den Hauptkommissar halb trotzig, halb triumphierend an. Dieser schoss mit seinen Augen Giftpfeile zurück. Als potentieller Drogendealer und Frauenmörder hatte ihm der Verdächtige besser gefallen.

»Gut. Lassen wir das mit den Handschellen.« stellte er nüchtern fest. »Sie kommen jetzt mit uns aufs Revier. Auch wenn ich nicht mehr davon überzeugt bin, dass Sie ein Mörder sind: Die anderen Vorwürfe stehen noch im Raum. Und unserer Rechtsstaat verbietet es, Sie aufgrund meines Gefühls auf freien Fuß zu setzen.«

Sven nickte verständnisvoll. Er erhob sich immer noch etwas müde vom Bett und folgte dem Kommissar aus dem Zimmer. Hinter ihm folgten die beiden jungen Polizisten:

»Irgendwas ist anders » flüsterte der eine zu seinem Kollegen.

»Stimmt« brummte Sven über die rechte Schulter: »Lavendelduft«

Die beiden jungen Polizisten schauten sich verständnislos an. Doch anstatt nachzufragen, hoben sie nur synchron die Schultern und folgten Sven weiter nach draußen.

Der Bulli mit der blauen Polizeilackierung hatte die Schiebetür bereits geöffnet. Der Hauptkommissar ging geduckt voran und winkte Sven, ihm zu folgen. Sven folgte dem Wink, vergaß aber, den Kopf einzuziehen.

»Autsch. Verdammt« war sein Kommentar dazu.

»Das gibt 'ne schöne Beule« kommentierte der Hauptkommissar trocken.

»Macht nix,« erwiderte Sven, während er sich die Beule rieb: »Dann kann ich vor Gericht im Notfall behaupten, Sie hätten mich verprügelt«

»Polizeigewalt? Gute Idee, könnte klappen« erwiderte der Kommissar gut gelaunt.

Die vorderen Türen des Wagens öffneten sich und der Polizist schwang sich auf den Fahrersitz. Sven hatte kaum die Zeit sich hinzusetzen, als der Motor auch schon losheulte und der Wagen sich mit einem Satz in Bewegung setzte. Der zweite junge Polizist auf dem Beifahrersitz fluchte, während er die Tür schloss.

»Bleib mal locker, Schumacher!« raunte er seinem Kollegen zu, während er sich anschnallte. Fragend blickte er nach hinten durch das vergitterte Fenster zum Hauptkommissar, der jedoch keine Anstalten machte, sich einzumischen. Schulterzuckend blickte er wieder nach vorne. Er betätigte zwei Knöpfe, die zunächst das Blaulicht und dann das Martinshorn starteten.

Die Fahrt verlief sehr ruppig und Sven hatte Mühe, sich an dem Kunststofftisch festzuhalten, der ihn vom Hauptkommissar trennte. Er erklärte dem Polizisten die genaue Lage seiner Wohnung, die Ein- und Ausgänge, sowie Lage der Fenster. Zwischendurch redete der Polizist immer wieder über ein Funkgerät mit einem Kollegen am anderen Ende der Leitung.

»Gut!« sprach er in die Muschel: »Wir treffen uns in 20 Minuten an der Kreuzung 100 Meter vor dem Haus. Warten Sie dort auf mich, und lassen Sie die Sirene aus.«

Nachdem er eine Antwort erhalten hatte, runzelte der Hauptkommissar die Stirn: »Wie? Das kann ich Ihnen natürlich sagen, aber was hat das mit dem Fall zu tun?«

Einen kurzen Moment später folgte ein »Ach so. Nein, ich halte sie gar nicht für blöd.«

Der Gegenüber fand diese Antwort wohl nicht wirklich begeisternd, musste sich aber damit erst einmal zufrieden geben. Wie konnte man die rhetorische Frage "Für wie blöd halten Sie mich eigentlich?" auch falsch verstehen?

Der Wagen kam vor dem Polizeirevier zum Stehen. Sven wurde zwar freundlich, aber etwas ungeduldig aus dem Auto heraus bugsiert. Die Zeit, ihn persönlich bei den Kollegen abzuliefern hatte der Hauptkommissar in dieser Situation nicht. Schließlich konnte es um Leben und Tod gehen. Er nahm Sven stattdessen das Versprechen ab, sich selbst zwecks Verhaftung zu melden.

Kapitel 11
Freedom

> Well it looks like the road to heaven
> But it feels like the road to hell
>
> When I knew which side my bread was buttered
> I took the knife as well
>
> Posing for another picture
> Everybody's got to sell
>
> But when you shake your ass
> They notice fast
> And some mistakes were built to last
>
> [George Michael]

»Ja?« fragte der Uniformierte hinter dem Tresen etwas verwundert, hier einen Zivilisten anzutreffen. Er schaute sich kurz um, konnte seine Kollegen aber nicht mehr entdecken. Nur das Quietschen der Reifen verriet, dass jemand hier gewesen war. »Hier haben eigentlich nur Polizisten Zugang« nuschelte er, ein Franzbrötchen kauend.

Offensichtlich schien er das öfters zu tun, denn der klapprige Bürostuhl, auf dem der Polizist saß, war kaum in der Lage, sein massiges Gewicht zu halten. Schreibtisch, Uniform und der ausufernde, ungepflegte dunkle Vollbart waren über und über mit Krümeln bedeckt.

»Und Verbrecher.« antwortete Sven.

»Wie, Verbrecher?« reagierte der Polizist verwirrt, sich hektisch nach möglichen Verbrechern umschauend.

»Polizisten und Verbrecher haben hier Zutritt« fuhr Sven fort.

»Naja« kratzte sich der Polizist an seinem kräftigen Doppelkinn: »"Zutritt" ist da vielleicht nicht das richtige Wort. Die werden ja meistens reingeschleift. Und sonderlich scharf darauf hier zu bleiben, sind sie eigentlich nicht. Was sind Sie denn nun? Polizist oder Verbrecher?«

»Eigentlich weder noch.«

»Aha!« triumphierte der dicke Polizist, als hätte er gerade einen schwierigen Fall gelöst. »Sind Sie hier also doch falsch!«

Sven atmete tief durch: »Im Prinzip würde ich Ihnen ja Recht geben, aber Ihr Hauptkommissar meinte, einen Mörder könne er nicht gehen lassen. Auch wenn das alles gar nicht bewiesen ist.«

Der dicke Polizist musterte Sven argwöhnisch: »Mörder? Wer?«

»Ich. Also eigentlich nicht, aber der Kommissar...«

»Haupt!« korrigierte sein Gegenüber.

»Ja, Haupt!« seufzte Sven entnervt, »auf jeden Fall meint der, ich könne nicht einfach so frei rumlaufen, solange die Sache mit dem Mord nicht aus der Welt ist.«

Der Polizist schaute sich kurz verstohlen um, ob nicht doch irgendwo eine versteckte Kamera war. Er entdeckte keine, lachte jedoch sicherheitshalber kurz auf, um den Zuschauern zu zeigen, dass er Humor hatte, falls er sich irren sollte.

»Und das ist jetzt witzig, weil...?« fragte Sven irritiert.

»Ach nichts« reagierte der Polizist mit einer abwehrenden Handbewegung. »Wer ist denn das Opfer?«

»Die Jule. Meine Freundin. Na irgendwie auch nicht.«

Der Polizist stemmte sich aus dem Sessel und schaute Sven schwer schnaufend an: »Sie sind Mörder und auch wieder nicht und haben Ihre Freundin gleichzeitig umgebracht, aber auch wieder nicht. Wollen Sie mich verarschen?«

»Ein klares Nein« erwiderte Sven: »Ich möchte nur, dass Sie mich einsperren.«

»Ich kann sie nicht...!« setzte der Polizist zu Brüllen an, so dass Sven den Zimt des Franzbrötchens deutlich riechen konnte.

Sven überlegte kurz, ob er nicht einfach gehen sollte, befürchtete aber, dass es ihm dann als Widerstand gegen die Staatsgewalt ausgelegt werden könnte. Irgendwie bezweifelte er, dass der Polizist wahrheitsgemäß zu seinen Gunsten aussagen würde.

Er versuchte es probeweise mit »Haut die Bullen platt wie Stullen!«

Die Reaktion war aber keine Verhaftung, sondern nur ein müdes Lächeln.

»Die Spinnen! Die Schweine! Die Bullen!«

Der Polizist widmete sich wieder seinem Franzbrötchen. Enttäuscht schaute Sven sich um. Höflich bat er um den Kugelschreiber, der auf dem Schreibtisch vor dem Polizisten stand. Der Beamte nickte nur leicht genervt. Sven schnappte sich den Kugelschreiber und schrieb in großen Buchstaben »ACAB« an die Wand. Der Erfolg war eher mittelmäßig. Das mochte zu einem nicht unwesentlichen Teil daran liegen, dass die Kugelschreibermine schon reichlich ausgelutscht war. Auch generell war der Effekt kein Vergleich zu einem Sprayerbild. Aber auch ein perfektes Graffiti hätte wohl nichts gebracht. Der Polizist blickte Sven nur mitleidig an und brummelte: »Wir schicken Ihnen eine Rechnung«

Nun griff Sven zum Äußersten. Mit einem beherzten Sprung hechtete er zum Tresen und ergriff das halbe Franzbrötchen des Polizisten. Bevor dieser aus seinem Schreck erwachen konnte, hatte Sven sich die Hamburger Delikatesse bereits in den Mund gestopft und runtergewürgt.

Plötzlich kam völlig unerwartet Leben in den Polizisten und mit einem Sprung, der Sammo Hung zur Ehre gereicht hätte schwang er sich auf die andere Seite zu Sven.

Die Mühe, Sven Handschellen anzulegen machte er sich nicht. Stattdessen riss er eine der Stahltüren auf, packte Sven am Rücken und stieß ihn hinein.

»Ey!« rief Sven protestierend in Richtung der sich schnell schließenden Tür. »Müssen Sie mich nicht auf Waffen oder sowas absuchen?«

Ein Brummen und das Zuschnappen eines Metallriegels war die einzige Antwort, die er bekam.

»Und Schnürsenkel?« fügte Sven hoffnungsvoll hinzu.

Sven war ein bisschen enttäuscht, dass er als potentieller Mörder nicht so wirklich ernst genommen wurde. Wenigstens hatte er die Zelle für sich allein, und die Matratze, die dort auf dem Boden lag war in Anbetracht der Umstände gar nicht mal so übel, weil einigermaßen sauber.

»Gut.« nickte Hauptkommissar Klaußen seinem Kollegen zu. »Wir haben einen genauen Plan von der Wohnung. Es gibt nur zwei Türen. Vorne der Haupteingang und hinten die Terrasse. Bei der Terrasse sind auch die einzigen Fenster. Wir können das also gut einsehen. Wir vermuten, dass die Frau schon tot ist, sollten aber auf Nummer sicher gehen. Unter den Verdächtigen sollte vermutlich keine Frau sein. Also in Kurzform: Männer sind Feinde, Frauen Opfer[40]. Wir öffnen die Eingangstür mit dem Schlüssel des Besitzers. Drei Mann für den Haupteingang. Wir beginnen erst einmal möglichst leise. Team zwo nimmt im Garten mit Sicht auf die Terrasse Stellung.

---

[40] Nein. Dies soll keine versteckte politische Aussage des Autors sein. Wenn Sie also zufällig Mitglied der Femen sind, können Sie sich jetzt gerne wieder anziehen.

Team eins wartet, bis Team zwo ihr O.K. gibt. Noch Fragen?«

Die schwer bepackten Männer schweigen. Lediglich der Leiter von Team zwei fragte vorsichtig, ob man nicht doch lieber auf die Profis warten wollte.

»Wir sind die Profis, verdammt!« schnauzte Klaußen den kleinen Dicken an.

Wie zum Teufel konnte so ein Kerl beim SEK landen? Und warum platze die Uniform nicht beim ersten Schritt wie eine Bockwurst in kochendem Wasser?

Der Mann der städtischen Einpark-Kontrolleure (SEK) spürte, dass hier eine furchtbare Verwechslung vorlag. Doch er wagte nicht, dem alten Kommissar zu widersprechen. Irgendwie war das alles viel einfacher, als man ihn einfach nur "Politesse" genannt hatte. Er machte noch einen zaghaften Versuch, dem Kommissar zu erklären, dass er und seine Kollegen keine wirklichen Schusswaffen besaßen, kam aber nicht zu Wort.

»Schnauze jetzt!« bellte der Kommissar, »legen Sie endlich los, oder ich sorge dafür, dass Sie ab morgen Strafzettel ausfüllen dürfen!«

Einer der Männer aus dem SEK-Team hob artig die Hand und meldete sich mit einem schüchternen »Äh...«, doch Klaußen hatte dessen Gruppenführer schon weggeschubst und machte sich mit seinen Männern Richtung Hauseingang. Die Dreiertruppe schlich langsam die Einfahrt hoch.

Auch Klaußens Männer waren nicht wirklich froh in der Rolle der Hauserstürmer. Zwar waren sie bewaffnet, doch eher für Bürotätigkeiten ausgebildet. Was hätten sie im Moment für schönen, altmodischen Papierkram gegeben!

Währenddessen machte sich das SEK-Team zur Rückseite des Nachbarhauses auf. Einer der Männer fluchte leise, als er über einen Gartenzwerg stolperte und mit den Knien gegen einen Blumenkübel stolperte. Ein Bewegungsmelder aktivierte einen 500W-Halogenstrahler, der den Garten hell erleuchtete.

Durch die plötzliche Bestrahlung waren auf einmal alle drei Beamten blind. Der Gruppenführer japste, als er über eine Wurzel stolperte und - nach Halt suchend - die beiden Kollegen mit sich riss.

»Aua!« rief der Kollege zur Rechten, der sich bereits vorhin das Knie aufgeschlagen hatte.

»Ich dachte, Sie wären früher mal Einzelkämpfer gewesen« beschwerte sich nun auch der Kollege zur Linken. Der Chef überlegte kurz seine Reviergeschichten zu relativieren, aber dann hätte er auch erklären müssen, warum er wirklich Strafzettel verteilen musste. Seine bisherige Geschichte vom Verprügeln eines Drogenbarons wäre nicht aufrecht zu halten gewesen. Er hatte das Gefühl, dass seine Kollegen ihn mit anderen Augen ansehen würden, müssten sie erfahren, dass Ihr Vorgesetzter auch schon mal gerne in Frauenkleider schlüpfte. Gut. Das war eigentlich seine Privatsache, »Aber nicht im Dienst!« wie sein damaliger Boss nicht ganz zu Unrecht deutlich machte.

Also reagierte er klug, entschlossen und spontan. »Schnauze, Männer! Sie dürfen uns nicht sehen! Ich habe Euch nicht aus dem Licht zu Boden gerissen, damit Ihr Euch mit euren Stimmen verratet!«

Die Kollegen waren perplex ob der Erfahrung und Reflexe ihres Vorgesetzten und sprachen kein Wort mehr. Es wagte auch keiner mehr, vorzuschlagen, auf Verstärkung zu warten.

Als die drei männlichen Politessen im Garten Stellung bezogen hatten, gab der Älteste von ihnen über sein Funkgerät das Signal an das Team auf der Vorderseite des Hauses.

Der Hauptkommissar fluchte, als sein junger Untergebener im Versuch, das Schloss möglichst schnell zu öffnen, den Schlüssel abbrach.

»Oh. Das wird teuer« meinte der andere Kollege.

»Was?« fragte der Schlüssel drehende Intelligenzbolzen.

»Na, Schlüsseldienst. Um diese Tageszeit. Na, vielleicht geht die Tür ja von innen auf.«

Bevor der fassungslose Hauptkommissar reagieren konnte, hatte das Greenhorn bereits die Klingel betätigt.

»Müller! Sind Sie blöde? Wollen Sie erzählen, dass Sie aus Versehen den Schlüssel beim Versuch die Wohnung zu erstürmen abgebrochen haben? Und die Verdächtigen mögen bitte freiwillig die Tür öffnen? Sie riesengroßer...«

In diesem Moment hüpfte der andere Kollege nach links in eine Rhododendronhecke.

»Platzek! Was soll denn jetzt der Scheiß?«

»Verstecken?« flüsterte der Angesprochene kleinlaut.

»Subjekt nähert sich der Eingangstür« krächzte es laut durch das Funkgerät. Der Kommissar hörte zudem eine kleine Diskussion:

»Subjekt, Chef? Wieso nicht Person?«

»Weil, weil man das nun mal so sagt, weil. Ach! Halt die Fresse! Ich bin der Chef hier, verdammt!«

Klaußen fluchte. Mal wieder. Vor sich zwei völlige Volltrottel, einer davon hatte den Finger noch auf der Klingel, der andere lag in den Büschen. Am Funkgerät mindestens zwei weitere Vollpfosten, die sich angeregt über die Verwendung des Begriffs "Subjekt" stritten.

Die Tür öffnete sich und eine junge Frau blickte den Hauptkommissar fragend an, während der Kollege an der Klingel so tat, als sei er unsichtbar.

»Alles in Ordnung?« fragte er die junge Frau. »Werden Sie bedroht?«

»Nein.« antwortete sie verschlafen, »glaube ich zumindest.«

Sie kratzte sich an dem Kopf. »Nicht mehr« fügte sie mehr fragend als antwortend hinzu.

»Wo ist Karl?« ging der Polizist dazwischen.

Jule schaute ihn irritiert an. Woher wusste er von Karl? Was war mit Sven, und was zum Teufel machte der Kerl da in den Alpenrosen?

»Was zum Teufel macht der Kerl da in den Alpenrosen?« fragte sie deshalb angemessener Weise.

Der Angesprochene stellte sich tot.

Klaußen war die ganze Angelegenheit doch einigermaßen peinlich. »Wir sind hier, um Sie zu retten« sagte er mit fester Stimme.

»Eigentlich wollten wir ihre Leiche untersuchen« korrigierte der Polizist an der Türklingel zum Unwillen des Hauptkommissars.

»Genau!« bestätigte der Polizist in der Hecke, bevor er sich wieder seiner Totstelltaktik besann.

»Dürfen wir reinkommen?« versuchte der Hauptkommissar die peinliche Konversation zu beenden.

Jule überließ ihm den Vortritt und erlaubte seinem Kollegen, CSI zu spielen und mit der Waffe im Anschlag die Zimmer zu inspizieren.

Auf dem Wohnzimmertisch lagen drei Zigarrenstummel im Aschenbecher. Der kalte Rauch war in der Luft zu schmecken. Doch von Karl und seinen Männern war nichts mehr zu sehen.

»Also…« setzte der Hauptkommissar an, »wir hatten den Hinweis, dass Sie in der Gewalt von Verbrechern seien.«

Jule nickte. »War ich. Jetzt sind sie weg.«

»Einfach so?«

»Nein. Nicht einfach so. Zuerst haben sie mich umgebracht.«

Der Kommissar schaute etwas blöd. Was ihm ziemlich peinlich war, als er es selbst bemerkte. Mit einem »Aha!« versuchte er seine Unsicherheit zu überbrücken. Als er bemerkte, dass dies nicht klappte, kapitulierte er mit den Worten »Beziehungsweise: Hä?«

Er schaute die junge Frau skeptisch an. Die hatte doch einen an der Waffel! »Sie passen recht gut zu Sven.« dachte er laut.

»Was? Wieso?« fragte sie. Als hätte jemand Wasser in ihr Gesicht geschüttet, war sie plötzlich hellwach: »Wie geht es ihm?"

»Alles gut« erwiderte Klaußen: »Er befindet sich in Gewahrsam.«

»Warum? Kann ich zu ihm?«

»Erstens: Mord. Zweitens: Nein«

»Mord?« stammelte Jule: »Und dann sagt der Penner "alles gut"«.

Klaußen wollte sich gerade über die Frechheit, Penner genannt worden zu sein beschweren, doch Jule machte im Anschluss direkt eine Vierteldrehung nach links und klappte in sich zusammen. Bevor jemand reagieren konnte fiel sie zu Boden, ihr Kopf landete unsanft auf der Kante des Sofas. Erst als ihre Knie schon den Parkettboden berührten, reagierte der Kommissar, wurde dann aber gleich wieder abgelenkt, als ein faustgroßer Stein die Terrassentür durchschlug.

»Was zum...?« setzte er an, doch ein hinter dem Stein hinterher springender Mann brachte ihn zu Fall.

Hauptkommissar Klaußen rang mit dem Angreifer auf dem Boden und verpasste ihm zwei ordentliche Schläge auf den Wangenknochen. Der Angreifer kämpfte weniger sportlich, sondern hinterließ einen kräftigen Bissabdruck auf dem rechten Oberschenkel des Kommissars und böse

Schmerzen an nicht allzu ferner Stelle, als er seinen Kopf in den Magen des Kommissars rammte und mit den Fäusten noch etwas tiefer hinlangte.

Dem Hauptkommissar blieb die Luft weg. Jede Selbstbeherrschung war durch den Schmerz im Lendenbereich flöten gegangen. Wütend schlug er auf den Angreifer ein, bis der Alpenrosenheckenpolizist ihn stoppte.

Klaußen atmete schwer und schaute in das verbeulte Gesicht des Angreifers. Der Angreifer atmete mindestens genauso schwer, das war aber bereits vor dem Kampf so gewesen. Er hatte sich mit dem Sprung durch das Fenster völlig verausgabt, was nicht zuletzt an seinen 120 Kilo Lebendgewicht lag. Seine Mütze war zu Boden gefallen, doch die Aufschrift "SEK" war weiterhin gut zu lesen. Klaußen blinzelte und schaute genauer auf den Angreifer.

»Fuck« entfuhr es ihm leise.

Das war doch tatsächlich der Teamleiter von Team zwei. »Wieso haben Sie mich denn angegriffen verdammt?« brüllte er nach unten auf den Boden.

Die Antwort war kaum mehr als ein Heulen. Sein junger Kollege stapfte von hinten durch die zerbrochene Scheibe: »Wir dachten, Sie wären der Entführer« half er seinem Chef. »Sie standen neben der Frau und sie ist plötzlich zusammengesackt. Wir dachten, Sie hätten ein Messer oder sowas«.

Klaußen fühlte sich im falschen Film. Er schaute von seinen von ihm kürzlich "Vollidioten" genannten Kollegen, die - teils in Alpenrosenhecken liegend - mit ihm den Raum betreten hatten auf die in seinen Augen momentan nicht intelligenter wirkenden Kollegen, die über die rückseitige Terrassenscheibe gekommen waren. Dann wieder hinunter auf den Dicken.

Unter dem Rücken des korpulenten Kollegen schaute ein Knöchel samt Frauenschuh hervor.

»Fuck!« fluchte Klaußen erneut.

»Holt den Fettsack von der Frau runter!« brüllte er alle stehenden Kollegen an.

»Hey!« protestierte der Angesprochene über die unfeine Wortwahl, ließ sich aber von den jungen Beamten aufhelfen.

Die junge Frau war immer noch bewusstlos. An ihrem Hinterkopf war eine kräftige Beule gewachsen. An Knöcheln und Unterschenkel konnte Klaußen kräftige blaue Flecke vom Sturz des Kollegen entdecken. Er mochte sich gar nicht ausmalen, wie es an den Bereichen aussah, die von ihrer Kleidung bedeckt waren.

»Holt den Sani!« brüllte er zum Heckenkollegen, der sein Funkgerät zückte und den Befehl wiederholte.

»Was? Welchen Sani?« antwortete das Funkgerät.

Klaußen riss ihm das Funkgerät aus der Hand:

»Eine Verletzte, bewusstlos! Heukoppel, Bramfeld. Aber zackig!«

»Zwei!« wimmerte der Dicke, der sich an die Wand lehnte.

»Gut! Zwei Verletzte!« brüllte Klaußen ins Funkgerät, während er die Augen verdrehte:

»Eine Bewusstlose und ein Weichei«.

Anhand der wütend bebenden Stimme zog es der Gesprächspartner am anderen Ende vor, nicht allzu genau nachzufragen: »Klar, Boss. Ist unterwegs«

Blaulicht erhellte die Straße vor Svens Wohnung. Zwei Krankenwagen, die Feuerwehr und ein offizielles Polizeifahrzeug gesellten sich zu den bereits geparkten Fahrzeugen von Klaußen und seinem Einsatzkommando.

Die Anforderung des Krankenwagens hatte in der Polizeistation für die wildesten Gerüchte gesorgt. In dem Moment, als die ersten Fahrzeuge eintrafen hatte sich die Geschichte gefestigt, Klaußen hätte bei einem Fall von häuslicher Gewalt eingeschritten und den Angreifer grün und blau geprügelt. Diese Gerüchte hatten anfangs schlimme Auswirkungen auf die Behandlung des verprügelten Kollegen, denn dieser wurde fälschlicherweise als brutaler Ehemann angesehen und wurde sehr grob behandelt. Erst nachdem er mit Handschellen gefesselt "versehentlich" mit dem Kopf gegen die Haustür und die hintere Tür des Krankenwagens geknallt war, konnten seine Kollegen das Missverständnis aufklären. Die Handschellen wurden ihm entfernt und man kümmerte sich endlich um seine nicht lebensbedrohlichen Verletzungen.

Jule war bereits wieder bei Bewusstsein und auf dem Weg ins Krankenhaus, als Klaußen noch immer breitbeinig mit heruntergelassener Hose auf einem Schaukelstuhl in Svens Wohnung saß und sich seine Kronjuwelen von einem Sanitäter anschauen ließ. Die Situation war ihm sichtlich unangenehm, was sich nicht gerade besserte, als Svens Nachbarin in der Eingangstür auftauchte und ungefragt ihre Meinung zu Sven und dessen Lebenswandel von sich gab.

»Das wundert mich überhaupt nicht!« sprach sie, während sie neugierig in den Raum lugte.

Kommissar Klaußen machte den später schwer bereuten Fehler, ihr mit einem »Warum?« zu antworten. Er hatte sein kleines Notizbuch gezückt.

»Na, der hat doch immer so laut Computer gespielt!« antwortete die alte Dame, die eine verblüffende Ähnlichkeit mit der Rolle der Else Kling aus der Lindenstraße aufwies. Offensichtlich schien Computerspielen als Begründung genug zu sein um einen Psychopathen oder Massenmörder zu erklären, die Oma ergänzte aber sicherheitshalber: »Ich habe ihn mal darauf angesprochen. "Sie spielen wohl gerne Computerspiele?", habe ich ihn gefragt. Wissen Sie, was er geantwortet hat?«

Klaußen wollte zu einer Antwort ansetzen, doch die Else Kling-Kopie fuhr bereits fort.

»"Ja!" hat er gesagt. "Hauptsächlich Killerspiele!"«

Klaußen schaute sie kurz verwirrt an und fing dann an laut zu lachen. Noch gerade rechtzeitig schaffte er es, sein Lachen in einem Husten zu verbergen. Nicht nur er, auch der Sanitäter, der sich professionell mit den gequetschten Hoden des Kommissars beschäftigte versuchte mit der gleichen Taktik ein Lachen zu verbergen.

»Sind Sie erkältet?« fragte die Oma angesichts des Hustens misstrauisch während sie genauer auf den Rücken des Sanitäters schaute, der vor Lachen, bzw. Husten bebte. Auf einmal schien ihr so etwas wie ein Licht aufzugehen, denn sie brach ihren Gedankengang über den Amok laufenden Nachbarn ab und schnauzte stattdessen den Hauptkommissar an.

»Sagen Sie mal! Das können Sie doch hier nicht in aller Öffentlichkeit machen! Noch dazu in einer fremden Wohnung!«

Klaußen schaute ungläubig zurück und dann hinunter zu dem Sanitäter der seine grün angelaufenen Hoden mit einer Salbe einschmierte. Als der Sanitäter aufblickte und sich ihre Augen trafen, erfasste die Erkenntnis sie beide wie ein Schlag. Die Tür der seltsamen Oma knallte zu, als Klaußen und der Sanitäter in ein Gelächter ausbrachen. Der Sanitäter drückte Klaußen zwei Eisbeutel in die Hand: »Den Rest machen Sie lieber selbst, bevor ich Sie noch heiraten muss«.

Jule blickte in das Gesicht eines Arztes, während der Krankenwagen sich flott durch Hamburgs Straßen bewegte. Das Licht an der Fahrzeugdecke war weiß und grell. Jule trug eine Sauerstoffmaske auf dem Gesicht und in ihrem Unterarm war eine Kanüle befestigt. Der Arzt drückte ihr beruhigend die Hand und entfernte die Maske von ihrem Gesicht.

»Keine Sorge« sprach er: »Sie haben eine leichte Gehirnerschütterung, ein paar ungefährliche Hämatome und vermutlich eine angebrochene Rippe. Genaueres erfahren wir im Krankenhaus. Es ist aber nichts Lebensbedrohliches darunter.«

Jule runzelte die Stirn. Wollte der Arzt sie nur beruhigen? Was war überhaupt geschehen? Sie konnte sich nur bruchstückhaft an die letzten Tage erinnern. Das Aufeinandertreffen mit dem Kommissar war komplett weg. Sie erinnerte sich aber daran, dass sie eine Überdosis Schlaftabletten schlucken musste. Da sie aber keine Sirene hörte, schien ihre Situation tatsächlich nicht allzu gefährlich zu sein. Sie schloss ihre Augen und versuchte sich zu entspannen.

Ein einzelnes Wort weckte sie am nächsten Morgen im Krankenhaus.

»Moin« sagte die Stimme links von ihr.

Jule blinzelte. Sie hatte Röntgen und Kernspintomographie über sich ergehen lassen. Man hatte sie gepiekst und abgetastet. Ein Polizist mit Eisbeuteln im Schritt hatte sie befragt und man hatte ihr erklärt, dass sie unter einer partiellen Amnesie leide, was aber in Kürze vermutlich wieder in Ordnung käme. Erschöpft hatte sie sich in das Krankenhausbett gelegt und ein paar Stunden geschlafen. Die Stimme, die sie da gerade »Moin« gesagt hatte war ihr aber alles andere als unbekannt.

»Sven?« fragte sie ungläubig.

»Sven!« wiederholte sie juchzend.

»Ich dachte Du wärst im Gefängnis! Was ist passiert? Was machst Du hier? Was mach ich hier? Und was zum Teufel heißt "Moin"? Hast Du nichts Besseres zu sagen?«

Sven dachte an die Sachen, die er sich vorgenommen hatte, zu sagen. Doch ihm fiel nichts mehr ein. Sein Mund war trocken und er brachte kein Wort heraus.

»Nun sag schon!« stocherte Jule ungeduldig,

Sven schluckte. Es fiel im schwer, sachlich zu bleiben.

»Ich dachte, Du wärst tot« bemerkte er.

»Ich dachte das Gleiche von Dir« erwiderte Jule mit zitternder Stimme. Eine kleine Träne bildete sich in ihrem linken Auge.

»Ich hatte so eine Scheißangst um Dich« brach es aus Sven heraus. Jule öffnete ihre Arme. Sven beugte sich vor und umarmte sie.

Die nächsten Minuten sprachen beide kein Wort mehr, sondern lagen sich nur schluchzend in den Armen.

»Na, ausgeheult?« fragte Klaußen mit dem Taktgefühl eines Backsteins zwei Stunden später.

»Ich habe nicht...« erwiderte Sven.

»Schon klar«, unterbrach ihn der Hauptkommissar. »Ihre Augen sind von Natur aus so rot«, mit einem sarkastischem Lächeln.

Jule drehte ihren Kopf in Richtung des Kommissars und flüsterte etwas.

»Was?« fragte Klaußen in ihre Richtung.

Jule flüsterte erneut, kaum zu verstehen für Sven oder den Hauptkommissar. Sie winkte ihn mit der rechten Hand zu sich.

Der Kommissar stellte sich direkt an ihr Bett und beugte sich mit dem Ohr zu Jules Mund. In dem Moment rammte Jule ihren rechten Ellenbogen in den empfindlichen Männerbereich des Kommissars. Obwohl die Bettdecken das Schlimmste verhinderte krümmte sich Klaußen vor Schmerz, während ihm Tränen aus den Augen schossen.

»Na? Heulen Sie jetzt auch?« fragte Jule mit kalter Stimme. »Sieht so aus, als bräuchten Sie wieder die Eisbeutel« fügte sie mit einem sarkastischen Grinsen hinzu, das wie eine Parodie des Gesichtsausdrucks des Hauptkommissars von vor wenigen Minuten aussah.

Völlig fassungslos taumelte Klaußen rückwärts und setzte sich in sicherer Entfernung auf einen Stuhl. Einige Minuten lang füllte nur noch das Keuchen des Hauptkommissars, sowie ein paar kleine Schluchzer von Sven und Jule den Raum.

Nachdem der Schmerz etwas nachgelassen hatte, griff der Hauptkommissar erneut zu seinem Notizbuch und versuchte zusammen mit Sven und Jule herauszufinden, was genau denn passiert war.

»Es fing mit dem Austausch an« legte der Kommissar in seiner typischen, nichtssagenden Art los.

»Also entweder fangen Sie endlich mal an, Klartext zu reden, oder ich sage kein Wort mehr« schnauzte Sven ihn an. Er hatte die Nase gestrichen voll von den Ratespielen.

»Also gut«, sprach der Kommissar: »Nicht unweit der Adler Apotheke hat Ihnen ein Fynn Bechtel einen kleinen runden Behälter zugesteckt. Das hat ein Drogenfahnder in Zivil zufällig entdeckt«

»Fynn?« fragte Jule überrascht. »Der hat doch... Oh mein Gott«.

Dann fing sie albern an zu kichern.

Sven fand das Ganze nur bedingt komisch und verlangte zu erfahren, wer zum Teufel denn Fynn sei, und was er mit der ganzen Geschichte zu schaffen hatte.

»Er hat Deine Schlaftabletten ausgetauscht« brachte Jule zwischen dem Kichern hervor: »Ich dachte doch, Du willst Dich umbringen. Und da habe ich einen Freund gebeten, Deine Schlaftabletten gegen homöopathische Mittel zu tauschen. Schon mal gehört, dass jemand an einer

Überdosis Zuckerkügelchen gestorben ist? Und: Ja!« kam sie Svens Frage zuvor: »Ich habe Dich in die Apotheke verfolgt«

»Der Kollege hat dann also dafür gesorgt, dass Sie verhaftet werden« fuhr der Kommissar fort, während er sich eifrig Notizen machte. »Wo man Sie wieder freiließ, nachdem man keine Drogen bei Ihnen gefunden hatte. Im Anschluss hat man Sie beschattet, weil die Kollegen gehofft haben, dass Sie direkt schnurstracks zu ihrem Dealer latschen.«

»Was sind denn das für Pfeifen?« fragte Sven verärgert: »Haben die zu viel "Großstadtrevier" gesehen? Durch den Mist haben die uns direkt in die Hände der "Klinge" geführt!«

»Und da kamen wir dann wirklich mit Drogen in Berührung« sprach Jule leise.

»Eins nach dem anderen.« unterbrach der Polizist: »Wie sind Sie dann im Anschluss zurück in Ihre Wohnung gelangt?«

»Keine Ahnung« antwortete Sven wahrheitsgemäß: »Wir waren bewusstlos, als wir dort ankamen.«

»Nun gut, kommen wir zum Koffer«, sprach Klaußen: »Was war damit?«

»Den sollte ich gegen einen anderen Koffer eintauschen« erwiderte Sven: »Im Gegenzug würde Jule am Leben bleiben. Ich war überzeugt, er würde sie umbringen, nachdem ich zu spät war.«

»Hat er auch. Aber fast direkt nachdem Du aus der Tür warst« ging Jule dazwischen.

»Was?« fragten der Kommissar und Sven zeitgleich.

»Ich musste die ganze Packung Schlaftabletten schlucken. Es sollte wie Selbstmord aussehen«

Sven schaute noch verwirrt, als der Kommissar schon laut auflachte: »Das waren die Tabletten, die Sven aus der Apotheke hatte?«

»Ja. Beziehungsweise die von Fynn« grinste Jule: »Die Homöopathischen. Keine Gefahr der Überdosierung«

»Und dann haben Sie die Tote gespielt? Respekt!«

»Nein« widersprach Jule: »Ich glaubte in dem Moment selbst, dass die Dosis tödlich wäre. Ich habe mich in Svens Bett gelegt und habe geschlafen. Ich dachte, ich wache nicht wieder auf.«

»Und was passierte als nächstes?«

»Sie und Ihre Kollegen haben an der Tür geklingelt.«

»Und die Klinge?«

»Keine Ahnung. Ich habe doch geschlafen!«

Kapitel 12
Sabotage

I can't stand it I know you planned it
But I'm gonna set it straight, this Watergate

I can't stand rocking when I'm in here
Because your crystal ball ain't so crystal clear

So while you sit back and wonder why
I got this fucking thorn in my side

Oh my, it's a mirage
I'm tellin' y'all it's a sabotage

[Beastie Boys]

Jule und Sven durften bereits kurz nach der Vernehmung das Krankenhaus verlassen. Sie versprachen Hauptkommissar Klaußen, sich zur Verfügung zu stellen, sollten noch weitere Fragen aufkommen, aber da außer einer Anklage von Landkartendiebstahl und Beamtenfranzbrötchenentwendung zum jetzigen Zeitpunkt nichts mehr übrig war, gab es keinen wirklichen Anlass, die Beiden weiterhin festzuhalten.

»Ich kann mir nicht vorstellen, dass das richtig ist« murmelte Sven, während er in den Burger biss.
»Was?« fragte Jule gut gelaunt.
»Dass Selbstmord schmerzlos sein soll.«
Jule schaute ihn verwirrt an: »Das hast Du gesagt?«
Sven nickte. »So in etwa. An den genauen Wortlaut erinnere ich mich nicht.«

»Und deshalb hat Sophie mich also angerufen«, lachte Jule: »Naja. So ganz geheuer wäre mir bei der Aussage auch nicht gewesen, wenn ich Dich nicht kennen würde.«

»Tust Du das denn?« fragte Sven

»Klar.« lachte Jule: »Du bist ein suizidgefährdeter Drogendealer, der Krankenwagen stiehlt und alte Omas ausraubt.«

Sven verzog das Gesicht: »Na Danke.«

»Ok.« lachte Jule erneut: »Du bist ein netter, liebenswerter suizidgefährdeter Drogendealer, der Krankenwagen stiehlt und alte Omas ausraubt.«

»Na immerhin«, lachte Sven zurück: »Von der Sorte gibt es sicherlich nicht allzu viel auf der Welt«

»Nö. Du bist tatsächlich einmalig« sprach Jule halb amüsiert, halb ernst.

»Und wie geht's jetzt weiter?« fragte Sven, während er jede Regung von Jule beobachtete.

»Ich würde vorschlagen, Privattherapie. Bei mir. Oder bei Dir, je nachdem, wie sich's entwickelt«

»Keine Ahnung, ob ich mir das leisten kann«

»Keine Sorge. Das kostet dich nix. Außer vielleicht die eine oder andere Rückenmassage oder Popcorn-Portion im Kino«

»Klingt gut.« erwiderte Sven lachend: »Zahlt das die Krankenkasse?«

»Spinner« antwortete Jule nun ebenfalls lachend, während sie ihm auf die Schulter klopfte.

»Na, dann passt das ja mit der Therapie« erwiderte Sven breit grinsend.

»Musst Du immer das letzte Wort haben?« fragte Jule zurück.

»Meistens ja.«

»Ich aber auch.«

Sven riss sich zusammen nicht zu antworten. Zumindest dieses eine Mal biss er sich auf die Zunge und überließ Jule das letzte Wort, die spitzbübisch lächelnd Svens innere Qual beobachtete. Ihre Augen funkelten:

»Schwierig?«

»Du hast ja keine Ahnung!« platzte es aus Sven heraus und Jule brach in lautes Gelächter aus.

»Ich glaube, das letzte Wort haben eher wir« sprach eine Stimme hinter Jule, während sich eine Waffe in ihren Rücken bohrte. Sven blickte auf und verlor urplötzlich jede Heiterkeit und Farbe im Gesicht. Hinter Jule standen die zwei Gorillas der Klinge.

»Kein Scheiß, oder es gibt ein verdammtes Blutbad« sprach der linke Gorilla.

Jule und Sven nickten unisono.

Der dunkle Mercedes parkte direkt im Halteverbot vor dem Burgerladen. Zu Svens Enttäuschung machte sich jedoch kein Polizist auf, um den Fahrer für seine Unverfrorenheit zur Rede zu stellen. Sven und Jule ließen sich ohne Gegenwehr auf die hintere Sitzbank des Fahrzeugs bugsieren. Der Gorilla mit der Waffe setzte sich zu Ihnen, der andere nahm auf dem Beifahrersitz Platz. Am Fahrersitz saß ein weiterer Kerl, der aussah, als wäre er direkt von den beiden anderen geklont worden. Keiner der Männer sprach ein Wort, als sich der Wagen in Bewegung setzte. Auch Sven schwieg. Jule wimmerte leise.

»Na? Auferstanden von den Toten?« fragte die Klinge, als Sven und Jule vor ihm auf zwei Stühlen saßen. Schweigen erfüllte die Suite, die sich im obersten Stockwerk des Hotels "Vier Jahreszeiten" befand.

»Weißt Du?« schweifte die Klinge vom Thema ab: »Ich wollte den Laden hier schon kaufen. Der soll ja abgerissen werden. Wäre ein super Hauptquartier und Versteck. Klappt jetzt aber nicht. Weißt Du auch warum?«

Sven schüttelte den Kopf. Jule schien komplett abwesend zu sein.

»Weil Ihr mit der kompletten Kohle durchgebrannt seid! Und die Drogen sind jetzt bei den Bullen!«

Wütend sprang Karl die Klinge auf und riss dabei mit seiner Wampe den Tisch mit sich. Er rannte um den kippenden Tisch und drosch auf Sven ein, der von hinten festgehalten wurde.

»Du Arschloch! Das war MEIN Geld! Und jetzt grinst Du mir auch noch frech ins Gesicht!«

Sven machte so einiges. Stöhnen zum Beispiel. Und bluten. Grinsen aber nicht.

Zu Svens Glück war die Klinge ziemlich schnell außer Atem, sonst hätte Karl ihn sicherlich zu Tode geprügelt. Schnaufend ging die Klinge zurück zu seinem Stuhl, während einer seiner Schläger den Tisch wieder an den Platz stellte. Es dauerte ein paar Sekunden, bis der Dicke sich wieder gefasst hatte:

»Also. Wo ist die Kohle?«

Sven zuckte mit den Schultern.

Die Knöchel der Klinge traten weiß hervor, während er seine Hände zu zwei schwülstigen Fäusten ballte.

»Ach so. Na dann kannst Du ja gehen. Entschuldige die Unannehmlichkeiten«

Jule blickte kurz hoffnungsvoll auf.

Der Dicke blickte sie kurz erstaunt an und polterte dann erneut los:

»Denkt Ihr, ich wäre blöde? Nochmal zum Mitschreiben: WO IST DIE KOHLE?«

Leise fügte er hinzu: »Und wenn hier noch jemand mit den Schultern zuckt gibt es die ein oder andere Fleischwunde«

»Ich weiß es nicht« sagte Sven hastig.

»Also gut« bewahrte die Klinge mühsam die Beherrschung: »Machen wir es mal wie bei Kleinkindern, wobei Kleinkinder es noch nie überlebt haben, wenn ich versucht habe, sie umzubringen:«

Jule zuckte erschrocken auf.

Die Klinge schaute sie wütend an: »Das war ein Gleichnis, verdammt! Ein Meta-Affe, oder wie man das nennt! Ich habe doch keine Kleinkinder umgebracht.«

»Metapher« warf Sven hilfsbereit ein, was die Laune von der Klinge nicht gerade verbesserte.

»Lukas?« wagte der tischkorrigierende Gorilla zu ergänzen, was die Klinge erneut aus der Fassung brachte:

»Lukas? Das war ein Unfall! Außerdem habe ich ihm eine schöne Beerdigung spendiert!«

Eine kleine Träne bahnte ihren Weg aus Karls rechtem Auge: »Ich vermisse den kleinen pelzigen Kerl«

»Das tun wir alle«, erwiderte der Tischrücker, während der Gorilla hinter der fragend schauenden Jule leise »Sein Meerschweinchen« in ihr Ohr flüsterte.

Sven versuchte nicht zu lachen, schaffte aber nur unzureichend, den Reflex mit einem Husten zu kaschieren. Die Klinge schaute ihn wütend an: »Wie kann man nur so herzlos sein?«

Sven widerstand der Versuchung, Herzlosigkeit in Verbindung mit dem Versuch der Klinge zu bringen, Jule zu töten und ihn als Bauernopfer darzubieten. Er hatte das Gefühl, die Klinge würde seiner Argumentation nicht folgen[41].

---

[41] Und damit war das hier ein tatsächlich historischer Moment. Und nicht so ein typischer historischer Moment, von denen die Politiker immer sprechen, wenn sie ausnahmsweise mal kein Mist gebaut haben, sondern tatsächlich etwas, was es in dieser Form noch nie gegeben hat. Zum aller ersten Mal lag Sven mit seiner Menschenkenntnis hier komplett richtig!

Die Klinge hatte sich wieder gefasst und stellte seine Frage erneut: »Also. Wie ich sagte. Frage ich Dich nochmal wie ein Kleinkind.« Und mit einem finsteren Blick Richtung Jule: »Dass ich nie getötet habe.«

»Zumindest nicht absichtlich« versuchte der Tischgorilla zu helfen.

»Sofern man bei Meerschweinchen überhaupt von Kleinkindern reden kann« ergänzte der Gorilla hinter Sven hilfsbereit.

Nur mit Mühe behielt die Klinge die Fassung: »Genau. Also. Um zur eigentlichen Frage zu kommen: Wo hast Du den Koffer zuletzt gehabt?«

Die Klinge spürte, dass ihm das Gespräch zu entgleiten schien, vor allem aber hatte die Meerschweinchengeschichte eine katastrophale Auswirkung auf die mühsam aufgebaute Atmosphäre von Terror und Angst. Nur um sicher zu gehen, nickte er dem Gorilla hinter Sven zu, der seinem Schützling darauf hin prophylaktisch eine Kopfnuss verpasste.

»Aua« erwiderte Sven. Dann: »Im Krankenwagen«

Die Klinge schaute ihn fragend an: »Welchen verdammten Krankenwagen? Und wenn ich Dir jeden Scheiß einzeln aus der Nase ziehen muss setzt es was. Ach was. Für jede Frage ein Schlag.«

Ohne weitere Aufforderung knallte der Gorilla erneut einen kräftigen Schlag auf Svens Hinterkopf mit den Worten: »McFly? Jemand zu Hause?«

Der Kerl rechts neben ihm, der hinter Jule stand kicherte.

»Habe ich was vom Improvisieren gesagt?« fragte die Klinge wütend. »Und zum Lachen ist hier gar nichts!«

Mit diesen Worten nickte er dem Gorilla hinter Jule zu, der selbige eine Kopfnuss verpasste.

»Nein! Ihm!« erwiderte Karl verärgert, während er auf die linke Seite des Angesprochenen zeigte. Dieser zuckte mit den Schultern und langte Sven eine. Die Klinge schüttelte verzweifelt den Kopf.

»Ich glaube, er meint Deinen Kollegen« sagte Sven hilfsbereit.

Die Klinge nickte erneut und der Schläger hinter Sven bekam nun seinerseits eine kräftige Backpfeife verpasst.

Der Schlagende schaute seinen Kollegen entschuldigend mit einem Achselzucken an. Der Geschlagene schaute funkelnd zurück.

Erneut mischte Sven sich ein: »Ich will ja kein Korinthenkacker sein, aber Karl hat eben gesagt, beim nächsten Schulterzucken gibt es Fleischwunden, oder?«

Grimmig nickte der Geschlagene und zückte sein Messer. Ehe sein Kollege oder die Klinge reagieren konnten, hatte er es auch schon in den linken Oberarm seines Kollegen gerammt.

Bevor Sven die beiden Männer mit dem IQ eines sprechenden Toastbrots weiter aufstacheln konnte, brüllte die Klinge dazwischen: »Ihr hört nur auf mich, ihr Maden! Seid ihr denn völlig bekloppt geworden?«

Etwas leiser fügte er hinzu: »Und jetzt langt dem Penner eine. Kräftig. Und ich meine den Typ da!«

Sven versuchte gar nicht erst zu protestieren, als er zwei Schläge ins Gesicht bekam. Von denen aber nur einer wirklich schmerzte, da einer der Schläger offensichtlich Linkshänder war. Mit Genugtuung nahm Sven wahr, dass der Schlag mit dem angestochenen Arm dem Schläger offensichtlich mehr schmerzte, als dem Geschlagenen.

Die Klinge atmete tief ein.

»Hörst Du bitte auf, meinen Teppich vollzubluten?«

<klatsch> Anstatt einer Kopfnuss erhielt Sven diesmal nur eine Backpfeife, offensichtlich war sich der Kerl nicht mehr ganz so sicher, ob die Regel »Pro Frage ein Schlag« noch galt.

»Äh ja. Danke« fuhr die Klinge fort, nicht willens, seinen Schläger durch differenzierte Anweisungen über Maß zu verwirren: »Geh zu einem Arzt und lass Dir das Nähen oder ein Pflaster drauf packen oder zu tackern oder was auch immer man da üblicherweise macht.«

Der rechte Gorilla nickte und schaute noch einmal grimmig nach links, wobei nicht genau zu erkennen war, ob seine Wut sich gegen seinen Kollegen oder Sven richtete. Er ging so würdig es eben ging rückwärts zur Tür und versuchte dabei mehr oder weniger erfolgreich, die blutende Wunde mit seiner rechten Hand abzudecken.

Nachdem sich die Tür geschlossen hatte, erwiderte Sven: »Vom Hotel«

»Was?« fragte die Klinge erneut, was den Schläger dazu veranlasste, Sven eine weitere Backpfeife zu verpassen.

Sven nahm sich vor, seine Antwort so ausführlich zu wählen, dass keine weiteren Nachfragen notwendig sein würden: »Er blutete nicht Deinen Teppich voll, sondern den des Hotels.«

Die Klinge blickte ihn funkelnd an: »Danke, dass Du mich daran erinnerst. Woran Du ja Schuld bist, wie wir wissen. Oder anders ausgedrückt: Das wissen wir doch, oder?«

Mit einem grimmigen Lächeln nickte die Klinge seinem Untergebenen zu, der Sven eine kräftige Kopfnuss verpasste, offensichtlich froh, seinen Chef richtig verstanden und glücklich gemacht zu haben.

Sven vermied nachzufragen, ob denn rhetorische Fragen überhaupt in Sachen Kopfnuss zählten, erkannte aber selbst, dass er offensichtlich diese Feinheiten nicht von dem Gorilla zu erwarten hatte. Er blickte zur Rechten, wo sich mittlerweile der Tisch-Gorilla hinter Jule postiert hatte.

»Also gut...«

Bevor die Klinge "Wo waren wir?" ergänzen konnte sprach Sven hastig dazwischen: »Also. Der Koffer befindet sich in einem Krankenwagen. Beziehungsweise befand. Ich habe mit dem Auto einen Unfall gebaut und das Ding drin liegen lassen.«

Und bevor die Klinge nach dem genauen Ort fragen konnte, fügte Sven schnell hinzu: »Das war auf dem Kiez. Irgendwo in der Nähe der Reeperbahn und einer alten Kneipe mit Neonlicht«

»Nicht sehr präzise.« erwiderte die Klinge.

»Tja.« stimmte Sven ihm zu. Noch gerade rechtzeitig erinnerte er sich daran, nicht mit den Schultern zu zucken.

»Eigentlich auch egal« fuhr Karl, die Klinge fort: »Du wirst den Koffer besorgen. Bis heute Abend. Was sonst passiert, kannst Du Dir denken.«

Sven schüttelte kaum merkbar den Kopf: »Das wird nichts. Beim letzten Mal hast Du Jule sofort versucht zu ermorden, Du wirst es wieder versuchen.«

»Nur diesmal wird's klappen.« murmelte die Klinge für Sven unhörbar.

Sven fuhr fort: »Mein Vorschlag: Ich besorg den Koffer. Und dann tausch ich ihn gegen Jule. Lebendig.«

Die Klinge schaute Sven durchdringend an: »Warum glaubst Du, dass Du Bedingungen stellen kannst?«

Die Klinge schüttelte den Kopf, um seinen Angestellten davon abzubringen, Sven für die Frage eine zu langen. Offensichtlich war der Mann hinter Sven darüber sehr enttäuscht.

»Kann ich nicht«, erwiderte Sven: »Aber wenn ich es nicht mache, ist Jule in einer Stunde tot. Das verringert meine Motivation, den Koffer zu finden doch ziemlich deutlich.«

»Plausibel.« stimmte die Klinge ihm zu. »Heute Abend um Mitternacht werden wir deine Hübsche gegen den Koffer austauschen. Bei der Unterführung in Planten un Blomen.«

Sven nickte. Wenigstens kannte er die Stelle und musste nicht erneut den Weg suchen. Ihm war auch bewusst, dass dies ein dunkler, schwer einzusehender Ort war, an dem er ungeschützt sein würde. Er war sich aber sicher, die Klinge nicht überreden zu können, den Austausch an einem öffentlicheren Ort durchzuführen. Also entschied er lieber sein Gegenüber in Sicherheit zu wiegen.

Als die Klinge keine Anstalten machte, etwas zu erwidern, sagte Sven »Ja. Ich geh dann mal«.

Von keinem der Anwesenden war eine Reaktion zu bekommen. Also stand Sven auf, schaute noch einmal zu der in sich zusammengesunkenen Jule und verließ den Raum.

Sven ging nachdenklich über den Jungfernstieg. Wie zum Teufel sollte er den Koffer finden? Oder auch nur den Krankenwagen? Er wägte seine Chancen ab und kam fast immer zu dem gleichen, katastrophalen Ergebnis: Höchstwahrscheinlich würde sein Plan mächtig in die Hose gehen. Doch eine echte Wahl hatte er nicht. Wenn er nichts tat, war Jule tot. Diesmal garantiert. Und er im Anschluss ebenfalls. Weiterhin grübelnd ging er einige hundert Meter weiter zum Gänsemarkt und betrat dort die U-Bahn in Richtung St. Pauli.

Diesmal war er auf der Hut. Er wollte keineswegs alten Bekannten über den Weg laufen. Vor allem nicht dem alten Bekannten, dessen Gesicht Bekanntschaft mit dem jetzt zu findenden Alukoffer gemacht hatte. Als die U-Bahn losruckelte wich Sven nicht von der Tür. Er beobachtete alle ein- und aussteigenden Passagiere. Dann passierte etwas völlig unerwartetes:

Nichts.

Sven war etwas irritiert, weil nichts aber auch gar nichts ihn auf seinem Weg aufhalten wollte. Er verließ die U-Bahn und folgte dem klassischen Klischee, nachdem jeder Verbrecher immer an den Tatort zurückkehrt.

Sven erreichte die Kreuzung, an der er den Krankenwagen geschrottet hatte. Nur eine verbeulte Straßenlaterne zeugte noch von dem Unfall, der sich tags zuvor dort ereignet hatte. Vom Wagen selbst fehlte jede Spur und auch die Straße war bereits gefegt und natürlich längst dem Verkehr wieder freigegeben worden.

Sven suchte sicherheitshalber die nähere Umgebung ab. Einen Koffer fand er nicht, hatte damit aber auch nicht wirklich ernsthaft gerechnet. Was also waren die nächsten Schritte? Wo würde man den Krankenwagen hinbringen? Zur Polizei? In die Werkstatt? Zum Krankenhaus?

Sven fasste sich ein Herz und suchte die nächstbeste Telefonzelle, was alles andere als einfach war. Standen die früher nicht an jeder Straßenecke? Er fragte sämtliche Passanten, die ihm über den Weg liefen und nicht wie Psychopathen oder Schwerverbrecher aussahen. Einige der jüngeren Facebook-Generation schien nicht einmal zu verstehen, wovon der komische alte Mann dort redete. Sven versuchte zu erklären, dass so eine Telefonzelle mit Bargeld gefüttert wurde oder wahlweise mit Telefonkarte (wobei letztere ihm nicht halfen, weil er ja keine Telefonkarte besaß). Ein vielversprechender Hinweis entpuppte sich später als Flop, als man ihn zu einem Geschäft schickte, wo man Mobilfunkverträge verkaufte.

Es war bereits halb vier Uhr nachmittags, als Sven endlich das Gewünschte gefunden hatte. Mit Blick auf die Davidwache stand er in einer Telefonzelle, insofern man von einer Telefonzelle sprechen konnte, denn das Telefon stand an einer grauen Metallsäule und war nur ungenügend überdacht. Dafür gab es wenigstens ein Telefonbuch. Sven durchwühlte das Buch, nahm allen Mut zusammen und wählte die gefundene Nummer.

»Davidwache, Inspektor Schnacker«

»Ja nee. Ist klar« erwiderte Sven.

»Wie? Ist klar? Wer ist denn da überhaupt?«

»Heißen Sie wirklich Schnacker?«

»Noch so ein Spaßvogel« kam aus dem Hörer sichtlich genervt: »Ja. Horst Schnacker. Wollen Sie jetzt erst mal 'ne Runde lachen oder kann ich Ihnen sonst wie helfen?«

»Entschuldigung. Professor Doktor Justus Jonas hier.«

Sven hätte sich selbst ohrfeigen können, dass er sich vorher nicht einen guten Namen überlegt hatte und nun improvisieren musste:

»Ich habe gehört, dass Sie den Unfall mit einem unserer Krankenwagen aufgenommen haben. Da müsste noch ein wichtiger Koffer in dem Fahrzeug gewesen sein. Bringen Sie den zum Krankenhaus?«

Offensichtlich hatte der "Professor Doktor" keine allzu einschüchternde Wirkung auf den Polizisten, denn der antwortete kurz angebunden:

»Wir sind doch nicht die Post! Der Koffer ist in der Asservatenkammer, bis das Verfahren abgeschlossen ist. Das kann aber etwas dauern.«

»Ach.« erwiderte Sven: »In der Königsallee?«

»Nein. Am Wiesendamm« erwiderte der Inspektor ungehalten: »Was wollen Sie da überhaupt? Sie können da nicht einfach Sachen abholen. Ich sagte doch, ...«

Sven legte auf. Asservatenkammer. In Gedanken durchkramte er sämtliche Kriminalfilme und Serien, die er in der Vergangenheit gesehen hatte. Das Problem war nur: Er war keine Ein-Mann-Armee und hatte keine Zeit für großartige Vorbereitungen. Heute Nacht musste der Koffer wieder bei ihm sein. Ansonsten wäre es Essig mit Jules Leben. Und seinem.

Mit einem vollständig unbegründeten Optimismus fuhr Sven dennoch in Richtung Hauptbahnhof. Diesmal war Jule wenigstens noch am Leben, wenn er den Übergabeplatz erreichen würde.

Sven begab sich behänden Schrittes in den ihm mittlerweile wohlbekannten Kiosk. Er schnappte sich erneut einen Stadtplan und stellte sich an. Er war beinahe überrascht, dass weder die Oma, noch der ihm bekannte Verkäufer da waren. Es gab nicht einmal eine lange Schlange vor ihm am Schalter. Irgendwie schien es diesmal alles deutlich besser zu laufen, auch wenn das Hauptproblem – der fehlende Koffer - weiterhin nicht gelöst war.

Auch die dickköpfige Ein-Mann-Armee (beziehungsweise eher die Ein-Frau-Armee) war nicht zugegen. Diese befand sich derzeit in der Davidwache, um Ihre Aussage bei einem Polizisten namens Horst Schnacker zu machen. Im Gegensatz zu Sven hatte sie den Namen des Inspektors überhaupt nicht witzig gefunden. Vermutlich war sie schlicht etwas reifer als Sven[42].

Eigentlich war ihre Aussage gar nicht mehr notwendig gewesen, doch keine der anwesenden Polizisten wagte es, ihr diesen Umstand mitzuteilen. Zu sehr war die Zeugin aufgebracht über Svens ungeheure Verbrechen, die Unfähigkeit der Polizei und die Ignoranz der Leute im Allgemeinen. Hätte ihr jetzt noch jemand erzählt, dass ihr Weg zu der Polizei komplett unnötig gewesen war, wäre durchaus zu befürchten gewesen, dass sie explodierte.

---

[42] Die Messlatte liegt zugegebenermaßen aber auch nicht wirklich hoch.

Haarklein erklärte die Zeugin, was sie beobachtet hatte. Der Polizist tat so, als würde er sich Notizen machen, in Wirklichkeit machte er aber nur Kritzeleien auf den Notizblock. Er wollte die Aufnahme der Aussage eigentlich kurz und schmerzlos machen, aber Anna wurde sofort misstrauisch, wenn er nicht detailliert nachfragte. Deshalb saß er jetzt bereits eine geschlagene Stunde mit der Zeugin im Besprechungsraum. Und zu allem Überfluss war auch noch der Kaffee alle!

Inspektor (Garantiert ohne "Haupt") Schnacker atmete vielleicht etwas zu deutlich auf, als ein Kollege ihn zu einem Telefongespräch rief. Jede Unterbrechung war ihm willkommen, selbst der komische Professor Doktor von vor einer Stunde hätte ihn jetzt gefreut. Es war wieder so ein Schnösel. Wieder ein Professor Doktor, diesmal sogar mit einem Doppel-Doktor. Der rief vom naheliegenden Krankenhaus an und bat um eine Einschätzung.

Vielleicht hätte Horst Schnacker das Thema einfach so weg gewischt oder zumindest an einen jungen, unerfahrenen Kollegen abgegeben, aber in Anbetracht der Alternative war er euphorisch aufgesprungen und nach draußen gerannt. Die Chance, das Gespräch mit der Zeugin zu beenden würde er sich nicht entgehen lassen. Noch im Rausrennen rief er dem jungen, unerfahrenen Kollegen (der das Pech hatte, in der Nähe zu stehen) zu, er solle das Gespräch mit der Zeugin fortführen.

Der junge Polizist Tjorben Eckermann schaute etwas verlegen auf das Notizbuch. Es befanden sich keine Aufzeichnungen darauf. Er tat so, als würde er sich auf die nicht vorhandenen Notizen konzentrieren und schaute die Zeugin verlegen an. »Worüber haben Sie denn zuletzt geredet?«

»Penisse« antwortete Anna.

»Äh. Tatsächlich?«

Die Zeugin blickte ihn wutschnaubend an: »Natürlich nicht.«

»Ah.« erwiderte der Polizist mit knallrotem Kopf.

»Wir haben über den Dieb im Bahnhofskiosk geredet«

»Ah« wiederholte der Polizist nur halb erleichtert.

»Aber Ihren Kollegen hat das wohl nicht so interessiert« fuhr die Zeugin fort. Der Klang ihrer Stimme war so scharf, dass ein Hattori Hanzo-Schwert im Vergleich dazu wie ein stumpfes Kartoffelschälmesser wirkte.

»Ah.« war erneut das Einzige, was der junge Polizist herausbrachte.

»Stattdessen malte er« setzte die Zeugin an und nickte dem Polizisten aufmunternd zu.

»Äh. Penisse?« erwiderte dieser, einerseits froh, die richtige Antwort parat zu haben, andererseits unsicher, ob dies die vor ihm sitzende Frau wirklich beruhigen würde.

»Ja. In allen Größen und Formen.« sprach die Zeugin sichtbar verärgert auf den Notizzettel zeigend: »Auch wenn ich ihrem Kollegen durchaus eine künstlerische Ader attestieren möchte, so würde ich doch gerne wissen, was zum Teufel das soll?«

»Äh.« kehrte der Polizist zu seiner ursprünglichen, einsilbigen Variante zurück. Dann entschloss er sich zum Gegenangriff über zu gehen: »Wieso lesen Sie eigentlich das Notizbuch des Kollegen?«

Anna schaute ihren Gegenüber angriffslustig an: »Sie meinen wohl eher das Bilderbuch? Ach wissen Sie was, Sie können mich mal! Strunzdämliche Vollidioten!«

Der Polizist entschied zu seiner eigenen Sicherheit, das lieber überhört zu haben und nicht auf Beamtenbeleidigung oder ähnliches einzugehen, sondern atmete nur erleichtert auf, als die Frau endlich wutschnaubend das Zimmer verlassen hatte.

Wie er mit den künstlerischen Fähigkeiten und der starken Fixierung seines Vorgesetzten umgehen sollte, wusste er allerdings nicht.

Sven stand auf der Straße vor der Asservatenkammer. Das große, moderne Gebäude wirkte einschüchternd. Natürlich stand an dem Haus nicht groß "Asservatenkammer", aber da es sich um ein Polizeigebäude handelte, war Sven sich sicher, dass - wenn es in dieser Straße eine Asservatenkammer geben müsste, dann hier.

Sven durchspielte seine Optionen: Vor dem Haus stand ein halbes Dutzend Polizeiwagen, ständig gingen Uniformierte ein und aus. Die wenigen Fenster waren vergittert, einige wirkten eher wie Schießscharten, was Sven überlegen ließ, warum der Architekt sich für diese Architektur entschlossen haben mochte und wieso dieser Entwurf gewonnen hatte. Gegen angreifende Indianer musste man sich im einundzwanzigsten Jahrhundert in Hamburg ja wohl eher selten erwehren.

Von außen würde Sven schon mal nicht eindringen können. Vielleicht siegte ja Frechheit.

»Palim, Palim« begrüßte Sven die wachhabenden Polizisten, nachdem er die Tür zum Revier betreten hatte. Sofort begann er, sich so viele Details wie möglich vom Raum einzuprägen. Ein junger Polizist ging auf Sven zu:
»Kann ich Ihnen helfen?«
»Ja. Ich möchte eine Anzeige aufgeben«
»Gut. Dann legen Sie mal los.«
»Ähem. Wollen wir das nicht in einem Verhörraum machen?« fragte Sven enttäuscht.
»Sowas haben wir nicht. Nur Interviewräume«
»Und was ist der Unterschied?«
»Der Name«

Sven blickte seinem Gegenüber in die Augen, in dem Versuch zu erkennen, ob dieser ihn versuchte zu veräppeln.

»Also werden in Ihren Interviewräumen die Leute verhört.« versuchte er es vorsichtig.

»Natürlich nicht!« erwiderte der junge Polizist fast schon erschüttert, »Sie werden befragt!«

Sven versuchte, dass Konzept zu begreifen: »Hat das irgendwas mit politischer Korrektheit zu tun?«

»Keine Ahnung« erwiderte der Polizist wahrheitsgemäß, »Eher was mit Grammatik«

Schweren Herzens widerstand Sven der Versuchung, dem Polizisten zu erklären, was Grammatik eigentlich bedeutete. Schließlich war er nicht zum Blödeln hier, sondern um einen Koffer zu klauen. Dies sagte er ihm auch.

Gut. Nicht direkt. Stattdessen wiederholte er seinen Wunsch, eine Anzeige aufzunehmen.

»Dann schießen Sie mal los!« forderte der Polizist ihn auf.

»Ist die Aufforderung nicht etwas gefährlich in einer Polizeiwache?« fragte Sven interessiert.

Sein Gegenüber schien kein Sinn für Wortspiele oder Humor zu haben, sondern blickte Sven nur fragend an

»Also gut.« seufzte Sven: »Können wir das im Interviewraum fortführen?«

»Nein. Der wird renoviert« erwiderte der Polizist

»Aber das Haus sieht doch nagelneu aus!« wunderte sich Sven

»Ich weiß«, erwiderte der Polizist. »Hat angeblich was mit Statistik zu tun«

»Statik« korrigierte Sven.

»Nein. Statistik.« widersprach der Polizist. »Es ist statistisch wohl so, dass Straftäter in einem Verhör bei einem hellgrün gestrichenen Raum eher gestehen.«

»Interview« berichtigte Sven.

»Hmm?«

»In einem Interview gestehen« ergänzte Sven

»Wieso sollte man in einem Interview etwas gestehen?« fragte der Polizist.

Sven bekam langsam Kopfschmerzen durch die verquere Interviewlogik und versuchte das Thema zu wechseln: »Welche Farbe hatten die Wände denn vorher?«

»Zartrosa«

Vor seinem geistigen Auge sah Sven gerade Killerkralle, wie er in einem rosa gestrichenen Raum verhört, respektive befragt wurde. Kein Wunder, dass da niemand Lust hatte, zu gestehen.

Widerwillig stimmte Sven zu, seine Anzeige direkt vor Ort am Tresen aufzunehmen: »Er hat mich geschnitten!« setzte er an.

»Ach. Deshalb Ihr Gesicht. Womit denn?«

Sven betastete unwillkürlich seine Nase: »Mit dem Auto!«

»Und das war scharf?« fragte der Polizist misstrauisch.

»Was? Nein! Er hat mich geschnitten, als ich auf den Jungfernstieg abgebogen bin. Mit dem Auto. Also so, die Spur verengt«

Sven fuchtelte mit den Armen beim Versuch, dem Polizisten seine erfundene Geschichte zu vermitteln.

Bei dem Polizisten klickte es allmählich[43]: »Ich verstehe. Ein Verkehrsdelikt. Haben Sie ein Kennzeichen?«

»Sicher. Muss ich ja« setzte Sven an. »Ich meine: Ach so, das vom Anderen. Nee, habe ich nicht gesehen«

»Na, dann kann man nicht viel machen« fing der Polizist mit langsamen Worten an.

»Na gut, dann eben nicht!«

---

[43] Glücklicherweise im Kopf, nicht die Waffe

Ohne weitere Worte drehte Sven sich um und verließ die Wache schnellen Schrittes. Der Polizist war doch etwas irritiert, dass sein Gegenüber die mangelnde Kooperationsbereitschaft so einfach akzeptiert und die Wache verlassen hatte. Er schob dies auf sein gutes Einfühlungsvermögen und setzte sich zurück an den Schreibtisch.

Sven machte sich auf zum nächstgelegenen Baumarkt. Der Parkplatz war gut gefüllt. Er lehnte dankend den Apfel ab, den ihm ein fliegender Händler vor dem Eingang andrehen wollte und betrat den Markt. Ein wenig verloren stand in den langen Gängen. Baumarktmitarbeiter sind wohl – nach David Copperfield – die besten Verschwindungskünstler der Welt. Auch jetzt war weit und breit niemand zu sehen. Dies war Sven einigermaßen Recht. Zwar hatte er keinen blassen Schimmer, wo die Sachen zu finden waren, die er suchte. Andererseits wäre ein »Können Sie mir zeigen, wo ich alles für einen Einbruch in ein Polizeirevier finde?« wohl zu auffällig gewesen.

Als Sven schließlich mit ein paar Malerutensilien, einem Werkzeugkoffer und einem überdimensionierten Bolzenschneider an der Kasse stand, drehten viele Kunden noch einmal um. Später kehrten sie dann mit extra stabilen Fahrradschlössern zur Kasse zurück. Sven hätte eigentlich eine üppige Provision verdient gehabt.

Sven zahlte wie immer mit seiner Karte. Kaum hatte er den Baumarkt verlassen, riss er sämtliche Verpackungen auf und steckte alles bis auf die Farbe in den Werkzeugkoffer.

Obwohl er über eine Stunde auf der Suche nach dem geeigneten Werkzeug im Baumarkt verbracht hatte, war diesmal noch reichlich Zeit um seinen Plan auszuführen.

Und so stand Sven nur wenig später weiterhin sehr optimistisch vor dem Polizeirevier, obwohl sein Plan keineswegs durchdacht war, sondern zu einem großen Teil auf

Improvisation beruhte. Sven öffnete den Werkzeugkoffer und zog einen weißen Maleranzug heraus. Schnell zog er ihn über. Er redete sich ein letztes Mal Mut zu und betrat das Polizeirevier erneut. Der junge Polizist von vorhin war nicht mehr zu finden, sondern hatte offensichtlich andere Aufgaben zu erledigen.

»Kann ich Dir helfen?« fragte ein älterer Polizist in - wie Sven fand - unangemessener Duzerei. Das mochte aber auch an seiner Verkleidung liegen. Gab es so vielleicht so etwas wie einen "Handwerker-Rassismus", der sämtliche Höflichkeitsfloskeln vermissen ließ, sobald jemand in Malerkleidung auftauchte? Und lag das in der irrigen Annahme, das weiß bekleidete Gegenüber wäre nicht besonders helle, oder ein vermutlich aus Osteuropa stammender Ausländer? Und was von beiden war davon eigentlich das schlimmere Vorurteil?

Sven bekämpfte die starke Versuchung, den Polizisten zur Rede zu stellen, sondern beschränkte sich darauf, seinerseits sämtliche Klischees zu bedienen, die man so von einem Handwerker erwartet: »Moin Meister! Ich soll den Raum streichen.«

»Welchen Raum?« fragte der Polizist zurück

Sven war kurz irritiert. Hatte der junge Polizist einfach nur eine Geschichte erfunden, um Sven loszuwerden? Dann würde seine Tarnung jetzt wie ein Kartenhaus zusammenfallen.

»Äh. Der Interviewraum?« fragte Sven mehr, als er antwortete.

Der ältere Polizist runzelte die Stirn und strich sich mit dem linken Zeigefinger über seinen buschigen Schnurrbart. Er zuckte mit der Schulter, was Sven kurzzeitig aus der Fassung brachte.

»Na sauber, Karl hat mich konditioniert« dachte Sven verärgert, bevor er sein polnisches Handwerker-Klischee-Gesicht wieder aufsetzte. Ein anderer Kollege aus dem hinteren Bereich des Empfangs rief »Er meint bestimmt den Verhörraum!« herüber. Der schnauzbärtige Polizist blickte Sven fragend an. Sven nickte bestätigend.

»Wieso sagt er das dann nicht?« fragte der Polizist halb an Sven, halb an seinen Kollegen gewandt.

Sein Kollege hätte ihm jetzt antworten können, dass bereits seit Wochen der Verhörraum nicht mehr Verhörraum, sondern Interviewraum hieß. Der Schnauzbart hätte dann erwidert, dass man ihm das durchaus früher hätte mitteilen können. Worauf der Kollege aus dem Hintergrund erwidert hätte, dass die E-Mail mehrmals an alle Kollegen verschickt wurde. Darauf hätte der Schnauzbart dann geantwortet, dass er keine E-Mails liest und man mit guter alter Polizeiarbeit deutlich mehr zu Stande bringt, als mit diesem neumodischen Mist.

Das wäre aus zweierlei Gründen falsch gewesen: Erstens war dieser neumodische Mist deutlich effektiver als altmodische Polizeiarbeit und zweitens beschränkte sich das Tätigkeitsfeld des Schnauzbarts größtenteils auf das Aufnehmen von Verkehrsunfällen und Nachbarschaftsstreitereien. Und da war weder großartig moderne, noch altmodische Polizeiarbeit notwendig.

Der informierte Kollege wusste ziemlich genau, dass das Gespräch diesen Verlauf nehmen würde, abgeschlossen von einem langen Monolog über die "gute alte Zeit", in der Polizisten noch Polizisten und keine Nerds waren. Aus diesem Grund zuckte er auch nur mit den Schultern, anstatt den älteren Kollegen zu informieren.

Der Schnauzbart interpretierte das Schulterzucken seines Kollegen als "weiß auch nicht, warum sich diese dusseligen Handwerker immer so komisch ausdrücken", seufzte leicht und winkte Sven, ihm zu folgen.

Sven schnappte sich Farbeimer und Werkzeug und trottete dem Polizisten hinterher.

Der fensterlose Flur war schmal und besaß nur wenige Türen. Platz für Stühle war nicht. Die Wände waren weiß gestrichen, der Fußboden mit einem grauen PVC-Belag ausgelegt. Spuren von dunklen Schuhen waren auf dem Boden zu sehen. An den bilderlosen Wänden befanden sich allerlei Hinweis- und Richtungsschilder. Neben den Schildern führten Striche in diversen Farben zu der gewünschten Destination, wie in einem Krankenhaus.

»Verlaufen sich Deine Kollegen sehr oft?« fragte Sven den Polizisten konsequent duzend, wie man es als Handwerker vermeintlich so macht.

»Wieso?«

»Na, wegen den Farben, Kollege!«

Auch wenn Sven nur versuchte, die Vorurteile des Polizisten zu erfüllen, wurde es diesem allmählich zu bunt:

»Ich bin nicht Dein Kollege, Kollege!«

Kurz fiel ihm der eigene Widerspruch dieses Satzes ein. Dann blickte er Sven kurz durchdringend an: »Kannst Du lesen?«

Da hörte sich doch alles auf! Was war denn das für eine Frage? Nur weil er ein polnischer Handwerker war, sollte er nicht lesen können? Sven wollte ihm erwidern, er könne ihm Gegenzug mal die Krümel aus dem Arsch lesen, besann sich aber gerade noch eines Besseren, sondern erwiderte nur boshaft: »Klar, Kollege!«

Der Polizist ignorierte das erneute "Kollege" und zeigte stattdessen auf das Schild "Interview-Raum", von dem ein magentafarbener Strich abging. Direkt darunter stand auch das Schild "Asservatenkammer" in grünen Lettern mit einem Strich der gleichen Farbe.

Zwei Sachen regten Sven jetzt auf. Erstens, dass der Polizist auf das Schild zeigte, anstatt den Namen zu nennen, was eigentlich unnötig gewesen wäre, weil er doch einer der vermeintlich wenigen Handwerker war, der die

Kunst des Lesens beherrschte. Zweitens stand dort "Interview" und nicht "Verhör". Er schaute den Polizisten verärgert an, doch der hatte sich bereits umgedreht und auf dem Weg zurück zum Eingangsraum des Reviers gemacht.

Sven schleppte weiterhin alle Utensilien mit sich herum. Besonders der Farbeimer wog eine gefühlte Tonne und Sven fragte sich, warum er ausgerechnet einen Zehn-Liter-Eimer kaufen musste. Ein Kleinerer hätte es zur Tarnung doch auch getan.

Der magentafarbene und der grüne Strich folgten dem selben Pfad den Flur entlang. Nach einigen Metern bog der magentafarbene Pfad nach rechts ab, Sven folgte stattdessen dem Strich, der zur Treppe führte und in das Kellergeschoss wies. Er stieg die Treppe hinab. Nach nur wenigen Metern stand er vor einem Holztresen, der durch und durch mit Kerben versehen war und offensichtlich von der vorherigen Wache mit in das neue Gebäude übernommen worden war. Vielleicht war er sogar einmal ein Beweisstück gewesen, zumindest erwartete man in einer Polizeiwache keine kunstvollen Schnitzereien, wie »Gabi liebt Jens«.

Auf dem Tresen lag eine verlotterte Klatte, in der die Polizisten offensichtlich die Ein-und Ausgänge der Asservatenkammer notiert hatten. Hinter dem Tresen stand - Niemand.

Ein einfaches Metallgitter trennte den Tresen von den Regalen, in denen die Beweisstücke lagerten. Sven konnte durch die Maschen erkennen, dass nur gut zwei Dutzend Gegenstände zu sehen waren. Die Tür war durch ein gewaltiges Zahlenschloss gesichert, dass an einem Metallbügel hing. Beides war deutlich zu groß für Svens Bolzenschneider (oder irgendeinen Bolzenschneider auf der Welt).

Panisch blickte Sven sich um. Zahlenschloss mit vier verschiedenen Zahlen. Das waren 10000 verschiedene Variationen. Die würde er niemals alle ausprobieren können. Lustlos probierte Sven die 0000 und 1234 und war damit natürlich reichlich erfolglos. Er schaute auf die Kladde auf dem Tisch. Vielleicht stand dort der Name eines Polizisten, den er ganz zufällig anrufen könnte, um die Kennzahl zu erfragen. Sven hob das Heft hoch und schaute irritiert auf einen Zettel, der darunter lag. Sollte es wirklich so einfach sein?

Auf dem Zettel standen nur handschriftlich die vier Zahlen 1312.

Zitternd vor Aufregung fing Sven an, die erste Zahl am alten Metallschloss einzustellen. Ein verräterisches Klicken war nicht zu hören, als er die Eins eingestellt hatte, aber so etwas passiert ja auch nur im Fernsehen. Die zweite Rolle hakte etwas, als Sven die Drei einstellte. Die letzten beiden Zahlen waren wieder leichtgängig. Sven zog an dem Bügel, aber das Schloss weigerte sich, sich zu öffnen. Enttäuscht rüttelte Sven an dem Schloss.

Mit einem Mal löste sich die Verklemmung und der Bügel öffnete sich.

Euphorisch schob Sven den Riegel zur Seite und öffnete die Tür. Der Boden war staubig und wohl schon länger nicht mehr gereinigt worden. Gleiches galt für die vier langen Regale, die nicht einmal zur Hälfte gefüllt waren. Am Ende des zweiten Regals, in Brusthöhe, entdeckte Sven die Reflektion eines silbernen Samsonite-Koffers. Er stürmte zum Koffer und zog ihn heraus.

Nervös untersuchte Sven den Koffer. Irgendetwas stimmte nicht. Hätte das Ding nicht verbeult sein sollen? Mit den Gesichtsausdruck des U-Bahn-Schlägers beispielsweise?

Sven tastete den Koffer Zentimeter für Zentimeter ab. Der Koffer war makellos. Und viel zu leicht. Was immer dieser Koffer für eine Geschichte hatte, sie hatte nichts mit den Drogengeschäften von der Klinge zu tun. Der Koffer hatte die Kombination 345 123 eingestellt. Probehalber versuchte Sven den Koffer zu öffnete, was mit lautem "Klick" gelang. Der Koffer war leer.

»Was hast Du auch erwartet?« sprach Sven zu sich selbst: »Dass sie die Kohle drin lassen?«

Ja. Eigentlich schon. Schließlich stammte der Koffer aus einem Verkehrsunfall. Zugegebenermaßen mit Krankenwagendiebstahl, aber es gab keinen Grund zu vermuten, dass in so einem Verbrechen ein Geldkoffer involviert ist.

So oder so: Der Koffer war der falsche. Er sah richtig aus, hatte aber den falschen Inhalt und wies keine der Spuren auf, die der "richtige" Koffer haben würde. Sven legte den Koffer zurück und durchforstete sämtliche Regale mehrmals. Kein weiterer Koffer, der vom Aussehen her dem Gesuchten entsprach.

Sven setzte sich resigniert auf den Boden. Er schloss die Augen, um in Ruhe nachzudenken. Der wichtigste Gedanke kam ihm fast sofort: Er hatte keine Zeit zum Nachdenken. Zwar war noch reichlich Zeit bis zur Übergabe, aber er durfte sich nicht hier von dem Polizisten erwischen lassen. Er ergriff den Koffer erneut und rannte aus der Kammer.

Sven drückte die Tür zur Kammer zu, verriegelte sie mit dem Schloss, verstellte die Zahl und schob die Notiz mit der Zahlenkombination zurück unter die Klatte. Dann ging er die Treppe hinauf, um gerade noch rechtzeitig zu sehen, wie der schnauzbärtige Polizist den Flur betrat.

Sven flitzte um die Ecke, immer der magentafarbenen Markierung folgend bis zum Interviewraum, der bereits komplett fertig gestrichen war. Nicht einmal die Farbe war mehr feucht. So schnell er konnte, öffnete Sven den Farbeimer, wobei er einen Teil der Farbe auf den Boden spritzte. Als sich die Tür öffnete und der Schnauzbart hereintrat, hatte Sven bereits angefangen, die Farbe mit einem Pinsel auf der Wand zu verteilen.

»Brauchen Sie noch lange?«

Sven tat so, als hätte er die Ankunft des Polizisten nicht bemerkt. Er fuhr herum: »Nein. Nicht mehr. Hab gleich Feierabend«

Der Polizist kratzte sich im Nacken: »Sind Sie sicher, dass das richtig ist mit der Farbe?«

Sven folgte seinem Blick und schaute auf den braunen Klecks, den seine Farbe auf der grünen Wand ausmachte.

»Sicher, Kollege« antwortete er: »Das soll irgendwas psychologisches sein. So als Farbtupfer und so.«

Mit Psychologie kannte sich der Polizist nicht aus. Das hatten garantiert wieder welche der oberen Herren entschieden. Er brummte nur leise und teilte Sven mit, dass er in spätestens einer halben Stunde raus sein musste, dann würde der Raum gebraucht werden.

»Klar, Chef!« erwiderte Sven.

Der Polizist brummte erneut, wobei nicht zu erkennen war, ob dies Zustimmung oder Missfallen ausdrücken sollte. Ohne weitere Worte verließ er den Raum und schloss die Tür.

Sven schnappte sich erneut den Pinsel und malte noch ein paar Striche, bevor er den Deckel wieder auf die Farbe drückte, seine Sachen packte und das Interviewzimmer verließ.

Es war halb zehn Uhr nachts. In zweieinhalb Stunden würde Sven den Koffer übergeben müssen. Einen Koffer, den er nicht hatte. Der Koffer aus der Asservatenkammer schaute ihn fast triumphierend von seiner linken Hand an. Sven schwang den Koffer mit aller Wut und knallte ihn gegen die Metallstange. Man konnte ja sagen, was man wollte, aber stabil war das Mistding. Nur das Schloss klemmte ein wenig.

»Versteh ich nicht«, meinte der junge Kollege, als er den Interviewraum betreten hatte.

»Das liegt daran, dass Du nichts von Psychologie verstehst«, erwiderte der alte Schnauzbart.

Auch er konnte damit eigentlich nicht wirklich etwas anfangen, aber wenn der Befehl von Oben kam, war es das Beste so zu tun, als würde man es nicht nur verstehen, sondern auch uneingeschränkt unterstützen.

Beide schauten auf die stümperhaft hingemalten Buchstaben, die Sven in brauner Farbe an der mintgrünen Wand hinterlassen hatte.

»Und was hat "ACAB" jetzt mit Psychologie zu tun?« fragte der junge Kollege vorsichtig nach.

»Wenn Du das nicht begreifst, wirst Du es nie nach oben schaffen« erwiderte der ältere Kollege altklug.

Urplötzlich tauchte ihr Vorgesetzter hinter ihnen auf, der auf dem Weg von der Kaffeemaschine zu seinem Büro war um einen Donut zu holen[44].

Durch die offene Tür hatte er die Schmiererei an der Wand und die davor stehenden Kollegen gesehen:

»Was zum Teufel soll denn das sein?«

»Psychologie« erwiderte der junge Kollege wissend.

»Stimmt.« bestätigte der Schnauzbart.

Das musste ja von ganz Oben kommen, wenn nicht einmal der eigene Vorgesetzte Bescheid wusste. Dieser

---

[44] Ja natürlich. Es ist ein furchtbares Klischee. Aber was soll man machen, der Polizist wollte nun mal unbedingt Donuts. Vielleicht wäre eine Hamburger Spezialität angemessener gewesen, aber man kann die Menschen ja nicht dazu zwingen, sich im Interesse des Autors, respektive der Geschichte zu verhalten.

war ein wenig verärgert, dass ihn mal wieder niemand informiert hatte, aber das durfte er auf gar keinen Fall zugeben:

»Klar. Wusste ich. Ich meine doch den - äh - den Farbfleck auf dem Boden. Hätte man den nicht mal ordentlich wegmachen können? Machen Sie das mal!«

Ohne einen der Kollegen direkt angesprochen zu haben drehte er sich um und ging weiter zu seinem Büro. Der junge Kollege und der Schnauzbart schauten sich kurz an, verglichen ihre Abzeichen auf der Schulter und entschieden dadurch, dass wohl der jüngere Kollege den Boden schrubben musste.

Kapitel 13
You can call me Al

If you'll be my bodyguard
I can be your long lost pal

[Paul Simon]

Sven schaute nervös auf das zugeschlossene Gitter zu Planten un Blomen. Über ihm auf der Brücke war nur wenig Autoverkehr zu hören. Drei Wege führten von hier fort: Zwei schmale Treppenaufgänge an jedem Ende der Brücke und ein weiter, breiter Weg von dem Gitter weg. Sven hatte noch eine gute halbe Stunde Zeit, bis die Übergabe stattfinden sollte. Er hatte gehofft, dass ihm schon irgendein guter Plan einfallen würde, wie er sauber aus der Nummer rauskäme, aber das war bisher nicht passiert.

Seine einzige Möglichkeit war es, den Koffer zu übergeben, Jule zu schnappen und so schnell es eben ging fortzurennen. Nicht gerade ein perfekter Plan. Natürlich hatte Sven auch mit dem Gedanken gespielt, die Polizei zu rufen, aber er konnte nicht ausschließen, dass die Klinge Jule nicht direkt hier austauschen wollte, sondern erst zu einer anderen Stelle fortfahren würde.

Sven war nicht völlig verblödet: Natürlich gab es ebenfalls die Möglichkeit, dass Karl ihn sofort über den Haufen schießen würde, sobald er den Koffer ausgetauscht hatte. Doch das sah ihm nicht wirklich ähnlich. An einem öffentlichen Platz, wenn auch einem sehr dunklen, menschenleeren öffentlichen Platz wäre es nicht sehr geschickt gewesen einen Mord zu begehen. Sven musste sich darauf verlassen, dass die Klinge ein vorsichtiger Mensch war.

Rechts vor dem verschlossenen Tor zu Planten un Blomen lagen verschiedene Bauwerkzeuge und eine große hölzerne Kabeltrommel mit einem dicken schwarzen Kabel mit Telefonsymbolen. Sven versteckte seinen Koffer hinter der Trommel und versuchte seinen Blutdruck in halbwegs normale Regionen zu bugsieren. Er setzte sich hin und wartete ab.

Kralle beobachtete Sven nun schon eine ganze Weile. Als er Karl die Meldung gemacht hatte, dass der Kerl in eine Polizeistation gegangen war, war dies fast das Todesurteil von Jule gewesen. Nur die Tatsache, dass Sven erneut, in Malermontur, aufgetaucht war hatte die Klinge davon abgehalten, sein Geld vorerst abzuschreiben und die Frau sofort umzubringen.

Beide Besuche der Polizeistation waren von Kralle mit Argusaugen beobachtet worden. Nur in das Gebäude selbst hatte er sich nicht gewagt. Dafür waren dort einfach zu viele "gute Bekannte", die ihn des Öfteren – am anderen Ende der Handschellen – zu Gesicht bekommen hatten. Er hätte ja zu gerne gewusst, was da drinnen abging. Gleiches galt für Karl.

Die Erfolgsmeldung über Svens Verlassen der Station mit einem Metallkoffer war von Kralle euphorisch aufgenommen worden. Schließlich war Karl deutlich besser zu ertragen, wenn er gute Nachrichten überliefert bekam. Und diese Nachrichten waren sogar sehr gut.

Karl spielte mit dem Gedanken, Sven einfach schon vor dem Treffen um die Ecke bringen zu lassen und den Koffer abzunehmen. Er spielte sogar außerordentlich lange mit diesem Gedanken, aber Sven hatte sich unablässig in gut besuchten Gegenden aufgehalten. Ein Mord in der Öffentlichkeit hätte deutlich zu viel Aufmerksamkeit erregt und der Koffer wäre wohl für immer verloren gewesen. Und zumindest ein bisschen wollte er schon wissen, wie Sven den Koffer aus der Polizeistation klauen konnte. Nach der Geschichte, konnte er Sven immer noch umbringen lassen. Und das würde er auch tun.

»Da ist er ja!« hörte Sven die Klinge rufen

Es war Punkt Mitternacht. Mit Erleichterung nahm Sven wahr, dass die Klinge selbst gekommen war und die - offensichtlich lebendige - Jule bei sich hatte. Beides machte es zumindest unwahrscheinlich, dass er hier direkt einen Doppelmord begehen würde.

Etwa fünf Meter vor Sven blieb die Klinge stehen:

»Und? Wie machen wir das jetzt? Geben wir uns die Hand und tauschen die Ware, oder doch lieber in Wildwestmanier mit Treffen in der Mitte?«

»Jule kommt her und ich geb' Dir den Koffer«

»Ich sehe keinen Koffer«

»Den habe ich gut versteckt«

»Das macht natürlich Sinn«, erwiderte die Klinge lachend: »Es macht echt Spaß mit euch Amateuren zu arbeiten. Zumindest wenn sie nicht für mich arbeiten. Lass mich raten: Den Koffer liegt hinter der Kabeltrommel?«

Sven blickte unwillkürlich zu Seite. Mist! War doch klar gewesen, dass ihn jemand beobachtet hatte.

Sven zuckte die Schultern und holte den verbeulten Koffer hervor: »Sieht so aus« sagte er zerknirscht. »Also: Jule her und dann werfe ich den Koffer rüber.«

Die Klinge lachte: »Das glaube ich nicht. Erst den Koffer, dann das Mädel.«

Sven schüttelte den Kopf: »Ich kann den Koffer auch wegschmeißen«

»Wohin, Kleiner? Hier ist kein Abhang, wo der Koffer auf immer verschwindet. Es wäre uns ein Leichtes, den

Koffer einzusammeln. Nun sei ein Schatz und schieb den Koffer rüber.«

Karl die Klinge hatte tatsächlich wenig Lust darauf, dass Sven den Koffer auf die Straße über ihnen schmiss, eventuell damit einen Unfall bei den dort fahrenden Autos verursachte und unnötig viele Zeugen auf die Sache aufmerksam machte.

»Ich habe Ihr Wort?« fragte Sven und beide wussten, dass er damit in der Verliererposition war.

»Ganovenehre« erwiderte die Klinge ernst.

Sven nickte. Mehr würde er nicht an Sicherheiten bekommen. Was er nicht wusste war, dass - hätte er sich geweigert - der Kerl, der sich von hinten angeschlichen hatte und auf wenige Meter Distanz herangekommen war ihn geräuschlos mit einem Messer erledigt hätte. Somit gewann Sven etwas Zeit.

Sven legte den Koffer auf den Boden und trat mit dem rechten Fuß dagegen. Der Koffer rutschte auf die Klinge, seinem Bodyguard und Jule zu. Der Bodyguard hob den Koffer auf und reichte ihn Karl. Der schaute sich den Koffer an: »Puh. Ganz schön verbeult, das gute Stück. Hat wohl einiges mit gemacht. Ich will aber nicht gierig sein. Den stell ich Dir nicht in Rechnung.«

Die Klinge lachte über den eigenen Witz.

Sonst niemand.

Nicht einmal sein Bodyguard.

Die Klinge stellte das Zahlwerk am Koffer ein und betätigte die Riegel. Anstatt des erwarteten "Klack" passierte nichts.

»Was soll der Scheiß?« brüllte er in Richtung Sven.

»Weiß nicht, vielleicht verklemmt?« fragte Sven zurück.

Der Plan war anders gewesen. Jule hätte längst auf dem Weg zu ihm sein sollen, wenn Karl den Koffer öffnete.

»Ich hoffe für Dich, dass Du die Wahrheit sagst«, schnaufte die Klinge, »ansonsten wird Euer Tod sehr schmerzvoll sein.«

»Na klar sag ich die Wahrheit« spielte Sven entsetzt.

»Gut. Dann ist Euer Tod schmerzfrei«

»Ich habe Ihr Wort!« protestierte Sven diesmal ehrlich entsetzt.

»Mein Wort? Pah! Ganovenehre?« schnaubte die Klinge verächtlich, »Das hier ist doch kein Disneyfilm, Du Wurm! Ihr werdet beide sterben, die Frage ist nur: wie?«

Das Gespräch war ziemlich bizarr gewesen. Inspektor Schnacker blickte auf seine Notizen, als er das Krankenhaus verließ. Die Ärzte hatten ihn völlig zu Recht angerufen. Die Aussagen des Patienten waren ziemlich wirr, und anfangs war Schnacker eher davon ausgegangen, der Patient müsse in eine psychiatrische Einrichtung eingewiesen werden.

Sein Notizbuch bestand diesmal nicht aus obszönen Kritzeleien, sondern aus einem Gesprächsprotokoll, das der Inspektor nun in Gedanken noch einmal Revue passieren ließ, während er sich zu seinem Auto begab und sich auf den Fahrersitz setzte:

»Wie haben Sie die Verletzung bekommen?«

Der Patient mit dem verbundenen Oberarm blickte ihn an: »Habe ich doch gesagt, wegen dem Schulterzucken«

Der Inspektor schaute sein Gegenüber abschätzend an. Entweder war der völlig bekloppt, oder er wurde gerade kräftig verarscht.

»Nur blutet man normalerweise nicht, wenn man mit der Schulter zuckt.« erwiderte er, wie er fand, durchaus schlüssig.

»Bei Karl schon.«

So allmählich schien der Inspektor zu verstehen, wie die Geisteswelt des Gegenübers aussah. Glaubte er zumindest: »Wer ist Karl?«

»Die Klinge«

»Aha.« kratzte sich der Inspektor im Nacken: »Ihr Messer heißt also "Karl". Und wo ist das jetzt?«

Der Patient schaute ihn seltsam verwirrt an: »Warum sollte mein Messer einen Namen haben?«

Das war zwar in der Tat eine gar nicht mal so schlechte Frage, aber Inspektor Horst Schnacker war dennoch nicht in der Lage, ihm diese zu beantworten.

»Also nochmal von vorne: Wer hat Ihnen diese Wunde zugefügt?«

»Marcel«

»Mit einer Klinge?«

»Nee. Mit einem Messer.«

»Aber ein Messer ist doch…« Der Inspektor seufzte: »Was hat denn jetzt die Klinge damit zu tun?«

»Ist doch mein Chef.«

»Und der hat…«

»Genau. Der hat Marcel gesagt, er soll mich stechen, wenn ich mit der Schulter zucke«

Horst Schnacker kannte die Klinge nicht, hatte aber das Gefühl, dass hier etwas nicht mit rechten Dingen zugeht. Und nicht nur ein bisschen, sondern gewaltig.

Es dauerte eine geschlagene Stunde, bis der Patient seine Erklärung soweit vereinfacht hatte, dass Inspektor Schnacker ihn komplett verstanden hatte. Es war schon etwas skurril: Da saß hier ein offensichtlicher, brutaler Schläger vor ihm, der keinerlei Gedanken daran verschwendete, dass sein Mafiaboss eventuell ein Problem damit haben könnte, dass er hier alles vor der Polizei ausposaunte. Offensichtlich war dies ein perfekter Befehlsempfänger: Er tat genau das, was man ihm sagte. Das hatte allerdings auch eine ganz klare Schattenseite, die in der Unfähigkeit lag, selbstständig zu denken und sich aus Ärger herauszuhalten.

Dem Inspektor war das nur Recht. Er wusste nun, dass eine Frau gekidnappt wurde und ein weiterer armer Teufel unterwegs war, um sie zu retten. Das ging natürlich gar nicht, denn zum Retten war immer noch die Polizei zuständig. Zumindest in den Augen von Inspektor Horst Schnacker.

Das Hotelzimmer war längst wieder verlassen, als der Inspektor mit seinen vier Kollegen das Zimmer betrat. Die Spurensicherung konnte anhand der Blutflecken auf dem Teppich die Aussage des Schlägers bestätigen. Leider war der Zeuge nicht in der Lage gewesen, den Polizisten Einzelheiten zur Übergabe mitzuteilen. Das hatte er schlicht nicht mehr mitbekommen. Schnacker war sich aber sicher, dass der Zeuge bereitwillig alles erzählt hätte, wenn man ihn nur gefragt hätte. War Dummheit eigentlich strafmildernd?

Mit dem beruhigenden Gefühl, zwar weder die Lösegeldübergabe, noch einen wahrscheinlichen Mord verhindern zu können, aber doch wenigstens später den Mörder zeitnah verhaften und verurteilen zu können, überließ Schnacker das Hotelzimmer der Spurensicherung und machte sich auf, um zurück zu seinem Büro zu kommen.

»Kann mir mal jemand erklären, warum unser Karten-Piep-Teil aktiv ist?« fragte der Schnauzbart in die Runde.

Seine Kollegen verstanden erst einmal nur Bahnhof und bemühten sich nach Kräften, in irgendeine andere Richtung zu schauen, um keinen erneuten Monolog des älteren Kollegen über unnötige Technik ertragen zu müssen. Doch der schnauzbärtige Polizist ließ nicht locker und pochte wütend mit seinem Zeigefinger auf den Monitor vor ihm.

»Das GPS!« entfuhr es dem jungen Kollegen, der einen Blick auf den Bildschirm geworfen hatte.

»GPS kann gar nicht aktiv sein, das ist eine passive Technik« wandte sein bebrillter Kollege klugscheißerisch ein, starrte dann aber ebenfalls auf den Monitor.

»Äh. Ist das nicht das Signal vom PräLöKo?« erwiderte der brillenlose Kollege erneut. Der Schnauzbart strich mit seinem linken Zeigefinger über selbigen: »Ja. Sieht so aus«

Der vormals noch so altkluge Kollege blamierte sich in diesem Moment bis auf die Knochen, als er fragte: »Was ist denn ein Prälöko?«

Alle anderen Polizisten im Raum reagierten übertrieben verächtlich. Niemand mag Klugscheißer, und jetzt war die Chance, es ihm mit gleicher Münze heimzuzahlen. Der Schnauzbart, der noch vor kurzen wenig wissenschaftlich von einem "Karten-Piep-Teil" geredet hatte stauchte den Kollegen mit Brille zusammen:

»Zunächst einmal wird das Ding "PräLöKo" geschrieben[45]. Dann solltest Du vielleicht mal in dein Handbuch schauen. Du kannst doch lesen, oder? Oder kannst Du nur an diesen blöden Computer rumtippen? Das ist der "Präparierte Lösegeld-Koffer"!«

Der angesprochene Kollege ging nicht weiter auf die Beleidigungen ein, sondern versuchte das Thema "Handbuch nicht gelesen" lieber schnell durch einen Themenwechsel loszuwerden: »Sollte der Koffer nicht bei uns im Haus liegen?«

Anstatt einer Antwort stürmten seine beiden Kollegen auf den Flur. Sie rannten weiter bis zur Kellertür und erreichten schwer atmend die Asservatenkammer. Auch

---

[45] Fragen Sie mich bitte nicht, wie der Beamte erkennen konnte, dass sein Kollege das Wort mit Kleinbuchstaben ausgesprochen hat. Vermutlich jahrelange Berufserfahrung.

ohne das Zahlenschloss geöffnet zu haben konnten sie erkennen, dass der Koffer nicht mehr an seinem Platz lag.

Hätte Inspektor Schnacker seine Kollegen vom Wiesendamm über die heutigen Erkenntnisse informiert, hätte ein wirklich intelligenter Polizist im Stil von Columbo vielleicht erkennen können, dass ein Zusammenhang zwischen dem angestochenen Zeugen und dem gestohlenen Koffer bestand. Hätte gar Hauptkommissar Klaußen dies erfahren, wäre er ziemlich sicher auf den Zusammenhang gekommen, denn Klaußen war tatsächlich ein sehr intelligenter Polizist.

Doch Klaußen wurde nicht informiert und sonst war gerade kein Genie zugegen. Hätte ja auch nichts genützt, weil niemand informiert worden war.

Ein Mannschaftsbus der Polizei folgte dem unauffälligen Volkswagen Passat, in dem sich der Schnauzbart und seine beiden Kollegen befanden. Der Schnauzbart saß hinten, während es sich der Brillenträger verdient hatte, auf dem Beifahrersitz auf den kleinen Laptop zu starren, der ihnen die Position des GPS-Senders mitteilte. Auf dem Fahrersitz saß der jüngere Kollege, der versuchte den Richtungsanweisungen seines Kollegen zu folgen.

Dass er dies in bester »Tatort«-Manier machte und bei jedem Abbiegevorgang die Reifen quietschen ließ, gefiel seinem bärtigen Vorgesetzten nicht sonderlich.

»Sollen wir vielleicht noch das Blaulicht aufs Dach pappen und die Sirene anmachen?« fragte er sarkastisch von hinten.

»Ich dachte, wir wollen unerkannt bleiben?« fragte der Fahrer, als er über eine rote Ampel raste und damit seine Kollegen im hinteren Mannschaftswagen abhängte.

Allein die Tatsache, dass sein Vorgesetzter im hinteren Bereich allmählich von der Fahrweise seekrank wurde und er befürchtete, bei einer plötzlichen Reaktion einen Unfall zu verursachen, verhinderte, dass er seinem Kollegen eine scheuerte. Nicht das dies sein üblicher Führungsstil wäre, aber der Kerl hatte es nun aber wirklich mehr als verdient.

»Fahr! Langsamer!« presste er stattdessen nur zwischen den Zähnen heraus. Der Angesprochene war gerade im Begriff, dies zu tun, doch sein Beifahrer teilte ihm in diesem Moment mit, dass sie am Ziel angekommen waren, was den Fahrer veranlasste, auf die Bremse zu steigen, so dass der Wagen mit quietschenden Reifen mitten auf der Straße zu stehen kam und der Computer des Beifahrers gegen die Windschutzscheibe knallte, was sowohl der Windschutzscheibe, als auch dem Display des Laptops einen Riss verschaffte. Ersteres wurde von der Versicherung später bezahlt. Für den Laptop gabs leider nix bei Carglass.

Sven erschrak und fuhr herum, als er das Quietschen der Reifen über sich hörte. Damit schaute er in das Gesicht des ebenso überraschten Mannes hinter ihm, der gerade das Messer gehoben hatte, um Sven die Kehle zu durchschneiden.

Da Sven keine Actionheldausbildung besaß, war er nicht in der Lage, seinen Angreifer mit einem Handgriff zu entwaffnen. Er war lediglich in der Lage, das Messer mit seinem linken Unterarm abzuwehren. Der lange Schnitt, der eigentlich seinem Hals gegolten hatte, war auch am Arm ziemlich schmerzhaft und produzierte nicht gerade geringe Mengen an Blut.

Sven taumelte rückwärts vom Angreifer weg, der für einen Moment Sven vergaß und nach oben blickte, von wo das Geräusch gekommen war.

Aus eben dieser Richtung strahlte ihn plötzlich eine Taschenlampe an.

»Lassen Sie die Waffe fallen!« hörte er aus dieser Richtung. Auch wenn er von dem Licht geblendet war, so konnte er doch korrekt erahnen, dass der Absender dieser

Aufforderung mit an Sicherheit grenzender Wahrscheinlichkeit eine Waffe auf ihn gerichtet hatte.

Einerseits hatte der Messerstecher natürlich einen Ruf zu verlieren und konnte sich eigentlich so nicht einfach der Polizei ergeben. Dann sah es ziemlich Essig aus mit Folgeaufträgen. Andererseits hatte er bis jetzt den vertraglich vereinbarten Mord noch nicht begangen, so dass eine lebenslange Gefängnisstrafe wohl eher nicht zu erwarten war. Und zu guter Letzt sah es so aus, als würde sein Auftraggeber, der gerade eine Frau mit einer Pistole bedrohte, ohnehin so bald keine Folgeaufträge mehr ausschreiben können. Er ließ sein Messer fallen und verschränkte die Arme hinter dem Kopf. Der Bodyguard neben Karl tat es ihm gleich und ließ sich auf die Knie sinken.

Sven taumelte nach vorne. Er versuchte, den Blutverlust an seinem Arm mit der rechten Hand aufzuhalten, war darin aber nur wenig erfolgreich. Blut quoll zwischen seinen Fingern hervor. Sein Blick war verschwommen, seine Knie gaben ihm nach. Um den Sturz aufzuhalten, musste Sven seine Hand vom Arm nehmen. Er konnte kaum noch etwas erkennen, während er auf allen Vieren weiter in die Richtung robbte, von der das Schluchzen kam. Nur einen Meter weiter brach er vollends zusammen.

»Aus dem Weg, Bulle!« schrie die Klinge, Jules rechten Arm mit der linken Hand hinter dem Rücken festhaltend. Mit der anderen Hand hielt er eine Pistole abwechselnd an Jules Kopf und in Richtung der Taschenlampe. Jules Wimmern hatte sich in ein tiefes Schluchzen verwandelt. Ohne auf die Pistole und die Warnungen von der Klinge zu hören, zog sie in Richtung der Dunkelheit, in der Sven blutend auf dem Boden zusammengebrochen war.

Karl die Klinge riss seine widerspenstige Geisel brutal herum und zerrte sie zu der Treppe, die sich genau gegenüber der Treppe befand, auf der die Polizisten standen.

Jule blickte nur fassungslos zu Sven, der regungslos auf dem Pflaster lag. Die Polizisten brüllten verschiedene Kommandos, doch Karl achtete gar nicht darauf. Wenn sie ihn haben wollten, dann nur über die Leiche seiner Geisel. Der einzige brauchbare Zeuge war da unten am verbluten, und wenn er es schaffte, mit dem Mädel zu verschwinden und auch sie um die Ecke zu bringen, war er fast aus dem Schneider. Sicher: Hamburg wäre wohl eine Zeitlang keine gute Wahl mehr für seine Operationen, aber hatten ihn die Polizisten überhaupt vernünftig in dem dunklen Durchgang erkennen können?

Karl schnaufte. So viel körperliche Anstrengung war er nicht gewohnt. Die Geisel war zudem auch noch furchtbar unkooperativ. Das würde auf lange Sicht nicht gut funktionieren. Verärgert erreichte er die oberste Stufe der Treppe und blickte sich um: Nur wenige Meter entfernt konnte er ein Taxi mit laufendem Motor ausmachen. Karl blickte zurück zur Treppe und sah, dass einer der Polizisten nach unten zu Sven gerannt war, während der andere noch immer am oberen Ende auf der gegenüberliegenden Treppe stand und mit der Waffe auf ihn zielte. Karl war sich sicher, dass der Polizist aus dieser Entfernung niemals schießen würde. Wenn er es jetzt geschickt anstellte, hatte er eine Chance zu entkommen. Ob noch weitere Polizisten anwesend waren, konnte Karl nicht genau erkennen. Auf jeden Fall waren sie – wenn es denn weitere Polizisten gab – zu weit weg, um ihn einzuholen, wenn er das Taxi kidnappte.

Sonst war auf der Straße kein Auto und kein Fußgänger zu sehen. Vor allem kein Polizist. Karl rechnete kurz nach, während er versuchte zu Atem zu kommen. Das war gut zu schaffen: Rennen zum Taxi, herauszerren des Fahrers, losfahren. Er zerrte Jule hinter sich her, während er zum Taxi rannte.

Es war echt ein blöder Zufall und überhaupt nicht Absicht gewesen, dass der Mannschaftswagen der Polizei in diesem Moment um die Ecke geschossen kam und Karl über den Haufen jagte.

Jule stürzte überrascht auf den Bürgersteig, als sich der Griff von der Klinge mit einem Male löste. Die Waffe fiel zu Boden ohne einen Schuss auszulösen.

Kapitel 14
You'll never walk alone

Walk on, walk on
With hope in your hearts
And you'll never walk alone

[Gerry & the Peacemakers]
[Fans vom FC St.Pauli]
[Fans von anderen, unbedeutenden Mannschaften]

Blaulicht von Polizei und Krankenwagen erhellten den Hamburger Nachthimmel. Jule saß auf der obersten Treppenstufe und wurde von einem Sanitäter betreut. Sie hatte Prellungen an den Armen und eine gebrochene Rippe, doch sie wollte den Sanitäter wegscheuchen, damit der sich um Sven kümmern sollte.

Doch Sven war bereits von Ärzten und Sanitätern umringt. Im Halbdunkel konnte Jule erkennen, wie die Ärzte mit Herzmassagen um das Leben von Sven kämpften. Ein Infusionsbeutel hing an Svens unverletzten Arm, während eine große Bandage den aufgeschnittenen Arm umschloss. Sven wurde auf eine Trage gehoben. Während er die Treppenstufen heraufgetragen wurde, hörten die Sanitäter weder mit der Herzmassage, noch mit dem Beatmen auf. Es sah nicht gut aus.

Mit Blaulicht und Sirene raste der Krankenwagen durch Hamburgs nächtliche Straßen. Durch die verglasten Scheiben konnte man erkennen, dass in dem Fahrzeug jemand verzweifelt versuchte, durch Herzmassagen den Patienten am Leben zu erhalten.

In dem Fahrzeug fasste der Notarzt dem Sanitäter auf die Schulter. Die Überwachungsmonitore zeigten nur noch eine Nulllinie. Der Sanitäter stellte die Massage ein und der Arzt klopfte an die Wand des Führerhauses. Die Sirene erstarb, das Blaulicht wurde ausgeschaltet. Arzt und Sanitäter schauten sich erschöpft an. Der Patient war nicht mehr zu retten.

Sie hatten alles gegeben, aber es gab keine Chance mehr, den Mann zu retten. Der Blutverlust war zu hoch gewesen. Der Arzt notierte den Todeszeitpunkt auf dem Sterbezettel, während der Sanitäter die Schläuche entfernte und das Laken über das Gesicht des Opfers legte.

Gespenstisch leise erreichte der Krankenwagen das Krankenhaus. Es gab nicht mehr viel zu tun. Nur eine Obduktion. Wie immer, wenn ein Gewaltverbrechen im Spiel war. Die Leiche wurde mitsamt der Trage von vier Sanitätern schwer keuchend aus dem Wagen gehievt und in das Krankenhaus geschoben.

Wenig später lag die Leiche in der Kühlkammer des Krankenhauses. Obduktionen haben keinen Notfalldienst. Das würde warten müssen, bis der offizielle Arbeitsbeginn des Leichenbeschauers beginnen würde.

In Hamburg schien endlich mal wieder die Sonne. Es war ein herrlicher Nachmittag und Jule hätte ihn vielleicht an der Alster genossen, wäre all das nicht passiert, was die letzten Tage passiert war.

Sie saß auf ihrem Krankenbett und erzählte erneut von ihren durchlebten letzten Tagen. Gleich drei Polizisten waren anwesend, um ihre Aussage aufzunehmen. Hauptkommissar Klaußen, Inspektor Schnacker und ein schnauzbärtiger älterer Polizist. Da die Zuständigkeit bisher nicht geklärt war, hatten sich alle drei entschieden, sicherheitshalber die Aussage des Opfers aufzunehmen. Jule hatte nur ein paar Verbände und Pflaster, die von ihren Verletzungen zeugten. Der Rippenbruch war schmerzhaft aber wohl unkritisch, solange sie nicht »öfters von Treppen stürzt«, wie der Arzt scherzhaft bemerkt hatte. Jule hatte nicht darüber lachen können.

Viele Fragen hatten die Polizisten jetzt nicht. Es war keine Gefahr im Verzug, die Aussage konnte auch aufgenommen werden, wenn Jule wieder vollständig genesen war.

Es klopfte an der Tür und ein Arzt steckte den Kopf hindurch: »Wir wären jetzt soweit«

Klaußen nickte und fragte zu Jule gewandt: »Sind Sie soweit? Wir können auch noch warten.«

Jule schüttelte den Kopf: »Bringen wir es hinter uns« sprach sie mit zitternder Stimme.

Die drei Polizisten bemühten sich, sich nicht anmerken zu lassen, dass sie froh waren, das Ganze abschließen zu können und im Anschluss direkt nach Hause fahren zu können.

Jule lehnte dankend ab, als Klaußen ihr beim Aufstehen helfen wollte. Mit versteinerter Miene strich sie ihr Nachthemd gerade und folgte dem Arzt zum Fahrstuhl. Die drei Polizisten folgten ihr in geringem Abstand.

Als sich der Fahrstuhl in Bewegung setzte sackten Jule die Knie zusammen. Der Arzt und Klaußen fingen sie auf, bevor sie zu Boden fallen konnte.

»Wir sollten vielleicht doch…« setzte der Arzt an, doch Jule widersprach: »Nein. Ich muss das jetzt durchziehen.«

Als sie den Fahrstuhl verließen, ließ Jule sich jetzt doch von Klaußen stützen. Sie zitterte am ganzen Leib, als sie den Leichensaal betraten. Das Zimmer war blitzblank geputzt, von den vier Stahltischen war nur einer in Benutzung. Auf ihm lag eine zugedeckte Leiche. Langsam näherte sich das Quintett aus Polizisten, Jule und Arzt dem Tisch.

»Sind Sie bereit?« fragte der Arzt erneut.

Wortlos nickte Jule.

Der Arzt entfernte das Tuch vom Gesicht des Toten. Jule blickte hinab. Tränen schossen aus ihren Augen.

»Warum hast Du mir das angetan? « flüsterte sie zwischen den Tränen. Noch leiser fügte sie »Du Mistkerl!« hinzu.

Die Polizisten hielten sich einige Sekunden schweigend zurück. Dann trat Klaußen hervor:

»Sie müssen es deutlich sagen. Dann können Sie wieder gehen« sprach er ihr ins Ohr.

»Ja.« Schluchzte Jule leise. »Er ist es.«

»Ein "Er" reicht nicht« erwiderte Klaußen. Es war ihm furchtbar unangenehm, aber er musste hier deutlich werden.

»Ja,« wiederholte Jule: »Das ist der Mann, der mich entführt hat: Das ist Karl die Klinge«

Epilog

Jule saß an Svens Bett. Sie hatte ihre Tränen getrocknet und sich geschminkt. Sie zog gerade ihren Lippenstift nach, als die Schwester sie ansprach: »Sind Sie sicher, dass Sie hier warten wollen?«

Jule nickte.

»Das kann aber noch dauern, bis er aufwacht« fuhr die Krankenschwester fort.

»Aber er kommt wieder in Ordnung?« fragte Jule zum wiederholten Mal.

»Ja. Der Arzt sagt: Er wird anfangs etwas schwach sein, aber außer einer kräftigen Narbe wird nichts zurückbleiben.«

Die Schwester erwähnte nicht, dass sie diese Frage schon sieben Mal beantwortet hatte. Sie mochte die Frau. Und den Patienten auch. Sie erinnerte sich gut daran, als Sven zum ersten Mal im Krankenhaus war. Die Geschichte, die er erzählt hatte, war atemberaubend gewesen. Nachdem der Polizist ihr versichert hatte, dass es keine Anklage wegen Mordes gegen Sven mehr gegeben hatte, weil das vermeintliche Mordopfer jetzt neben ihm am Bett saß, war sie gespannt darauf zu erfahren, von welchen Abenteuern er diesmal zu berichten hatte.

Als Sven endlich aufwachte, war die Krankenschwester Retha jedoch nicht anwesend. Und sie hätte ohnehin nichts erfahren. Denn nachdem Sven aufgewacht und Jule entdeckt hatte, war das das Einzige, was Sven von sich gab: »Komm her.«

Er wollte gar nicht wissen, was passiert war. Er wusste bereits, dass er noch lebte und dass Jule lebte. Mehr war für ihn nicht von Belang. Jule schlüpfte zu ihm unter die Decke und beide umarmten sich ohne ein Wort zu sprechen.

Kein anderer Patient, kein Arzt, keine Schwester und kein Polizist störte ihre Zweisamkeit, bis nach einer halben Ewigkeit jemand an die Tür klopfte.

Jule machte sich nicht die Mühe, das Bett zu verlassen. Sven und Jule schauten auf den Sanitäter, der etwas irritiert zu sein schien, dass das Bett doppelt belegt war. Er ging dann aber dann doch nicht weiter darauf ein. Stattdessen legte er nur einen verbeulten Metallkoffer auf den Nachttisch neben Svens Bett: »Da haben Sie ja Glück gehabt, dass Sie wieder eingeliefert wurden.«

Nach einer kurzen Überlegung fügte er hinzu: »Naja. Nicht direkt Glück, vielleicht. Auf jeden Fall kann ich Ihnen jetzt endlich ihren Koffer wieder geben. Den haben wir im Krankenwagen gefunden, als Sie das erste Mal eingeliefert wurden. Ist doch Ihrer, oder?«

Sven nickte völlig entgeistert. Der Sanitäter drehte ohne weitere Worte um und verließ das Krankenzimmer. Sven blickte auf den Koffer wie Indiana Jones auf ein außerirdisches Artefakt, unfähig etwas zu tun oder zu sagen. Nur Jule reagierte. Sie langte mit ihrem linken Arm zum Koffer, erwischte den Griff und schob den Koffer unter das Bett. Dann fing sie an Sven wieder lächelnd zu umarmen.

Und wenn sie nicht gestorben sind...

Ich hoffe, es hat Ihnen in etwa so viel Spaß gemacht, das Buch zu lesen, wie es mir gemacht hat, es zu schreiben.

Da Sie es bis hierher geschafft haben, vermute ich mal, dass Ihnen das Buch zumindest ansatzweise gefallen hat.

Wenn ich mit dieser Vermutung richtig liege würde ich mich selbstverständlich über eine positive Bewertung freuen: http://amzn.to/10voWnO

Und empfehlen Sie das Buch gerne weiter. Nur so kann die Geschichte mit Jule und Sven turbulent weiter gehen.

Danke

Ole Albers

Printed in Poland
by Amazon Fulfillment
Poland Sp. z o.o., Wrocław